몽
유

# 몽 유

## 노정완 소설집

강

차 례

몽유

용마 앞바다의 섬 몽유는 보는 사람에 따라 형상이 달라 보인다고 했다. 고래를 닮았다고 하는 사람, 돼지를 닮았다고 하는 사람, 알을 품고 웅크린 새와 똑같이 생겼다고 우기는 사람들도 있었다. 그건 몽유가 딱히 고래나 돼지, 새를 닮았다기보다 저마다 품고 있는 마음의 풍경에 따라 그 반영이 달라진다는 의미이기도 했다.

*

　비좁은 골목길이 구불구불 이어졌다. 갈수록 오르막이었다. 쳐다만 봐도 숨이 차오르는 오르막을 매일 오르내려야 한다는 게 이제야 실감이 났다.

걷는 거 좋아하세요?

며칠 전이었다. 워크넷 구인 광고를 보고 재가노인복지센터에 전화했더니 센터장이란 사람이 대뜸 그렇게 물었다. 할 말이 떠오르지 않았다. 간병이나 돌봄이 걷는 일과 무슨 상관이 있는지 생각해본 적이 없었고 아무도 그렇게 묻지 않아서였다. 대부분 경력부터 먼저 물었고, 경력도 경험도 없다는 내 대답을 듣고 나면 다시 연락하겠다며 전화를 끊었다. 거절은 반복되었다. 사실대로 대답했다간 일할 데가 없을지도 모르겠다는 생각이 들었다. 통하는 방법을 찾아야 했다. 경력은 증명이 필요하지만 경험은 내 머릿속에서 만들어낼 수 있었다. 오래전에 죽은 어머니를 되살리기로 작정했다. 아픈 어머니 간병을 위해 요양보호사 자격증을 취득했고 정성껏 모시다가 얼마 전에 보내드렸다고 하면 감동과 설득력을 갖춘 시나리오가 완성될 것 같았다. 통화를 하기 직전까지 줄곧 시나리오대로 연기할 생각만 하고 있었던 터라 센터장의 뜬금없는 질문에 준비된 답변이 있을 리 없었다. 내가 되물었다.

좋아하진 않아도 매일 걷긴 해요. 그런데 그건 왜?

의뢰받은 어르신이 산동네에 사셔서요. 안노인 혼자 사시는데 식사며 청소, 빨래까지 직접 다 하시니까 수발들 일은 별로 없답니다. 그저 장 좀 봐다드리고 말벗 해드리다 오면 되는데, 다들 조건 좋다 하면서도 걷는 걸 힘들어하셔서.

센터장의 말을 종합해보니 경력이 없어도 튼튼한 두 다리와 들어줄 귀만 열어두면 된다는 의미인 것 같았다. 나도 그 정도의 조건은 충분히 갖추고 있었다. 쉰을 넘기긴 했으나 무릎 관절이 삐걱거린 적도 없었고 말귀 어둡다 타박 맞은 적도 없었다.

나도 한때 산동네 단칸방에서 살았다. 용마 앞바다와 몽유가 환히 내려다보이는 곳이었다. 바다는 수시로 변했다. 태양과 구름이 드잡이할 때마다 표정이 달라지고 허공에 안개를 풀어 숨어버리기도 했다. 손에 잡힐 듯 가까운가 하면 아득한 속도로 멀어지기 일쑤인 그 바다가 좋으면서도 무서웠다. 몽유 때문에 더 그랬다. 밤만 되면 슬그머니 내게 다가오던 몽유. 어둑서니처럼 몸을 부풀리며 다가오는 몽유를 나는 살아 있는 무덤 같다고 생각했다.


중간쯤 온 것 같았다. 마스크를 턱 아래로 내리고 담에 기대어 잠시 쉬었다. 근무는 오후 한 시부터 다섯 시까지 네 시간이었다. 한 시가 되려면 아직 멀었다. 노인의 집에는 오 분 전에 도착할 수 있도록 시간을 조절해야 했다. 출발하면서 재가센터에 전화했더니 센터장이 내 속을 빤히 들여다보듯 말했다.

첫날이라 약속 시간보다 일찍 가시려고 했죠? 안 됩니다.

수급자 분들, 호의를 권리로 착각하고 요구 사항이 점점 늘어나는 거 많이 봤거든요. 더도 덜도 말고 근무 수칙대로만 해주시면 됩니다.

센터장의 당부를 되새기며 다시 걸었다. 비탈진 골목 양쪽에 빼곡하게 늘어선 집들은 고만고만하고 단조로웠다. 대문만 제각각이었다. 영역 표시라도 하듯 색깔과 모양이 다른 대문들을 기웃거리며 올라가는데 길이 점점 가팔라지면서 계단이 나타났다. 돌계단에 투박하게 덧입힌 시멘트 포장이 울퉁불퉁했다. 발끝에 힘을 실어 걷다보니 금세 몸이 후끈거렸다. 땀이 나지 않을 만큼의 속도와 보폭을 유지하려 애썼는데도 소용없었다. 콧김에 마스크가 젖어버렸다. 목덜미와 겨드랑이도 축축했고 사타구니까지 끈적거렸다. 올해 첫 한파가 시작될 거란 기상 예보에 맞춰 롱 패딩과 기모 바지를 입고 나온 터였다. 바닥에 백팩을 내려놓고 패딩 코트를 벗었다. 온몸을 훑는 냉기가 시원했으나 그 정도로는 성에 차지 않았다. 터틀넥 스웨터의 목을 잡아당겨 마구 들까불었다. 겨드랑이와 목덜미가 선득선득했다. 그때였다.

퍼뜩 안 올라오고 거서 뭐 하능교?

골목 위쪽에서 한 노인이 흰색 마스크를 흔들며 나를 내려다보고 있었다.


노인을 따라 나지막한 단층집 대문을 밀고 들어갔다. 마당이랄 것도 없이 좁다란 공간에 흙을 채운 스티로폼 상자와 크고 작은 옹기 몇 개가 놓여 있었다. 노인은 구부정한 자세로 한쪽 다리를 끌듯이 걸었다. 부축을 하기에도 안 하기에도 애매했다. 차트에 기록된 노인의 나이는 여든두 살이었다. 작년에 노인장기요양보험을 신청했다가 탈락했고 올해 다시 신청해서 4등급을 받았다. 특이 사항은 없었다. 거동이 불편해서 어느 정도 도움이 필요한 상태였지만 치매를 앓는 것도 아니고 고질병이 있는 것도 아니었다. 그럼에도 노인은 방으로 들어가자마자 앓는 소리를 내며 전기장판에 털썩 주저앉았다. 엄살과 시위가 뒤섞인 듯한 태도였다. 노화의 온갖 증상을 겪는 노인들에 대해서 그동안 보고 들은 것들이 줄줄이 떠올랐다. 편견에 덧입힌 짐작에 사로잡히지 않으려면 내 마음부터 다잡아야 했다. 그럼에도 볼썽사납다는 마음은 가시지 않았다. 어여쁜 꽃과 귀여운 동물도 자연이고, 점점 자기 안에 갇히게 되는 노인도 자연이란 걸, 머리로 이해하는 것과 눈앞에서 보는 것의 차이를 나는 미처 몰랐던 것이다.

집 안부터 둘러보았다. 살림살이는 단출했다. 작은 방 두 개와 주방, 화장실이 전부인데도 비좁게 느껴지지 않았다. 쌓여 있는 게 전혀 없었다. 생활에 필요한 최소한의 것들로만 구성된 살림살이는 정갈하게 관리한 표시가 났다. 노인이 아픈 다리를 끌고 다니며 얼마나 부지런을 떨었을지 훤히 보이는 듯했다. 깔끔해서 호감이 생기기보다 걱정이 앞섰다. 무릎이 아픈지 연신 누르고 있는 노인에게 다가가 조심스럽게 물었다.

좀 주물러드릴까요?

괘안소. 이래 아픈 기사 만날 그카이 전디야지 우야노. 그나저나 집에는 어데서 왔능교? 보이 나도 물 만치 문 거 같은데.

마스크에 가려진 내 얼굴을 쳐다보는 노인의 눈길이 서늘했다. 살피고 떠보는 기색이 역력했다. 어색했다. 묵혀둔 자격증을 꺼내 들고 일을 해보겠다고 나섰을 때 나름대로 준비했던 대응과 처신은 머릿속에만 있었다. 간식으로 사 온 아몬드쿠키가 생각났다.

어르신 맛보시라고 사 온 거예요.

말라꼬 이라능교. 묵고 살라 카이 어문 돈 써가면서 욕은 본다만서도, 앞으론 이라지 마소, 피차 부담시럽구로.

노인은 쿠키 포장을 뜯지도 않고 텔레비전 옆에 밀어놓았다. 무안했다. 내가 자신을 도우러 온 사람이 아니라 호구지책에 떠밀려 돈 벌러 온 사람이란 걸 분명하게 알고 있다는 말과 태도였다. 깍듯한 듯 무례한 노인을 곁눈으로 살피며 앞치마를 둘렀다.

뭐부터 할까요, 어르신?

짜다라 할 끼 뭐 있다고. 고마 집에가 알아서 하소.

노인의 대답이 시큰둥했다. 어쩌라는 건지 난감한 상황이었다.

숙소 근처 카페로 들어갔다. 아메리카노와 마카롱을 주문하고 구석 자리에 앉았다. 눈꺼풀이 저절로 감겼다. 의자에 깊숙이 등을 기댄 채 눈을 감고 있으니 마냥 편했다. 이제 어쩔 거냐고. 비탈진 골목길을 고꾸라지듯 내려오면서 스스로에게 다그쳤던 질문들이 슬그머니 발치로 내려앉는 게 느껴졌다. 상비약처럼 갖고 다니는 매실주를 꺼냈다. 뜨거운 커피에 매실주를 섞었다. 기분 따라 레시피가 달라지는 내 맘대로 칵테일에서 행복한 냄새가 피어올랐다. 묵직하게 가라앉는 커피 향기를 이끌고 입안에서 터지는 달콤새큼한 맛. 따끈한 커피 칵테일을 몇 모금 마시는 것만으로도 어두운 몸 여기저기 등불이 켜지는 듯했다. 나른하게 등불을 밝힌 채 둘러보면 보이지 않던 것들이 환하게 드러났다. 마주 보이는 테이블에 머리를 나란히 붙이고 앉은 커플의 뒷모습이 눈에 띄었다. 여자의 긴 머리를 매만지는 남자의 손이 희었다. 나도 따라 했다. 아무도 만져주지 않는 몸이라 내가 만져줘야 했다. 양손으로 뺨과 목덜미를 문지르고 감쌌다. 따뜻했다. 푸석한 머릿결도 매만지고 쓸어내렸다.

커플 남자의 흰 손이 여자의 목덜미를 어루만지는 걸 보며 내게도 그런 기억이 있는지 떠올려봤다. 가물가물했다. 누군가와 머리를 맞대거나 누군가에게 어깨를 기대본 적이 있긴 했던가 싶었다. 스물세 살에 동거하다가 스물네 살에 헤어진 남편인지 남자인지는 생각도 나지 않았고 서른 무렵에 사귄 남자는 안부를 주고받는 사이가 되었으며 국비 지원 요양보호사 교육원에서 만난 남자는 아직도 만나고 헤어지기를 반복하는 중이었다. 내 집요한 눈길을 감지라도 한 것처럼 커플 여자가 뒤돌아보았다. 검은 마스크를 쓴 여자의 눈이 동그랬다. 여자가 가방을 챙겨 일어섰다. 남자도 일어나며 나를 쳐다보았다. 내 눈길을 털어내듯 흘낏거리고 소곤거리며 멀어지는 그들을 끝까지 지켜보았다. 토요일과 일요일이 남아 있는 불금의 저녁. 나는 헤어진 남자에게 전화를 했다.

용마에 나를 불러들인 건 오빠였다. 한 달 전쯤이었다. 전화를 건 오빠가 말을 더듬거리기 시작했다. 통화하다가 말을 더듬는 이유는 두 가지뿐이었다. 내게 곤란한 부탁을 해야 하거나 자신의 감정을 드러내지 않으려고 말을 삼킬 경우였다. 전자든 후자든 달갑지 않았다. 짧은 침묵이 흘렀다. 내가 이렇게 더듬더듬 신호를 보냈으니 나머진 네가 알아서 해줘야지 않겠냐는 오빠의 태도는 여전했다.

뭔 일인데 그래?

몇 번을 다그치자 오빠가 말했다.

우리 집에 와서 같이 좀 있어주면 안 될까?

별거한 지 어제오늘도 아니면서 새삼 살림 살아줄 여자가 필요해? 번지수가 잘못됐잖아, 가사도우미를 불러야지 나한

16

테 뭔 오라 가라야.

아냐, 그런 거.

그럼 뭐야? 갱년기 우울증에, 외로워서 못 살겠다 그런 거? 올케 찾아가서 다시 합치자고 해보든지.

화를 내며 전화를 끊으려는데 오빠가 기어드는 목소리로 나를 붙잡았다.

병가 냈어. 진짜야. 나 곧 죽으려나 봐.

그럼 죽든지.

전화를 끊어버렸다. 지겨웠다. 오빠는 죽겠다는 말을 달고 살았다. 가슴이 아파서 죽겠고 팔다리가 쑤셔서 죽겠고 잠을 못 자서 죽겠다는 말을 몇 년째 하는 중이었다. 최근에 하나 덧붙은 게 있다면 꿈에 어머니가 자꾸 찾아온다는 거였다. 놀랍지도 않았다. 죽어서도 어머니는 오빠의 꿈길만 밟고 다닐 걸 알고 있어서였다.

사흘 뒤 병원에서 연락이 왔다. 오빠는 나를 보자마자 멋쩍게 웃었다.

나 안 죽었다.

링거를 매단 채 오빠는 왠지 안도하는 눈치였다. 죽겠다고 앓는 소리를 해대더니 정말 죽을까 봐 무서웠던 모양이었다. 벗어진 이마에 진득하게 들러붙은 몇 가닥 머리카락이 저간의 사정을 말해주는 것 같았다. 기시감이 밀려왔다. 내 생의 어느 한 지점으로 나는 또 되돌아가고 있었다. 말뚝에 매인 염소처럼, 아무리 발버둥 쳐도 벗어날 수 없는 그곳에 오빠와 내가 있었다.

의사는 오빠가 심근경색을 오래 앓고 있었다고 했다. 때를 놓치지 않고 스텐트 시술을 받게 되어서 다행이긴 하나 재발 방지를 위해선 관리가 필수라고 했다. 환자와 보호자가 서로 노력해야 한다고 강조하는 의사의 말을 귓등으로 들으며 나는 침대 밖으로 삐져나온 오빠의 손을 쳐다봤다. 부옇고 퉁퉁했다. 만지기 싫은 물건을 치워야 할 때처럼 찜찜한 기분으로 오빠에게 말했다.

오빠 집 근처에 원룸 하나 구하자. 내 계좌로 보증금이랑 생활비 보내면 바로 구해볼게.

진짜?

마지막이야. 진짜 마지막이니까 앞으로는 나한테 그 어떤 부탁도 하지 마. 그리고 미리 말하는데, 하루에 한 번이든 사흘에 한 번이든 내 마음 가는 대로 들를 테니까 나더러 보호자니 뭐니 그딴 취급 할 생각은 아예 말고.


오빠와 나는 연년생 남매였다. 우리가 고향을 떠나 용마에서 살게 된 건 고등학교 진학 때문이었다. 우리는 오빠 학교 근처의 산 중턱 단칸방에서 살았다. 방문만 열어도 바다가, 몽유가 내려다보이는 곳이었다. 처음엔 좋았다. 날씨에 따라 민감하게 변하는 바다의 표정에 내 마음의 풍경을 겹쳐보느라 책상 겸용 밥상에 책을 펴놓고도 바다만 살피고 있을 때도 많았다. 오빠도 그랬다. 밥을 먹다가도 세수를 하다가도 일시 정지 버튼이 눌린 것처럼 바다를 응시했다. 설레는 몇 달이 지나고 한여름이 되었다. 바다는 진한 습기를 산 중턱의 단칸방까지 밀어 올렸다. 공기는 무덥고 끈끈했다. 나는 마당 귀퉁이에 차양을 친 부엌 겸용 세면실에서 살다시피 했다. 태풍의 계절이었다. 바다는 수시로 날뛰었고 몽유는 수상했다. 나는 점점 바다를 외면하게 되었다. 저녁이 되면 더더욱 그랬다. 뜨겁게 뒤채는 일몰의 바다, 그 금빛 바다는 내 바다가 아니었다. 끊임없이 태어나는 어둑서니를 젖 먹여 키우는, 살아 있는 무덤의 바다였다.

우리 자취방을 아지트처럼 들락거린 친구는 중학교 동기인 병오와 기유였다. 오빠는 학교에서 살다시피 했고 일요일에도 도시락을 싸서 도서관으로 갔다. 도시락을 싸는 건 내 몫이었다. 빨래도 청소도 전부 내 몫이었다. 오빠는 공부만 했다. 아무것도 하지 말고 공부만 하라는 어머니의 명령 때문이었다. 나한테 내려진 명령은 오빠 뒷바라지였다. 오빠는 효자였다. 어머니의 명령과 당부를 어김없이 받들었다. 나도 마찬가지였다. 머리를 감지 못하고 등교하더라도 오빠 교복 셔츠는 말끔하게 다려서 입혀 보냈고 지각을 하더라도 오빠 아침밥은 꼭 챙겼다.

오빠는 내가 친구들과 어울리는 걸 못마땅하게 여겼다. 놀

거 다 놀고 공부는 언제 하냐는 게 입버릇이었다. 병오에겐
유독 더 심술을 부렸다. 여학생들 꽁무니나 쫓아다니며 꼴값
떨다가 인생 망한다는 거였다. 병오는 개의치 않았으나 오빠
는 걸핏하면 주먹을 부르쥐었다. 그럴 때면 기유가 나섰다.

　오빠, 공부하러 간다며?

　기유에게 팔을 잡힌 오빠는 금세 순해졌다. 나도 오빠 등을
밀었다. 가방을 둘러메고 좁은 골목길을 내려가는 오빠 등에
다 대고 병오는 소심하게 감자를 먹였다. 셋의 웃음소리가 와
르르 쏟아졌다. 오빠는 뒤돌아보지 않았다. 뒤돌아보지 않는
게 이기는 거라고 믿는지도 몰랐다. 완강한 오빠의 뒷모습을
보며 나는 웃다가도 문득 입술을 깨물었다. 절대로 뒤돌아보
지 않는 오빠의 등을 밀고 밀어서 일몰의 바다에 빠뜨려버리
고 싶다는 생각, 한 번에 못하면 두 번, 두 번으로 안 되면 열
번, 평생이 걸려서라도 거기 몽유, 살아 있는 무덤에다 오빠
를 가둬버리고 싶다는 생각이 들어서였다.


　녹작지근하게 가라앉는 몸을 추스르기가 쉽지 않았다. 어
제 산동네를 오르내린 것도 그렇고 노인의 비위를 맞추느라
긴장하고 애써서 더 그런지도 몰랐다. 핸드폰을 들여다보았
다. 오빠가 여러 번 전화를 했고 헤어진 남자가 뒤늦게 보낸
문자메시지는 짧았다. 와이프 생일. 어제저녁 전화를 안 받
은 것인지 못 받은 것인지에 대한 이유였다. 몇 달 전에도 와

이프 생일이라더니. 핸드폰을 침대에 던지고 수면 바지를 찾았다. 밍크 원단으로 만든 핑크색 바지는 촉감도 좋고 색깔도 화사해서 늘 그것만 입었다. 바지를 입으려는데 헐벗은 아랫도리가 눈에 들어왔다. 검고 메마른 허벅지, 각질이 보풀처럼 일어난 종아리가 딱딱했다. 다리를 천천히 쓰다듬으며 생각했다. 오늘은 샤워하고 나서 꼭 바디로션을 발라야지 하고.

원두를 갈아 커피메이커에 넣고 전원 버튼을 눌렀다. 커피를 내리는 동안 오빠에게 전화를 했다.

안 받으면 그런가 보다 해야지, 난리 난 것도 아니고, 왜 또?

오빠가 쌕쌕거리며 대답했다.

옛날에 엄마가 자주 해주던 거 말야. 미역이랑 새알 넣고 끓인 거 그게 갑자기 생각나더라고.

어이없다 진짜. 아니, 그거 해달라고 아침부터 전화질?

그건 아니고, 그냥 생각이 나서.

얼버무리긴 해도 오빠는 시술 이후 먹고 싶은 게 많아진 모양이었다. 오만 데가 다 아파서 죽겠다는 말도 쏙 들어갔고 식사도 꼬박꼬박 챙겼다. 예전에는 먹지 않던 귀리와 현미, 콩을 넣어 밥을 짓고 파프리카를 색깔별로 사서 끼니마다 먹었다. 내가 시금치와 브로콜리를 데쳐서 무치거나 썰어놓고 오면 사흘도 안 되어서 다 먹었다고 연락이 왔다. 후유증 없이 일상으로 되돌아온 건 다행이었으나 점점 귀찮아졌다. 전화를 못 받을 때도 있지만 일부러 받지 않았다. 받아주기 시작하면 끝이 없었다. 오빠는 적당히 끝낼 줄을 몰랐다.

어머니가 오빠에 대해서 가끔 하던 말이 있었다. 우리 술이는 국민학교 들어가서야 젖을 뗐지. 그게 마치 돈독한 모자 관계의 원천인 것처럼 말하는 어머니나 부끄러운 줄도 모르고 헤벌쭉 웃는 오빠나 돌이켜보면 이상하긴 마찬가지였다. 나는 어머니 젖을 독차지해본 적이 없었다. 일 년 먼저 태어난 막강한 경쟁자가 어머니와 한 몸이었으니. 어머니 젖이 둘이 아닌 하나였다면 그나마 내 몫조차 없었을 것이었다. 어쨌거나 어미의 양쪽 겨드랑이에 매달린 두 마리 새끼 중에 먼저 나가떨어진 건 나였다. 훗날 듣자 하니 나는 백일 지나자마자 젖을 뗐다고 한다. 일부러 뗀 게 아니라 저절로 떨어졌다고 어머니는 말했다. 젖만 물리면 찡그리고 도리질을 치더라는 거였다. 억지로 먹이면 토하고 울어서 젖을 뗄 수밖에 없었다는 어머니 말은 믿을 수가 없었다. 한 방울이라도 더 빨려고 눈을 반들거리는 덩치 큰 놈과 갓난쟁이의 힘겨루기라니. 스스로 물러나지 않으면 강제로라도 밀쳐지게 되는 힘의 논리를 본능적으로 알게 된 갓난쟁이의 생존 방식이란 거부를 함으로써 관심을 끄는 것인지도 몰랐다.

내가 언제 가겠다는 대답을 하지 않자 오빠는 변명 삼아 내 안부를 물었다.

참, 너 어제부터 일 간다 그러지 않았냐?

가야 하나 말아야 하나 생각 중이야. 노인네가 이상한 쪽으로 사람 빈정 상하게 해서. 저녁에 갈 테니 미리 장 봐다 놔.

오빠의 집은 몽유로 들어가는 유람선 터미널에서 가까웠다. 내 숙소도 그 근처 원룸이어서 나는 매일 바닷가에 나갔다. 용마는 내가 살던 시절의 그 용마가 아니었다. 유람선 터미널 주변은 특히 더 그랬다. 그 일대는 본래 바다였는데 매립을 해서 신시가지로 조성된 곳이었다. 매립지에 대단지 고층아파트가 즐비했다. 해안선이 지금처럼 바뀌기 전에 용마를 떠났으면서도 어쩐지 현재의 풍경도 낯설지 않았다. 어느 도시에서나 마주치는 브랜드 아파트와 브랜드 카페, 영화관과 식당들 이름이 익숙해서였다.

용마에 다시 와서 보니 몽유도 그저 작은 섬에 불과했다. 살아 있는 무덤은커녕 숨죽인 무당벌레처럼 작고 비겁하게 엎드려 있을 뿐이었다. 그럼에도 조바심이 가시지 않았다. 잔뜩 웅크린 몽유가 부표처럼 흔들리지나 않을까 가만히 지켜보았다. 흔들리더라도 외면하지 말아야 했다. 밤바다를 뚜벅뚜벅 걸어 내 꿈속으로 들어오던 그때의 몽유가 아니라, 비겁하게 엎드린 작고 만만한 섬일 뿐이라며 나는 눈을 부릅떴다. 소용없었다. 몽유는 보란 듯이 힘차게 되살아났다. 살아 있는 무덤이었다. 멀미가 났다. 눈을 감았다. 눈을 감지 않으면 무덤의 봉인이 풀릴 것 같았다. 결계가 걷힌 무덤을 열어젖히며 한줄기 어둑서니가 기어 나와 나를 덮칠까 봐 두려웠다. 빽빽을 열고 물병과 큐브 치즈를 꺼냈다. 물병에 담긴 매실주를 몇 모금 마시고 치즈 포장을 벗겼다.

몽롱했다. 발밑이 조금씩 흔들리는 걸 느끼며 좌우로 천천히 둘러보았다. 왼쪽으로 공단이 보였다. 해안을 끼고 조성된 공단의 높고 낮은 건물들이 어렴풋했다. 몇 번의 계절을 보낸 곳이었는데도 낯설고 아득했다. 바랜 기억을 더듬더듬 짚다 보니 한 가지 추억이 떠오르긴 했다. 퇴근길의 인파였다. 퇴근 시간이 되면 공단에서 일하는 사람들이 한꺼번에 쏟아져 나왔다. 때가 되면 출근하고 때가 되면 퇴근하는 개인적 일상일 뿐인데도 수많은 사람들이 함께 움직이면서 만들어내는 흐름은 놀랍도록 뭉클한 데가 있었다. 나도 그 흐름에 실려 출근과 퇴근을 반복했다. 늘 혼자였다. 친구도 동료도 없이 군중 속의 섬처럼 혼자 떠다녔다. 그렇게 인파에 떠밀려 버스 정류장에 다다랐으며 만원버스가 몇 대나 지나가는 동안 우두커니 지켜보다가 결국엔 어깨를 늘어뜨린 채 산 중턱의 단칸방까지 걸어가기 일쑤였다.

그런 중에도 가끔 기유가 찾아왔다. 기유는 고등학교를 졸업하자마자 취직한 세무사 사무실을 그만두고 대학 입시를 준비하던 중이었다. 기유는 퇴근하는 나를 집 앞에서 기다렸다. 우리는 만나자마자 가게로 갔다. 달걀과 감자를 사고 소주도 샀다. 기유가 밑반찬을 갖고 오는 날도 있었다. 달고 진득한 양념으로 버무린 멸치와 깻잎, 파김치와 깍두기는 기유의 어머니가 자취하는 딸 먹으라고 만들어 보낸 것인데 내가 더 많이 먹었다. 달고 짭조름한 밑반찬은 술안주로도 그만이었다. 내가 소주 몇 잔에 멸치볶음 한 접시를 비우는 쪽이라면 기유는 덮어놓고 강술을 들이켜는 쪽이었다.

오빠가 떠난 뒤 내 자취방에서 기유는 처음으로 강술을 마시고 울었다. 울면서 대학생이 된 오빠를 욕했다. 도경술 개새끼 나쁜 새끼 발병 나서 뒤질 새끼가 다 끌려나왔다. 짝사랑의 미련을 달콤하게 포장하지 않는 기유가 좋았다. 나는 쌀밥에 시뻘건 깍두기를 얹어 아득아득 씹으며 거들었다. 개씨발놈의 새끼. 기유가 숨넘어가게 웃었다. 그러다가 또 울었다. 눈물이 떨어지면 술로 보충했다. 기유에겐 술 냄새 나는 제 눈물이 안주였다. 두 뺨이 염전이 되어가는 기유 옆에서도 나는 젓가락질을 멈추지 않았다.

기유와 내가 같이 누렸던 그 시절은 금방 끝났다. 가는 길이 달랐다. 공장에 실습을 나갔던 나는 그대로 눌러앉았고 기유는 오빠가 다니는 대학교 후배가 되었다. 작정하지 않으면 만날 수가 없었다. 작정하고 만나도 술만 마셨다. 고민의 종류가 달라졌다. 함께 나눌 수 있는 화제가 줄어든 게 먼저인지 만나는 횟수가 줄어서 화제가 궁한 건지 알 수 없었다.

언젠가 기유의 언니가 회사로 나를 찾아온 적이 있었다. 대학교 근처에서 자취를 하던 기유가 연락이 되지 않는다는 거였다. 실종이라니. 그럴 리 없었다. 염려하지 말라는 내 말대로 기유는 열흘 뒤에 집으로 연락했다. 기도원이라고 했다. 가족들은 기유의 통통하던 몸이 눈에 띄게 홀쭉해진 걸 보면 단식이 목적이었을 게 틀림없다고 믿는 눈치였다. 나는 오히려 홀쭉한 기유가 불안했다. 살은 빠졌는데 이상하게 허청거리고 출렁거리는 듯했다. 단기간에 살을 뺀 부작용인가도 싶었다. 그러나 아니었다. 웃음기가 걷힌 기유의 얼굴을 들여다보다가 나는 문득 알아챘다. 기유를 가득 채우고 있던 건 터지기 직전의 울음보였다는 걸.

개수대에 설거지거리가 잔뜩 쌓여 있었다. 설마 했는데 역시나 그랬다. 소파에 누워 핸드폰으로 영상을 보고 있는 오빠를 불렀다.

이게 다 뭐야. 직접 하든지 하기 싫으면 가사도우미 부르랬지?

아니, 너 온다고 해서.

내가 여기저기 남 뒷바라지나 하러 다니는 사람이야?

아니.

말만 그러지 말고 진짜 나 좀 긁지 마. 안 그래도 오늘 바닷가 산책하다가 옛날 생각나서 기분도 더럽고, 오기 싫은 걸 억지로 왔으니까.

나 똑바로 쳐다보면서 그런 말 하려면 안 오는 게 낫지. 보자, 너 이러는 거 보니 술 마셨구나? 너 또 술 마신 거 맞지?

오빠가 정색을 하며 나를 쳐다봤다. 느물거리긴 해도 다정하게 쳐다보던 평소의 눈빛이 아니었다. 나는 얼른 고개를 돌리고 숨을 참았다. 오빠를 만날 때, 오빠가 알아챌 만큼의 술은 절대 마시지 말자는 게 나 자신과의 약속이었다.

보자, 후 해봐라.

왜 이래, 징그럽게.

얼굴을 코앞에 들이미는 오빠를 밀치며 나는 고무장갑을 꼈다. 이 상황을 빨리 벗어나려면 할 일을 얼른 해치우는 게 효율적이었다. 온수를 콸콸 틀어놓고 설거지를 시작했다. 델 듯 뜨거운 물인데도 찬물에 손을 담근 것처럼 마음 한구석이 얼어붙었다.

오빠가 산 중턱의 자취방을 떠나기 전날이었다. 한겨울 날씨는 매서웠고 단칸방은 웃풍이 심했다. 우리는 방에 있으면서도 겉옷을 벗지 못하고 이불을 들쓴 채 앉아 있었다. 그런 날은 일찌감치 저녁을 먹는 게 나았다. 한데나 다름없는 부엌은 너무 추웠다. 그럼에도 나는 연탄불에 프라이팬을 얹고 오빠가 좋아하는 달걀말이를 정성껏 만들었다. 시퍼렇게 언 손으로 감잣국도 끓였다. 오빠는 방에서 둥근 양은 밥상에 수저를 얹고 기다렸다.

경미야. 너 진짜 혼자 있을 수 있겠어?

밥을 먹다 말고 오빠는 걱정스레 나를 쳐다보았다. 나는 고개를 들지도 않고 대답했다.

응.

기유 불러서 같이 지내는 건 어때?

안 불러도 자주 오잖아 기유랑 병오.

병오 그 새끼는 안 돼.

오빠는 갑자기 숟가락을 내려놓고 내 손을 움켜잡았다. 나는 오빠의 희고 퉁퉁한 손을 내려다보았다. 내 손보다 더 희고 부드러운 손. 떼어내고 밀어내도 끈적끈적 들러붙던 그 커다란 손에 침을 뱉고 싶었다. 잡힌 손을 빼내어 국그릇을 가리켰다.

마저 먹어, 국도 달걀말이도.

오빠가 국물을 마지막 한 방울까지 들이켜는 걸 보고서야 나도 젓가락을 내려놓았다. 오빠가 나를 끌어당겼다.

추우니까 설거지는 뒀다가 내일 하자.

오빠가 할 거야?

아니, 네가 하더라도 지금은 너무 추우니까 그렇지.

그때나 지금이나 오빠는 똑같았다. 어쩌면 나 또한 그때나 지금이나 똑같은지 몰랐다. 설거지를 끝내고 미역을 찾아 불리는데 오빠가 다가왔다.

너 일하러 가는 데가 옛날 우리 살았던 데랑 가까워?

아니.

난 또. 그때 우리 구해줬던 주인집 아줌마 살아 계시겠지? 그때 그 아줌마 나이가 지금 우리 정도 된 것 같은데.

그렇겠지 뭐.

야, 그런데 지금 생각해도 참 이상한 게, 우리 둘이 똑같이 연탄가스 중독이 되었는데 너는 멀쩡하고 나는 죽다가 살아나고, 좀 이상하지 않냐?

대답 대신 나는 옹기 절구에 마늘 한 줌을 넣어 오빠 앞으로 밀어놓았다.

곱게 빻아.

절구질을 하는 오빠의 벗어진 정수리가 번쩍거렸다. 어머니가 오빠의 지금 모습을 봤더라면. 상상조차 못할 일이라며 외면했을까. 상상도 못할 일이란 없다는 걸 나도 알고 오빠도 아는데 어머니만 몰랐다.

이른 저녁을 먹고 잠든 그날 밤. 늦게 귀가한 주인집 아들이 우리 방에서 이상한 소리가 들린다며 아주머니를 깨웠고 아주머니가 내 이름을 부르며 흔드는 동안 아주머니의 아들은 오빠를 일으키려고 애썼다. 나는 내 힘으로 기어서 마당으로 나갔고 오빠는 끌려 나갔다. 마당에 뉘어놓아도 깨어나지 않는 오빠를 흔들고 때리며 아주머니는 어머니에게 전화를 했다. 이튿날 아침 어머니가 허둥지둥 달려왔을 땐 오빠도 어느 정도 회복한 상태였다. 오후쯤 되자 오빠는 몸을 추슬렀고 어머니의 부축을 받으며 고향으로 돌아갔다.

실패도 성공도 아니었다. 실패이기도 하고 성공이기도 했다. 혼자 남은 나는 밥을 자주 굶었고 말수가 줄어들었다. 체증도 심해졌다. 더부룩한 체증엔 한 잔의 술이 약이었다. 부작용도 따랐다. 체증이 가시고 머릿속이 맑아지면 오빠의 국그릇에 수면제를 타던 그 순간이 연속 재생되었다. 달걀을 풀고 수면제를 넣은 뒤 끝도 없이 휘젓던 순간, 축축한 연탄을 갈아 넣을 때의 코를 찌르던 가스 냄새…… 그때 나는 이미 알고 있었던 것이다. 내가 그것들에서 평생 벗어나지 못하게 되리란 걸.

노인과는 그럭저럭 지낼 만했다. 까칠하게 굴거나 말거나 수제비를 끓여서 드리고 뜨거운 물수건으로 무릎 마사지를 해드린 게 효과가 컸다. 매일 오르막을 걷는 건 힘들었으나 그것도 곧 적응이 되었다. 목적지가 정해져 있는 오르막이었고 그 끝에는 나를 반겨주는 사람이 기다리고 있어서였다. 무겁지 않을 정도로 장을 봐다 날랐고 음식을 만들어서 같이 먹었다. 노인은 점점 말이 많아졌다. 노인의 입에서 풀려나오는 평생을 듣다 보면 한 사람의 인생이란 게 얼마나 무궁무진한 깊이를 품고 있는지 실감이 났다. 자식 다섯을 둔 노인은 당신의 삶에 자부심을 갖고 있는 것 같았다. 그 자부심으로 꼿꼿하게 늙어 혼자 힘으로 살아가는 에너지를 만드는지도 몰랐다. 노년의 삶이 유독 누추하고 가혹하리라 여겼던 건 내가 가진 여러 편견 중의 하나일 뿐이었다. 노인이 결혼하지 않은 사람에 대해 편견을 가진 것처럼.

내가 기유의 결혼 소식을 들은 것은 서른 무렵이었다. 그즈음의 나는 가족이나 친구들과 연락을 하지 않고 지냈다. 수도권의 공장에서 일하며 혼자 살던 중에 어머니의 부고를 받았다. 장례를 치르는 동안 기유는 오지 않았고 다른 친구들을 통해서 기유가 결혼을 앞두고 있다는 소식을 들었다. 갈까 말까 망설였다. 상처를 덧내고 싶지 않은 마음과 꼭 해야 할 위로 사이에서 갈팡질팡하던 나는 결국 예식장으로 찾아가고 말았다. 신부 대기실의 기유는 친구들에게 둘러싸여 환하게 웃고 있었다. 멀찌감치 서서 그 모습을 오래 지켜보았다. 그러다가 문득 기유와 눈이 마주쳤다. 나를 알아본 기유의 표정이 일그러졌다. 울음보가 터지기 직전의 그렁그렁한 눈, 기유의 그 슬픈 눈을 나는 너무 잘 알고 있었다. 얼른 뛰어가서 기유를 안았다.

잘했어, 참 잘했어, 잘 살아……

치미는 울음을 삼키며 기유가 고개를 끄덕였다. 나는 기유의 등을 몇 번 쓰다듬곤 돌아섰다. 서로 울음보가 터지기 전에 멀어져야 했으니까. 그게 내가 할 수 있는 최선의 축하였다.

기유의 어머니는 기유가 결혼하지 않고 혼자 사는 걸 받아들이지 못했다. 기유 어머니의 바람대로 되긴 했다. 하지만 아이가 생기지 않았다. 기유 어머니도 그것까진 어쩔 수 없었다. 기유는 아이 없이 오 년을 살다가 독신으로 되돌아갔다. 병오는 고등학교를 졸업하던 이듬해에 결혼도 하지 않고 아빠가 되었다. 오빠는 어머니가 바라 마지않던 사법고시를 통과하지 못했다. 놀 거 다 놀아서 실패한 인생이 아니고 공부만 하다가 좌절한 경우였다. 오빠에게도 어머니에게도 참혹한 시간이 흘렀다. 낙담한 어머니가 먼저 무너졌다. 어머니가 죽고 얼마 지나지 않아 오빠는 공무원이 되었다. 살림은 넉넉했다. 술꾼 아버지는 물려받은 땅이 많았고 그 땅을 팔아먹기도 전에 죽었으니까. 딸이 번 돈으로 아들의 학비를 댈 정도로 악착같은 어머니가 지켜낸 땅은 모두 오빠 차지였다. 서른 중반에 결혼한 오빠는 아이 없이 덤덤하게 살았다. 나는 그들 부부가 아이를 원하지 않는지 원해도 갖지 못하는지 묻지 않았다. 그리고 일 년에 두 번 부모 제사를 지내러 오빠 집으로 찾아갔다. 갈 때마다 일몰의 바다 쪽으로 조금씩 등을 밀며, 어디까지 왔나 가늠하는 게 오빠를 보는 진짜 목적인지도 몰랐다.

  이런저런 생각에서 놓여나지 못해도 골목길을 올라가는 내 걸음은 재발랐다. 땀이 나지 않게 보폭과 속도를 조절하며 걷던 몇 주 전의 내가 아니었다. 이젠 땀에 흠뻑 젖어도 기분이 나쁘지 않았다. 노인은 땀 흘리는 나를 세워두고 따뜻한 물수건을 내밀었다. 내가 땀을 닦고 매무새를 추스르는 동안 노인은 주방으로 가서 커피를 탔다. 우리는 전기장판에 마주 앉아 커피를 마시며 수다를 떨었다. 때때로 노인은 하늘 높이 연을 띄우고 얼레를 감는 사람 같았다. 풀었다가 감았다가 끝도 없이 반복되는 얘기는 어제나 그제나 거기서 거기였다.

오늘따라 배낭이 많이 무거웠다. 노인이 호박죽을 먹고 싶다고 해서 3킬로그램짜리 누렁호박 한 덩이를 샀다. 들고 가기엔 버거워서 아예 짊어지긴 했어도 무겁긴 마찬가지였다. 노인은 내가 도착하기 훨씬 전부터 나와서 기다릴 것이었다. 그러니 조금이라도 더 빨리 걸어야 했다. 숨을 몰아쉬며 걷는데 전화가 왔다. 받고 보니 오빠였다.

내 전화 일부러 안 받는 거지?

알면서 왜 또?

아니…… 전화도 안 받고 오지도 않고…… 무슨 일 있는가 싶어서.

더듬더듬 말을 잇는 오빠 목소리가 듣기 싫었다. 듣는 척이라도 하면 한없이 징징거릴 기세였다. 제 버릇 개 못 준다는 말이 딱 맞았다. 죽겠다는 소리도 슬금슬금 다시 시작되었다. 운동이랍시고 하던 산책도 춥다며 나가지 않을 때가 많았다. 관리를 부지런히 해도 조심스러운 게 고질병인데 의지박약처럼 구니 더 꼴사나웠다. 네댓 번 전화가 오면 한 번 받고 문자 메시지가 쌓이면 한 번 답장하는 식으로 거리를 두었는데도 그만 나도 모르게 전화를 받고 만 것이었다.

나 지금 일 가는 중이야. 그리고 이번 주 토요일에도 못 가. 금요일 밤에 기유가 오기로……

알았어.

황급히 전화를 끊는 오빠의 속내를 더듬으며, 오래전의 그 일이 떠올라 나 역시 마음이 복잡해졌다.

기유가 마지막으로 내 자취방에 찾아온 날은 실종 사건이 있었던 이듬해 초봄이었다. 기유는 퇴근하는 나를 기다리며 밤바다를 굽어보고 있었다. 우리는 나란히 서서 바다와 몽유를 내려다봤다. 그즈음의 내겐 바다도 몽유도 관심사가 아니었다. 밤만 되면 몸을 일으키던 몽유의 어둑서니는 더 이상 나타나지 않았다. 출근하고 퇴근하는 일상만 남았을 뿐이었다. 기유가 밤바다에서 눈을 떼지 않으며 물었다.

몽유 말야. 넌 저게 무덤처럼 보인다고 하지 않았어?

한때는 그랬지.

지금은?

모르겠어. 잘 보이지도 않고.

근데 경미야. 난 저기 가봤거든? 네가 무서워해서 진짜로 뭐가 있을 줄 알았는데 아니더라. 시시하기도 하고 찌질하기도 하고 그냥, 진짜 별거 없더라고.

그래서?

그냥 그렇더란 말이지 뭐. 너 아직도 몽유에 시달리는가 싶어서.

누구랑 갔는지는 말 안 하네.

맞춰보든지.

나는 아무 말도 하지 않았다. 기유도 그랬다. 우리 사이에 끼어든 어색함이 무엇이든 더 이상 골똘히 생각하고 싶지 않았다. 내가 먼저 기유를 불렀다.

가게 갈까?

가자 술 사러.

기유가 두 팔을 흔들며 앞장서서 내려갔다. 나는 기유의 팔을 잡으려다 말고 뒤따랐다. 두 사람이 팔짱 끼고 내려가기에는 골목이 비좁았다. 기유는 그새 몸이 더 불어서 뚱보가 되어 있었다. 기유의 뒤에다 대고 잔소리를 늘어놓았다.

살 좀 빼라, 대학생 몸매가 그게 뭐고.

술살이야 술살, 오늘만 마시고 끝낼 거야!

기유가 돌아보지도 않고 대답했다.

가게에 갔다가 방에 돌아오자마자 기유는 가방에서 반찬통을 꺼냈다. 내가 좋아하는 달짝지근한 밑반찬들이었다. 나는 금세 기분이 좋아졌다. 겉옷도 벗지 않고 쌀을 씻어 밥을 안치고 감자를 깎았다. 서두르는 나를 주저앉히며 기유가 말했다.

밥은 됐고, 술이나 마시고 싶어.

기유의 몸을 훑어보며 내가 되물었다.

그거 다 술살이라며?

그러니까 오랜만에 병나발 불고 싶다고.

재킷을 벗어 옷걸이에 거는 기유의 몸은 육중했다. 크림색 스웨터를 입은 등과 옆구리가 두둑했다. 내가 입학 선물로 사준 스웨터였다. 그렇게 비싼 선물은 처음이라며 좋아하던 기유의 모습이 자꾸 겹쳐졌다. 싱숭생숭했다. 기유가 행복해 보이지 않아 다행이면서도 그렇게 다행스러워하는 나 때문에 기유가 불행해질까 봐 마음이 조마조마했다. 기유가 털썩 주저앉아 소주병 마개를 비틀었다. 밥상도 술상도 필요 없었다. 처음 강술을 마셨던 몇 년 전의 기유가 거기 그 자리에 앉아 있는 것 같았다. 나도 술병을 들고 마주 앉았다.

먹고 죽자고?

그래.

울어볼라고?

울어볼라고.

그래놓고도 기유는 울지 않았다. 소주를 두 병째 비우고 나서야 눈이 그렁그렁했다.

경미야 나는……

기유는 말을 잇지 못했다. 먼저 운 건 나였다. 기유를 끌어 안았다. 기유는 내 가슴이 대나무 숲이라도 되는 듯 더듬더듬 토해냈다. 상대의 좋아하는 마음을 이용하고 술 취한 걸 이용해서 자신의 욕구를 채운 그것에 대한 고백이자 고발이었다. 그것과 사귀면서 임신을 했는데 너무 늦게 알아서 중절 수술이 출산처럼 힘들었다고. 온몸이 찢긴 채 기유를 찢고 나온 그 아이는 딸이었다고.

기유가 고개를 힘껏 뒤로 젖혔다. 가둔다고 가둬질 눈물이 아니었다. 사무친 저주가 흘러내렸다. 그것은 평생 아이를 갖지 못할 것이고 자신도 평생 아이를 갖지 않을 것이라는 짜디짠 저주. 부둥켜안은 우리는 서로서로 한 그루 대나무이자 숲이었다. 대나무들이 서로를 쓰다듬듯 오래 흔들렸다. 뿌리의 마디마다 죽순이 맺혀 결국에는 일가를 이루고 마는 대나무처럼 기유와 나도 한 뿌리에서 자란 쌍둥이 같았다. 기유를 안고 있던 팔을 풀며 내가 물었다.

네가 기도원에 있는 동안 그것은 뭐 했냐?

군대.

기유가 임신 사실을 알리자마자 그것은 입대 핑계를 대며 날아버린 것이었다.

복수는 내 몫이었다. 공장부터 그만뒀다. 장한 딸 노릇 안 하겠다고 어머니에게 선언했다. 어머니는 단호했다. 부모 형제 중한 줄 모르는 년, 배때기 찔러버리기 전에 눈앞에서 사라지라고 명령했다. 절연은 나도 바라는 바였다. 군대에서 휴가 나온 오빠가 중재에 나섰다. 경미에게도 경미의 삶이 있는 거라고 어머니를 설득했다. 어림없었다. 착하고 너그러운 오라비에게 쓸데없는 근심을 안겨준 죄까지 추가되었다. 시뻘건 얼굴로 내 아들 내 아들 떠드는 어머니의 입이 부글부글 끓어 넘쳤다. 내 입에서도 도끼 같은 말들이 튀어 나갔다. 오빠가 나를 가로막으며 경고했다. 이러다 어머니 넘어가시겠다, 용서해달라고 빌어! 꼴값도 가지가지였다. 입으론 말리

는 척하면서 눈으론 어둑서니를 부르는 오빠를 짓밟아버리고
싶었으나 내가 도로 밟힐 게 너무나 뻔했다. 어머니를 겨누었
다. 어둑서니를 젖 먹여 키운 어머니, 한 번도 내 어머니였던
적이 없는 어머니를 노려보며 퍼부었다. 저 새끼가 기유를 어
떻게 했는지 아느냐고. 제 동생한테도 어떻게 했는지 아느냐
고. 당신이 아는 게 뭐냐고. 아는 게 없으면 아가리라도 닥치
고 살아야지 않겠느냐고.

　이후의 내 삶은 단출했다. 늘 누군가의 무엇으로 살았던 나
는 스스로에게 장한 존재가 되는 법을 몰랐지만 그런 건 몰라
도 상관없었다. 그저 편한 대로만 살아도 충분했다. 한번 자
자고 따라다니는 남자를 만나 잠시 같이 살았다. 그 남자는
다른 여자에게도 한번 자자며 쫓아다니다가 고소를 당하는
것으로 나를 떠났다.


　우짤라꼬 이마이 큰 누렁디이를 짊어지고 왔노 세상에.

　노인이 나와 호박을 번갈아 보며 감탄을 했다. 나는 앞치마
를 두르고 신문지를 장판 위에 펼쳤다. 호박을 잘라서 씨를
발라내고 껍질을 깎는 건 노인의 몫이었다. 어제 노인에게 미
리 팥과 강낭콩을 삶아두라고 했으니 호박만 준비하면 되었
다. 내가 물었다.

　죽 끓일 준비하면서 호박전부터 좀 부쳐 먹을까요?

　말라꼬 그라노. 된데 고마 쫌 쉬어라 카이.

노인이 손사래를 치며 나를 주저앉혔다. 노인은 모처럼 할 일이 생긴 사람처럼 신이 나서 호박을 갈랐다.

아이고, 이 누런 속 좀 보소, 죽 끼리 놓으면 억수로 맛있겠다 글체?

나는 웃으며 고개를 끄덕였다. 유난히 호박죽을 좋아하던 어머니 얼굴이 떠올랐다. 찹쌀수제비 건더기는 일일이 건져 오빠에게 주고 내가 골라낸 강낭콩과 팥까지 알뜰하게 거둬 먹던 어머니의 해쓱한 얼굴이 왜 갑자기 생각나는지 모를 일이었다.

커다란 양은솥에 깎은 호박을 쑹덩쑹덩 썰어 넣고 끓였다. 푹 익혀야 잘 풀어지기 때문에 끓어 넘치지 않을 정도의 약한 불로 조정하고 삶아놓은 콩과 팥, 찹쌀가루도 미리 내놨다. 노인이 방과 주방을 오가며 참견을 했다.

호박 남구지 말고 마카 다 넣었제? 소금캉 설탕도?

노인이 입으로 끓인 호박죽 순서를 이미 외운 터라 좀 귀찮았다. 속이 좋지 않아서 더 그랬다. 노인과 커피를 마시면서 먹은 절편이 명치에 걸린 듯했다. 손끝이 차가워지면서 욕지기가 치미는 걸 참으며 가만히 서 있었다. 대답을 듣지 못한 노인이 내 얼굴을 살피면서 물었다.

와, 어데 안 좋나? 갑자기 와이카노?

속이 메슥거려서, 저 많이 얹힌 것 같아요.

아이고 클났다. 죽이고 머시고 이래가 우얄 끼고.

노인은 나를 이끌고 방으로 갔다. 전기장판에 나를 앉혀놓고 등을 골고루 두드리기 시작했다. 한참 두드리고 나더니 척추까지 촘촘히 쓸어내렸다. 야무진 손끝으로 내 열두 개의 흉추를 하나하나 짚어 내려가며 노인이 물었다.

아푼 데가 있을 낀데? 보자, 여게는 어떻노?

노인이 흉추 한 군데를 반복해서 누르며 또 물었다. 나는 고개를 저었다. 여기도 저기도 아니고 다 아프다고 엄살을 떨고 싶었다. 노인은 손바닥에 힘을 실어 내 등을 힘껏 쓸어내렸다. 말없이 쓸어내렸다. 한참을 그러던 노인이 바느질 꾸러미를 꺼냈다. 실로 내 엄지손가락을 친친 동인 뒤 바늘을 뽑아 머리에 쓱쓱 문질렀다.

마이 얹힌 거는 따야 빨리 내리가지, 쪼매이 따끔할 끼다.

노인의 표정이 조바심으로 복닥거렸다. 조금이라도 빨리 아픈 곳을 낫게 해주고 싶은 마음이 엿보였다. 눈을 감고 기다렸다. 어릴 때 생각이 났다. 엄지손톱 아래 바늘을 꽂을 때마다 울어대는 나 때문에 어머니는 애를 먹었다. 걸핏하면 체하는 내 등을 두드리고 쓰다듬고 손가락을 따는 게 어머니의 일상 중 하나였다. 체증이 심한 날에는 매실주도 마셔야 했다. 손가락을 딴 뒤 매실주 한 잔을 마시고 누워 있으면 틈틈이 나를 들여다보는 어머니의 눈길이 느껴졌다. 노인도 똑같았다. 바늘로 따고 나서도 등을 두드리고 쓰다듬는 걸 멈추지 않았다. 눈물이 쏟아졌다. 명치를 가로막은 게 떡이 아니라 눈물보이기라도 한 것처럼.

　꼴랑 그거 아푸다꼬 얼라 맹키로 이래 울고 난리고? 아이고, 참말로 나가 아깝다 나가.

　노인이 내 손에 티슈를 쥐어주며 타박을 했다. 흘러내리는 눈물과 콧물을 수습하면서도 그리 부끄럽지는 않았다. 아무도 만져주지 않아서 외로웠던 몸, 아무도 어루만져주지 않아서 외로웠던 마음, 오래 고여 있던 외로움의 물꼬는 그리 이상한 데서 터지고 말았다. 얼마나 지났을까. 노인이 나를 살피며 짐짓 딴청을 피웠다.

　아이고, 이넘으 달가지가 또 와 이 지랄인강 모루겠네. 내가 마, 이넘으 달가지만 성하면 저 아랫동네로 어데로 펄펄 날아 댕길 낀데.

　앞치마를 여미고 일어나는 나를 향해 노인이 손을 뻗었다. 노인을 앞세우고 주방으로 갔다. 호박은 물컹하게 잘 삶겼을 것이었다.


　기유는 어젯밤 늦게 왔다가 오늘 새벽에 떠났다. 어머니를 돌봐주던 요양원 원장의 다급한 전화를 받고서였다. 몽유에 같이 가기로 한 약속은 다음으로 미뤘다. 도착하면 연락하겠다더니 여태 소식이 없었다. 무소식이 희소식이라고 믿어보기로 했다. 머리가 좀 지끈거렸다. 나도 기유도 피에 섞인 알코올의 농도가 제법 짙을 터였다. 기유더러 조금만 더 있다

가라고 말렸으나 소용없었다. 2리터짜리 생수 두 병을 끌어 안고 기유는 내 숙소를 나섰다.

창문을 여니 햇살이 포근했다. 어디든 나가야 했다. 카페에 가든 몽유엘 가든 토요일 오후를 방에서 뒹구는 것보단 나았다. 백팩에 생수와 매실주를 넣고 마스크와 모자를 챙겼다.

바닷가 산책로엔 사람들이 제법 많았다. 유람선 터미널도 마찬가지였다. 선 자리에서 오른쪽으로 가면 카페가 있고 직진하면 터미널이었다. 망설이다가 몽유 쪽으로 한 발 내디뎠다. 거창하게 말하면, 이라고 토를 달던 기유의 말이 떠올랐다. 몽유에 가지 않겠다는 원칙과 안 보겠다는 신념은 네 스스로 편하자고 만들어낸 환상일 뿐이라고. 원칙이니 신념이니 따위는 알코올의 남용이 부른 허세려니 하면서도 나는 기유의 말을 따랐다. 허리를 꼿꼿이 펴고 걸었다. 기유의 말이 앞장서서 나를 이끌었다. 뒤돌아보지도 두리번거리지도 않았다. 어둑서니의 거처, 이미 오래전에 침몰한 몽유를 더 이상 붙잡지 않기 위해서라도.

유람선은 삼십 분 간격으로 운항했다. 섬까지의 거리는 1.5 킬로미터, 뱃길로 십 분 남짓이었다. 선착장으로 내려가기도 전에 유람선이 출발하는 소리가 들렸다. 서두르지 않았다. 다음 배를 타면 되었다. 그래도 삼십 분은 애매하게 지루한 시간. 술이 덜 깬 것처럼 자꾸 발밑이 울렁거렸다. 핸드폰을 계속 들여다봤다. 기유는 아직도 연락이 없었다. 전화를 걸었다. 받지 않았다. 불길했다. 기유의 전화보다 기유 어머니의 부고 메시지를 먼저 받게 될지도 모를 일이었다.

안 좋은 예감일수록 적중률이 높았다. 승선 직전에 중학교 동기회 총무가 보낸 단체 메시지 부고가 도착했다. 몽유가 아니라 기유에게 가야 했다. 허둥지둥 숙소에 도착하니 문 앞에 오빠가 서 있었다. 안 하던 짓이었다. 경황이 없는 중에도 기분이 나빠서 불퉁거렸다.

여긴 왜?

그냥.

그냥 아니잖아. 설마, 기유 온다고 했더니, 기유 보겠다고 온 거야?

아냐 그건.

뭐냐고 그럼. 나 바쁘니까 어서 가.

오빠를 밀치고 현관문을 열었다. 오빠가 따라 들어왔다. 한숨이 나왔다. 오빠는 문을 등진 채 어정쩡하게 서 있었다.

나 지금 급하게 가야 할 데가 있거든? 옷 갈아입어야 하니까 나가줘.

어디 가는데?

어디면? 같이 가려고? 어쩌나, 도경술 너는 거기 갈 자격이 없어.

왜 또 삐딱선이야? 가볍게 한잔하면서 얘기나 좀 할까 했더니.

세상 오만 인간이랑 다 마셔도 너랑은 안 마신다고 했잖아!

이러지 말자 경미야. 나 이제 병가 끝나서 다음 주부터 출근하거든. 그동안 네가 도와줘서 고맙다는 말이라도 하려고 했는데, 너는 여전히 내가 그렇게도 밉고 꼴 보기 싫은……

우물쭈물 변명을 늘어놓으며 다가오는 오빠. 나는 그의 비굴하게 처진 입매와 흔들리는 눈을 똑바로 쳐다보며 백팩부터 벗어서 내동댕이쳤다. 내 몸을 통째로 벗겨내듯 목도리와 점퍼도 벗었다. 허물처럼 내던져진 그것들을 닥치는 대로 지근지근 밟았다. 더 이상 다가오지 마라는 아우성. 그래도 오빠는 물러서지 않았다. 발을 구르며 바지도 벗었다. 벗어 던진 바지가 오빠의 목덜미에 올라앉았다. 터틀넥 스웨터는 쉽지 않았다. 움켜쥔 스웨터를 쥐어뜯듯 끌어올리는 나를 오빠가 막아섰다.

보자 보자 하니 진짜! 시발, 내가 뭘 어쨌다고 이 지랄을 떨어, 미친년처럼.

오빠의 크고 두툼한 손이 내 두 팔을 꽉 붙잡았다. 바짝 마른 나뭇가지 같은 팔이 꺾일 듯 삐걱거렸다. 아픈 팔보다 헐벗은 아랫도리에 소름이 돋아나는 게 더 싫었다. 오빠의 손아귀를 벗어나려고 몸부림을 치며 그의 무릎을 걷어찼다. 그럴수록 말리는 오빠의 팔에도 더 힘이 들어갔다. 꼼짝할 수 없었다. 결박당한 내 등 뒤에서 오빠가 가쁘게 숨을 몰아쉬었다. 가쁜 숨에 쉼표처럼 찍히는 시발이 생생했다. 온몸이 저리고 떨렸다. 나로부터 아득하게 멀어지는 몸. 꿈인 듯 생시인 듯 몽유가 들이닥쳤다. 어둑서니를 풀어 나를 옭아매던 그 여름의 몽유가, 일몰의 바다를 건너 천천히 다가오고 있었다.

혼몽한 가운데 들리는 이름. 누군가가 나를 애타게 부르고 있었다.

경미야, 경미야!

오빠였다. 뻣뻣하게 굳어가는 내 몸을 흔들고 주무르며 오빠가 울고 있었다. 더듬더듬 아랫도리부터 만져봤다. 맨살이 아니었다. 보드랍고 매끈했다. 앙상하고 메마른 허벅지를 감싼 밍크 원단의 수면 바지를 쓸어내리고 또 쓸어내리며 나는 숨을 크게 내쉬었다. 타다 만 가슴에 희나리를 얹은 듯 자욱하게 고여 있던 내 안의 연기가 날숨을 따라 천천히 끌려 나왔다. 허공에서 번지고 흩어지는 연기들. 어룽어룽 멀어지는 그것들을 나는 반쯤 뜬 눈으로 따라가고 있었다.

나는 내일 죽을 것이다.

　내 이름은 4864 토스카. 2007년 4월생 승용차이다. 13년
내 삶의 기록은 241,907킬로미터에서 멈춰 있다. 대한민국
승용차의 평균 수명은 16년, 주행 거리는 30만 킬로미터 정
도라고 한다. 노환에 시달리긴 해도 별다른 사고는 없었던 터
라 2년 정도는 더 살 거라 짐작했는데 오늘 안락사 통보를 받
고 말았다. 파트너이자 소유권자인 너는 내 핸들을 쓰다듬으
며 그 소식을 전했다. 지켜주지 못해서 미안하다는 말을 덧붙
이며.

오늘 오전의 세차장 외출이 이별을 준비하는 우리의 마지막 절차였던 걸 나만 몰랐다. 주차장 붙박이로 지내다가 오랜만에 하는 외출이라 나는 좀 들뜬 상태였다. 내 몸에 닿는 너의 손길은 여느 때와 다름없는데 내 심장이 먼저 나댔다. 불규칙한 호흡에 숨이 깜빡 넘어가면서 신음이 터졌다. 숨 고를 시간이 필요했다. 너는 그런 나를 기다려주었다. 오래된 파트너의 마지막 의무이기라도 한 것처럼.

너는 설레는 나를 이끌고 단골 주유소로 향했다. 평소의 너는 연료 탱크부터 채웠고 서너 번에 한 번꼴로 세차를 했는데 오늘은 곧장 세차장으로 들어갔다. 터널식 세차기를 통과하는 동안 나는 거품을 묻히고 물벼락을 맞으며 브러시 마사지를 받았다. 고압 분사기를 통과하고 융 브러시로 마무리를 했는데도 내 몸 여기저기 물기가 남았다. 너는 마른 수건으로 남은 물기를 깨끗이 닦아내고 클리너를 써서 묵은 얼룩까지 꼼꼼하게 지워줬다. 뜻밖의 호사였다. 세차기를 통과하자마자 나 몰라라 하던, 사이드미러에 맺힌 물방울이며 덜 지워진 새똥의 흔적 따위 안중에도 없던 네가 웬일인가 싶었다. 어쨌거나 만족스러웠다. 내 흰 피부는 자연광과 어우러져 말갛게 빛났다. 행복했다. 내 인생의 화양연화, 그 아름답고 생기롭던 시절의 어느 한때로 되돌아간 기분이어서.

행복한 기분은 그리 오래가지 않았다. 이제 겨우 몇 시간 지났을 뿐인데, 먼 과거처럼 느껴졌다. 온 적도 없으면서 가버린 것 같은, 한순간만 허락된 기쁨의 유효기간이 아쉽고 아득했다. 농도 짙은 기쁨일수록 한 방울의 원망에도 취약한 것일지 몰랐다. 희석되는 즉시 변질되고 멀어지는 기쁨의 순간을 아끼고 아꼈더라면 유예가 가능했을까. 그렇지는 않을 것 같았다. 아무리 붙잡아도 스쳐 갈 순간이라면, 그 순간을 온전히 낭비해버린 게 차라리 다행이었다. 지금 이렇게 들끓는 여러 생각들도 그렇게 되길 바랐다. 미적지근하게 따라붙는 서러움을 달래며, 이 또한 지나가리라 주문을 외면 정말로 그렇게 될 것이라 생각했고 정말로 그렇게 되었다. 나는 덤덤한 눈길로 주변을 돌아보았다. 너는 이미 내 눈앞에서 사라졌고 네가 사는 아파트 12층은 내가 상상할 수 없는 공간이었다. 나에게 허락되지 않은 공간을 상상할 만큼의 기운도 없었고 기분이 나지도 않았다. 아까부터 나를 빤히 쳐다보던 자전거 보관소의 늙은 자전거.

젊다고 뽐내더니 나보다 먼저 죽을 모양이네?

자전거가 나더러 혀를 차며 그렇게 말하는 듯했다. 천년만년 사시오, 라고 눈을 부라리려다 말았다. 좀비처럼 살아도 이 세상에 남아 있는 게 좋다면 덕담이겠으나 아무래도 그건 악담에 가까웠다. 생자필멸이라 했던가. 발생한 것은 반드시 소멸한다는 뜻인 것 같은데, 나도 물질로 존재하기에 언젠가는 소멸하리란 것을 알고는 있었다. 안다고 생각만 하며 살아서인지 막상 소멸을 재촉하는 여러 징후들에 시달리면서도 나는 그저 태연했다. 너 때문이었다. 오래오래 같이 살자던 나의 파트너, 너의 애틋한 약속을 나는 완전히 믿었으므로.

13년 전의 너는 기운이 넘쳤다. 그럼에도 친구는 많지 않았으며 오가는 데도 별로 없었다. 가끔 친구를 만나서 커피를 마시고 밥을 먹었으며 더 가끔 다른 지역으로 장거리 여행을 떠나기도 했다. 처음엔 나도 여행에 동참했으나 오래가지 못했다. 핸들을 잡으면 더 기운이 넘치는 너 때문이었다. 나는 주차장에 외톨이로 남아 네가 돌아오기를 기다렸다. 기다리고 또 기다렸다. 나한테는 너뿐이니 어쩔 수 없었다. 혈기 왕성해서 더 그랬다. 몸은 붙박이인데 마음만 들썩이느라 쉽게 지쳤다. 울적해진 나는 자전거 보관소에 방치된 낡은 자전거를 흘끗거렸다. 프레임은 녹슬고 체인도 다 벗겨져서 고물상으로 직행한대도 아깝지 않을 몰골이었다. 저러고도 살고 싶을까. 솔직히 그때는 정말로 그런 마음이 들었다. 늙고 고장 난 자전거의 마음을 헤아리기엔 나는 너무 젊고 건강했으므로.


미리미리 에이에스 받고 오일 때맞춰 교환해. 관리하지 않고 타는 자동차는 언제 흉기로 돌변할지 모른다.


너의 부친이 살아 있을 때 너에게 당부하던 말이었다. 너는 부친의 잔소리 따위 귓등으로도 안 듣는 인간이었고 그나마 너를 염려하던 부친도 몇 년 전에 돌아가셨다. 젊고 힘이 넘칠 때는 몰랐는데 나이가 들고 보니 네 부친의 당부야말로 몸 관리의 정석이었던 것을 알게 되었다. 알고 보니 늦었다. 내 몸은 이미 너도 모르고 나도 모르게 망가져서 네 부친이 예언한 대로 되어버렸다. 주행하다가 도로에 주저앉아 견인차에 이끌려 카센터로 직행한 적이 몇 번이었던가. 카센터 사장은 보닛을 열어젖힌 뒤, 여길 보시오 저길 보시오, 하며 당장 교체해야 할 부품이나 소모품, 곧 수리가 필요한 부품들을 가리켰지만 너는 건성으로 들었다. 봐도 모르겠으니 그런 걸까 짐작하면서도 제 몸 아닌 것에 대한 무관심에 정나미가 떨어질 지경이었다. 그럴 거면 얍삽하지나 말든지. 응급처치 수리비야 어찌할 수 없다 치고 고장 난 도어록 정도는 공짜로 고쳐주기를 바라는 너 때문에 나는 부끄러웠다. 사장은 너의 꼼수에 넘어가지 않았다. 그냥 타소. 돈 들이지 않을 거면 불편함은 감수하란 말이었다. 전조등이나 미등의 전구 교환쯤은 서비스로 가능하지만 도어 트림을 다 해체했다가 조립해야 하는 작업을 공짜로 해주길 바라다니. 이래저래 자존심 상하고 기분 나쁜 건 내 몫이었다. 늙은 주제에 끙끙거린다고 무시당하고 이미 늙었으니 앓다가 죽어도 그뿐이라는 너와 사장의 태도에 쌍으로 거절당한 것 같아서.

졸며 깨며 안간힘으로 버티는 내가 너무 지겨워서 이제 그만 죽어달라고 한 것일까. 그런 생각이 들자마자 새삼스레 서러움이 치밀었다. 체념과 기대와 서러움과 분노가 뒤범벅된 채 변덕에 휘둘리는 나 자신을 가만히 들여다보았다. 늙으면 서럽다는 말을 입에 달고 살던 너의 모친 맞잡이었다. 노인의 던적스러운 엄살 따위 애초에 싹을 잘라야지 하면서 너를 응원했던 그때의 나도 나였고 서러움에 끓어 넘치다가 가라앉기를 반복하는 지금의 나도 나일뿐이었다. 그런 생각이 들자 늙은 자전거가 빈정거리든 말든 금세 시큰둥해졌다. 하품만 나왔다. 주차장에 엎어져 있는 시간이 길수록 더 그랬다. 경비원이 순찰하면서 슬쩍 걷어차도 그런가 보다 싶고 새들이 똥을 싸건 말건 눈 흘길 기운도 없었다. 그저 망고만 보고 싶었다. 절룩거리며 눈곱을 달고 다녀도 마냥 귀여운 망고. 내 몸 여기저기 자신의 냄새를 묻혀놓고 멀리 갔다가도 하루에 한두 번은 꼭 나를 찾아오는, 며칠째 못 봐서 더 기다려지는 내 고양이 망고만 보고 싶을 뿐.

계절 따라 온기나 그늘을 찾아 내 품을 파고드는 길고양이들은 늘 애틋했다. 몇 년 전 어느 초봄이었던가. 털 색깔이 노란 어린 고양이가 나를 찾아왔다. 시동을 끈 지 얼마 지나지 않은 내 몸의 온기는 녀석을 품기에 아주 적당했다. 운전석 앞바퀴와 펜더 사이에서 충분히 몸을 데운 녀석이 고롱고롱 조는 모습은 사랑스러웠다. 녀석이 자주 찾아오자 너도 녀석을 알아보았다. 나는 녀석을 노랑이라고 불렀는데 너는 망고 같다며 귀여워했다. 노랑이면 어떻고 망고면 어떠랴 하면서 나도 어느새 녀석을 망고라 불렀다. 네가 망고야, 망고야, 부르는 소리는 참 다정했다. 어떤 날에는 습식 사료며 참치를 들고 내려왔고 어떤 날에는 육포를 들고 와서 망고를 애타게 만들었다. 망고는 너의 종아리에 코를 부비며 간식을 보챘고 간식 먹는 동안 네가 만지는 것을 허락했다. 가끔 네가 차창을 올리지 않고 가버린 날이면 망고는 스며들듯 내 품으로 파고들었다. 녀석은 네가 먹다 흘린 피자 토핑이나 감자칩 부스러기, 하리보 젤리까지 찾아 먹었다. 그래봤자 기갈만 더할 뿐이었다. 글로브박스는 달콤한 육포 냄새를 솔솔 풍겼고 콘솔박스에도 고소한 냄새가 배어 있어서 망고의 안달을 부추겼다. 망고는 애처롭게 울며 두 개의 박스를 번갈아 긁었다. 아무리 울고 매달려봐야 너 아니면 열어줄 수 없다는 걸 아는지 포기도 빨랐다. 좌석마다 자신의 냄새를 묻히면서 놀다가 너의 체취가 밴 운전석 의자 밑에서 잠들기도 했다. 잠든 망고를 품고 있으면 좋으면서도 쓸쓸했다. 너 아닌 망고를 더 좋아하게 될 것 같아서.

사방이 조용했다. 일부러 둘러봐야 별 게 없었다. 나보다 오래 살 거라고 유세를 떠는 늙은 자전거는 하나도 부럽지 않았다. 드문드문 사람들이 지나다녔다. 나를 흘끔거리며 지나가는 사람. 아파트 경비원이었다. 그는 꽤 심술궂었다. 똥차라고 막 굴리나, 주차해놓은 꼴이 이게 뭐고. 그는 차선에 삐딱하게 걸쳐진 내 바퀴를 걷어차면서 너와 나를 싸잡아 흉봤다. 밉다고 구박하니 더 미운 짓을 한다고, 고장 난 도어록까지 떠들고 나서면 엎친 데 덮친 격이었다. 순찰을 돌다가 딸꾹질이 터진 나를 만나면 그는 신경질적으로 내 옆구리를 쥐어박았다. 조용히 하라는 거였다. 멈추라고 해서 멈춰질 거면 시작도 안 했다 이놈아! 소리를 지르며 욕하거나 너에게 고자질이라도 하고 싶지만 나는 입이 없었다. 입이 없는 내 앞에서 사람들이 말을 얼마나 함부로 하는지 두 시간 내내 떠들 수 있으나 그게 뭐 대수라고. 사람들은 대체로 서로 안 보는 데선 흉을 많이 보는 종족인 것 같았다. 그건 너도 마찬가지였다. 속 썩이는 늙은 모친, 불통인 오빠, 말 안 듣는 기숙사 학생, 너의 통화 내용 중 절반은 다른 사람을 흉잡느라 화가 난 상태였던 게 생각났다. 하긴 사람 아닌 나도 예외는 아니었다. 좋은 기억보다 서운했던 기억이 더 많이 떠오르고 그럴 때마다 그들을 흉잡고 싶어 마음이 간질거렸으므로.

오늘따라 시간이 참으로 더디 흘렀다. 미래를 잊은 시간이 내 옆에 가만히 엎드려 있다는 생각마저 들었다. 그럼에도 내 주변은 한낮과는 많이 달라졌다. 바람의 방향과 결이 달라지고 대기 중의 습도가 높아졌다. 세차를 할 때는 쨍쨍하던 하늘이 그새 어둑해졌다. 잿빛 구름이 묵직하게 내려앉은 하늘을 보며 나는 망고를 생각했다. 그제도 어제도 오늘도 안 오고…… 길고양이치곤 아주 오래 살았다는 너의 말대로라면 망고 또한 수명이 얼마 남지 않았을 텐데.

내 생애 마지막 저녁에 도착한 나는 지금 누구를 그리워하는 걸까.

너인 것 같기도 하고 망고인 것 같기도 했다. 오래전의 너인 것 같기도 하고 처음 만났을 때의 망고인 것 같기도 하다. 아무리 생각해도 너는 아닌 것 같았다. 생각하면 할수록 너는 아닌 것 같아서 마음이 울컥거렸다. 그리움에 얹히는 이 자욱한 원망을, 대체 어디에다 풀어놓고 떠나야 할지.

네가 나를 어루만지며 미안하다는 말을 백 번쯤 한다 해도 내가 내일 죽을 거라는 사실은 달라지지 않았다. 내일이었다. 내일 당장 죽어달라고 하면서 미안해하는 너의 마음을 나는 종잡을 수 없었다. 아까는 정말이지 너에게 묻고 싶었다. 무엇이 얼마나 어떻게 미안한지 구체적으로 말해줄 수 없겠니, 하고.

대답인 양 애통한 표정으로 핸들을 감싸고 있던 너는 글로브박스를 열었다. 애도는 끝났고 정리할 것만 남았다는 듯. 네가 열어젖힌 박스에선 콤팩트디스크 두 개, 10그램씩 포장된 하리보 젤리 몇 개, 고양이 간식용 육포가 바닥으로 쏟아졌다. 너는 한숨을 쉬었다. 나도 한숨을 쉬었다. 좁은 공간에 꾸역꾸역 채워 넣고 억지로 닫더니 그럴 줄 몰랐냐는 핀잔이었다. 언짢기도 했다. 내가 간직한 것들, 나에게 소속된 것들을 함부로 여기는 네 태도와 미안하다며 울먹이던 네 말의 거리가 너무 가까운 듯해서.

영문 모르고 널브러진 CD는 네 고향 친구인 하리보가 선물한 것이라고 하는데 나보다도 나이가 많았다. 너는 주로 FM 라디오를 들었고 USB를 이용했기 때문에 CD는 까맣게 잊고 지냈다. 어쩌다가 CD를 꺼낼 때가 있긴 했다. 하리보와 추억을 공유하는 긴 통화를 끝냈을 때가 그러했다. 둘의 추억에 등장하는 영화와 노래가 너를 자극하는가 하면 때론 우정 확인용 코스프레인가 싶기도 했으나 어느 쪽이라 해도 CD에 흥미가 없는 건 사실이었다. 1번 트랙에서 마지막 트랙까지 오 분도 걸리지 않는 재생 시간, 딱 그만큼의 관심뿐이었단 것을 증명이라도 하듯 정리할 때도 너는 전혀 망설이지 않았다. CD는 곧바로 종량제 비닐 봉투에 담겼다. 오래 버려졌다가 영영 이별이었다. 너는 나머지 잡동사니들도 죄다 꺼내 분류했다. 나는 분주하게 움직이는 너의 손을 가만히 쳐다보았다. 내 차가운 몸의 온도를 90°까지 끌어올리는 36.2°의 따뜻한 손, 미안하다며 나를 쓰다듬던 그 손이 마지막으로 찾아낸 것은 자동차등록증이었다. 너는 내 출생의 이력이 새겨진 등록증을 대시보드 위에 펼쳐놓고 사진을 찍었다. 애도는 완전히 끝난 게 아니었다. 그런 너를 지켜보는 내 감정의 혼란스러움이란.

버렸으면서 버린 게 아니라고 하는 너, 이해와 오해 사이에서 나는 계속 머뭇거렸다.

미안하니까 사진이라도 남겨두려는 건지 몰라도 나는 기분이 안 좋았다. 어차피 없어질 몸이라면 그 무엇도 남기지 말고 완벽하게 사라지고 싶은 게 내 바람이었다. 너의 휴대폰에 영정 사진으로 저장되었다가 가끔 추억으로 소환되는 짓 따위는 정말이지 내가 바라지 않는다는 걸 너는 알 리 없었다. 너는 내 이름이 가장 잘 보이는 구도로 정성껏 사진을 찍었다. 내가 포즈를 취할 수 있다면 너를 향해 손사래를 쳤을 텐데, 나는 그저 네가 못마땅할 뿐이었다. 병 주고 약 주는 너를 어색하게 마주 보았다. 내가 미처 생각해본 적 없던 여러 감정들이 너와 나 사이를 흘러 다녔다. 내 삶의 전부라고 믿었던 너를 두고, 내 마음이 이토록 졸렬하게 변할 수도 있는가, 내일 죽을 거라는 통보보다 이별을 준비하는 너의 태도에 더 상처받은 내 진짜 마음은 무엇이었을까 생각하면서.

갈팡질팡 헛갈리는 나를 몇 바퀴나 돌면서 너는 내 앞뒤 전신 샷도 찍었다. 조용한 한낮에 찰칵찰칵 소리만 들렸다. 내

형체가 완전히 사라진 뒤에, 낱낱의 원자로 떠돌면서도 저 소리를 따라 너에게 가 닿을 수 있을까. 그런 생각에 반응이라도 하듯 내 몸이 살짝 진동했다. 기다렸단 듯이 운전석 도어록이 철컥거리기 시작했다. 너는 눈살을 찌푸렸다. 나도 당황스러웠다. 너를 골탕 먹이려고 의도한 게 아니었다. 수습은 너의 몫이었다. 너는 휴대폰을 바지 뒷주머니에 넣고선 입술을 쑥 내밀었다. 그러고는 볼멘 표정으로 도어록을 여닫으며 원격 조종을 했다. 잘 되지 않았다. 고장이 난 채로 오래 방치되어서였다. 내 탓인 것처럼 짜증을 내는 너의 눈치를 살피며 나도 너의 손길에 맞춰보려 애쓰지만 소용없었다. 내 몸이라고 해서 내 마음대로 되는 게 아니었다. 맥이 풀렸다. 사소한 투정 같은 이런 종류의 고장 말고도 요즘 내 몸에 나타나는 이상 증상은 그야말로 버라이어티했다. 내 몸을 지탱하는 부품만 해도 27,000개 내외, 간단하게 수리하거나 교환이 가능한 것도 있지만 한번 잘못되면 다시는 원상태로 되돌릴 수 없는 경우도 있었다. 그럴 경우 목돈을 들여서 통째로 교환하기도 한다는데, 언감생심 늙고 병든 이 몸이랴. 너의 모친이, 안 아픈 데가 없어서 사는 게 고역이라고 하던 것처럼, 나 역시 온몸이 신통찮았다. 브레이크 패드나 디스크, 연료 펌프가 제대로 작동하지 않는 것은 물론 엔진오일이 바닥을 쳐도 모르다가 운행이 멈추고서야 카센터를 찾아가는 너 때문에.

너에게 나는 세번째 파트너라고 들었다. 첫 차는 운전 연습용이었고 두번째로 산 중고차는 크고 작은 사고가 끊이지 않았다고 한다. 너의 부친을 태우고 가던 중에 다리가 끝나는 지점에서 좌회전하다 도로 옆의 개천으로 뛰어드는 사고가 나자, 너는 재수 없는 차 때문이라고 변명했다고 들었다. 너의 운전 습관을 아는 나로선 얼토당토않게 누명을 쓴 그 차가 불쌍했으나 이미 지나간 일이었다. 너의 부친은 그 황망한 사고로 트라우마가 생겼다. 운전 조심하란 잔소리로 너를 꽁꽁 묶는 조건이긴 했으나 나를 너에게 데려다준 사람은 너의 부친이었다. 우리가 처음 만났던 날, 설레는 눈빛으로 나를 보고 또 보던 너.

그랬던 네가 나한테 죽어달라고 할 줄이야. 네가 그런 말을 하기 전에, 네 입에서 그 말이 나오기 전에 내가 뭘 어찌해야 했을까. 내가 할 수 있는 게 뭐 있기나 했을까. 너의 미안하다는 말의 의미를 곱씹으며 나는 외곽도로에서 주저앉았던 두 주 전의 그날을 다시 떠올려봤다. 그날은 너도 나도 컨디션이 매우 안 좋은 상태였다. 직전에 너의 모친에게 다녀왔고 오자마자 너의 오빠를 만나러 가던 중이었다. 내 상태는 너의 모친 집에서 돌아올 때부터 급격히 나빠졌다. 너만 몰랐다. 고속도로이긴 하나 시속 130킬로미터를 넘나드는 아찔한 주행 속도에도 너는 아랑곳하지 않았다. 나는 쿨럭쿨럭 터져 나오는 기침을 참지 못할 만큼 온몸이 드르렁거렸고 목이 말랐다. 그런데도 너는 너의 생각에만 빠져 내가 얼마나 힘들어하는지 눈치채지 못했다. 늘 그랬다. 너는 내가 완전히 드러누워야만 아픈가 보다 했다. 그날 완전히 드러눕기까지 조짐도 있었다. 네가 너의 모친 집 앞마당에서 벌컥벌컥 후진기어를 넣을 때 내 심장이 갑자기 멈춰버렸던 것이다. 그러거나 말거나 너는 입을 꾹 다문 채 잔뜩 화가 난 모습이었다. 너의 모친이 그런 너를 지켜보고 있었다. 마당으로 내려오지도 못하고 마루 끝에 우두커니 선 거동 불편한 모친을 외면한 채 너는 거듭 내 심장을 압박했다. 겨우 살아난 내가, 숨만 붙은 채, 고속도로에서 주저앉지 않으려고, 안간힘으로 버텼을 걸 너는 생각이나 할지 모르겠지만 어쨌든 그날 나는 정말이지 힘들었다. 끝까지 너를 보호하고 싶었다. 그런 내 마음의 깊이나 크기가 의무감이라 해도 상관없었다. 다만 나는 너에게 미안하고 싶지 않았다. 미안함으로 감싼 변명보다 끝까지 파트너를 지켜내려는 의무감이 덜 창피할 것 같아서.

뭉게뭉게 피어오르는 오만 가지 생각들과도 이별해야 하는 시간은 점점 다가오고 있었다. 나를 데려갈 폐차장 견인차는 내일 아침에 온다고 했다. 아마도 아침에 퇴근하는 너의 시간에 맞춘 것 같았다. 하늘은 먹장구름으로 자욱했다. 구름의 상태를 보니 소곤소곤 내리다 그칠 비는 아닐 것 같아서 공연히 애가 탔다. 망고를 못 보고 헤어질 수도 있겠구나 싶어서였다. 망고뿐이랴. 내가 지금 보고 있는 것들은 전부 다시 못

볼 것들이었다. 이십층 아파트, 가지를 다 잘린 채 봉두난발인 느티나무, 놀이터와 그 옆의 파고라, 늙고 추레한 자전거, 주차장에 세워져 있는 차들까지 차례차례 둘러보았다. 그들도 나처럼 생로병사에서 예외일 수 없다는 게 사뭇 위로가 되었다. 나도 모르게 중얼거렸다, 누구에게랄 것도 없이.

나 먼저 간다.

대답이라도 하듯 누군가가 다가왔다. 너의 친구 하리보였다. 하리보는 삼십대 후반에 결혼해서 딸 하나를 둔 주부였다. 친구들과 만날 때도 백팩에 어린이용 주스와 하리보 젤리를 꼭 챙겨오는 그녀를 두고 너와 너의 미혼 친구들이 '하리보'라는 별명을 지어주었다고 들었다. 너는 육아에 찌든 하리보의 일상을 미혼 친구들과 공유하면서 스스로 선택한 삶의 방식에 우월감과 안도감을 느꼈다. 하리보의 딸은 쑥쑥 자라서 중학생이 되었는데도 여전히 하리보를 좋아했다. 그건 너나 하리보도 마찬가지였다. 얼마 전에 만났을 때도 하리보는 골드베렌과 프루티부시를 내놓았다. 입안에서 터뜨린 과즙을 음미하고 있던 너에게 하리보가 말했다. 이거 요즘 맘들 필수 아이템이야, 넌 모르겠지만. 둘 사이에 묘한 기류가 흘렀다. 네가 정색했다. 그딴 게 뭐라고 알아야 해? 새끼 모시고 사는 여자들, 다들 난리 피워도 넌 안 그럴 줄 알았는데 징그럽다 얘.

정면충돌이라기보다 하리보의 소심한 복수로 끝난 해프닝
이었다. 왠지 네가 안쓰러웠다. 염색한 귀밑머리가 허옇게 자
라나오는 걸 물끄러미 바라보다가 잔주름이 잡히기 시작한
푸석한 인중도 한참 쳐다보았다. 독신의 삶에 자신만만하던
예전의 네가 아니었다. 오랜만에 보는 누가 너에게 얼굴이 많
이 상했네, 라거나 폭삭 늙었네, 라고 했다간 그 사람의 꿈속
까지 따라가서 싸울 기세였다. 그야말로 죽자고 달려들었다.
네가 사감으로 근무하는 기숙사 학생 커플에 대한 처벌도 더
엄격해졌다. 물론 기숙사 수칙에 그런 조항이 있긴 하겠지만
그건 어디까지나 예방 차원인 거지 실제로 적용시키기란 애
매할 터였다. 그런데도 너는 가차 없었다. 일시퇴사를 시켰는
데도 헤어지지 않는 커플은 영구퇴사를 시켜버렸다. 규정을
빙자한 권한 남용을 하면서까지 네가 커플에 대해 두드러기
를 일으킨 게 쉰을 넘긴 너에게서 느낀 변화라면 가장 큰 변
화였다. 그나저나 하리보는 언제까지 내 주위를 빙빙 돌기만
할 건지, 어지러움을 참으면서 나는 생각했다. 서로 작별 인
사를 할 처지도 아닌데 무슨 이유일까 하는.
　　네가 내려오면 알게 될 터였다. 그런데 이상했다. 하리보를
의식하자마자 기운이 좀 되살아났다. 땅속으로 꺼져 들 것 같
던 몸을 추슬러 당당하게 어깨를 폈다. 죽을 땐 죽더라도 끝
까지 멋있게 보이고 싶었다. 백화 현상이 진행되는 헤드라이
트가 좀 그렇긴 해도 이만하면 충분히 잘생기고 피부도 좋잖

아 하면서 으스대는 내 마음을 알기라도 한 것처럼 하리보가 말했다. 멀쩡한데? 물론 전화로 너한테 한 말이긴 했다. 네가 뭐라고 대답했는지 하리보는 고개를 갸웃거리며 나를 요모조모 살펴보았다. 야, 연식에 비해 이 정도면 훌륭한 거 아냐? 나는 하리보의 말을 이해하기 어려웠다. 훌륭해서 죽기에 적당하다는 말은 아닐 테고 아직 멀쩡하니 안락사를 유보해야 한다는 의미인가. 헷갈리는 와중에 하리보가 나를 열어젖혔다. 운전석에 앉자마자 글로브박스에서 키를 꺼내 시동을 걸었다. 서툴고 거칠었다. 당황한 나는 잔뜩 움츠러들었다. 숨을 쉴 수가 없었다. 자꾸 밭은기침이 터졌다. 너 아닌 사람에게 체면 구기는 모습 보이는 것도 싫었다. 쪽팔려서 어떻게든 힘을 내려고 애썼으나 소용없었다. 하리보는 아무 데나 밟아보고 아무거나 눌러봤다. 나는 금세 상황 파악이 되었다. 이 사람, 완전 생초보군.

　시동도 못 걸면서 무슨 운전을 한다고 그래? 너는 하리보를 보자마자 핀잔을 늘어놓았다. 장롱면허 티 내지 말고 도로 연수 제대로 받으라는 충고를 하는 너에게 하리보가 머쓱하게 대꾸했다. 진짜 겉만 봐선 멀쩡한데 얘 왜 이러냐? 너는 부정도 긍정도 아닌 모호한 표정을 지으며 하리보에게 말했다. 그래서 너 못 준다고 했잖아. 당장은 괜찮아도 언제 어디서 퍼질지 모르니까. 하리보가 아쉬운 듯 말했다. 연습용으로 딱 좋은데. 미련을 못 버리는 하리보에게 네가 쐐기를 박았다. 집에 좋은 차 있잖아, 그거 타. 모셔두고 자랑이나 하지 말고. 갑자기 하리보가 제풀에 깔깔 넘어가며 말을 이었다. 근데 말야, 너 왕초보 때 아버지 태우고 가다가 하천으로 직진한 적 있잖아? 사실 나도 그 꼴 날까 무섭긴 한데, 너 벌벌 떨면서 나한테 전화한 거, 그게 자꾸 생각나서 웃겨 죽겠는 거야. 미쳤냐? 고릿적 얘길 왜 꺼내고 지랄. 네가 하리보의 등을 찰싹 때리며 같이 웃었다. 나는 모르는, 나 이전의 얘기들. 언젠가 들은 적 있는 에피소드가 섞여 있긴 해도 나는 그들의 대화에서 소외되었다. 외로웠다. 나에게 네가 전부라고 해서 너한테도 내가 전부여야 한다고는 생각하지 않았으나 사는 동안 우리 사이에 다른 존재가 끼어들 여지는 없을 거라 믿었다. 그런데 하리보라니. 내가 하리보에게 알맞은 파트너가 될 수 있을지 없을지 나도 모르는 사이에 시험을 치렀고 불합격 판정을 받은 것 같았다. 늙고 병든 몸으로 누군가와 다시 인연을 맺는다는 상상은 해본 적도 없었다. 내 마지막 바람은 여기 이 자리에서 너와 망고의 배웅을 받으며 의연하게 떠나는 것이었으므로.

이 세상의 모든 도끼들은 어느 발등을 찍어야 할지 본능적으로 알고 있었다.

믿는 도끼에 발등 찍힌다는 말 따위 차마 떠올리기 싫었다. 더군다나 내 발등을 찍은 도끼가 너라니. 나는 그런 너절한 생각에 사로잡힐 존재가 아니었다. 너의 모친처럼 남 탓이나 하는 옹졸하고 치사한 존재가 아니라고 굳게 믿으며 살았다. 넌 모르겠지만 정말이지 나는 노력했다. 네가 누군가와 통화하면서 귀찮아 죽겠어, 짜증 나 미치겠어, 울화를 터뜨려도 이해했다. 나는 너에게 귀찮은 존재일까 짜증 나는 존재일까 가늠하느라 눈치도 많이 살폈다. 나는 짜증 나고 너의 모친은 귀찮은 거겠지. 그 반대일까. 모르겠다. 귀찮든 짜증 나든 나 아니면 너의 모친뿐인데 그런 구분이 무슨 소용일까 하면서도 나는 너에게 귀찮은 존재는 아니길 바랐다. 네가 너의 모친을 바라볼 때의 마땅찮아하는 눈빛, 적의와 연민이 뒤섞인 그런 눈빛을 나는 견딜 수 없을 것 같았다. 그래서 더 안간힘으로 버텼다. 주행하다가 도로에 퍼질지언정 너에게 쓸모없는, 아무짝에도 쓸모없는 귀찮은 존재가 되지 않으려고.

　돌이켜보니 부질없는 짓이었다. 나는 이미 오래전에 버림받았는지도 몰랐다. 내 옆구리와 엉덩이에는 소소한 흉터가 여럿 있는데 다른 차들이 지나가면서 긁거나 부딪친 흔적이었다. 누가 언제 그랬는지 모르는 것까지야 그렇다 치더라도 신호 대기 중에 뒤쪽 범퍼를 슬쩍 들이받히거나 사이드미러를 긁혀도 너는 개의치 않고 보내버렸다. 그럴 때마다 나는 네가 섭섭했다. 너는 도대체 누구 편인가 따지고 싶었다. 누가 와서 때렸는데 맞을 짓 해서 맞은 거라며 오히려 때린 사람을 두둔하는 것 같은 꼴이라니. 사고 수습이고 뭐고 빨리 그 자리를 벗어나려고 조바심치는 너를 보면 처음 나를 대하던 때와는 달라도 너무 달라서 서러웠다. 누가 나에게 눈만 흘기고 지나가도 상처가 날까 봐 살피고 또 살피던 너. 그 눈빛이며 태도가 오롯한 진심이었던 걸 나는 본능적으로 알고 있어서 내심 거만하게 굴었다. 네가 오래오래 같이 살자는 고백을 하는 것도 당연했고 자동세차기에 내 피부가 상할까 봐 손 세차장을 이용하는 것도 너무나 당연했다. 내 삶의 화양연화였던 시절. 사랑받는 존재로서 누렸던 그때 그 기억으로 나는 살았고 그 기억으로 너를 사랑하려고 애썼다. 그 시절에서 너무 멀리 와버린 지금, 너도 나도 이미 그때의 우리가 아닌데, 자꾸 내 발목을 잡는 이 낯선 감정의 정체란.

몸은 가라앉고 화는 끓어올랐다. 우중충하게 내려앉은 하늘마저 내 분노지수를 더 끌어올렸다. 공연히 여기저기 노려보면서 이 불편한 상황이 종료되기를 기다렸다. 하지만 내 바람일 뿐이었다. 잠시 마트 다녀올까? 네가 하리보에게 물었다. 하리보가 미심쩍은 듯 되물었다. 시동 안 걸리던데? 대답 대신 네가 타라는 눈짓을 했다. 하리보를 조수석에 태운 채 너는 보란 듯이 시동을 걸었고 나는 시큰둥하게 너의 손길에 반응했다. 잘해보겠다는 욕심이 생기지 않았다. 내 심장은 어느 때보다도 규칙적으로 뛰었다. 네가 핸들을 쓰다듬으며 출발했다. 하리보가 어리둥절한 표정으로 말했다. 얘 진짜 사람 가리는 거 아냐? 너는 되고 나는 안 되고, 이상하게 기분 나쁘네. 너는 당연하다는 듯 말했다. 우린 팀워크 훌륭한 파트너거든. 그런 말을 들어도 예전처럼 기쁘지 않았고 둘이서 무슨 대화를 하든 관심이 생기지 않았다. 앞만 보고 나아갔다. 덤으로 얻은 마지막 외출의 목적지는 마트였다. 기대도 설렘도 없이 무작정 떠나고 보는 여행처럼.

마트 주차장은 익숙한 장소였다. 네가 근무하는 기숙사 외에 가장 자주 드나드는 곳이기도 했다. 너는 입구에서 멀찌감치 떨어진 구석에 나를 세워두었다. 근처 음식물 분리수거함에서 양파 썩는 냄새가 올라왔다. 넓은 주차장에 빈자리도 많은데 하필이면 여긴가 싶었다. 늙어빠진 내가 창피한 게야. 너는 아니라고 반박할 게 뻔하지만 말보다 더 빤한 태도가 너의 본심이란 걸 내가 어찌 모르겠나.

마음을 끓여서일까. 피곤했다. 빨리 아파트 주차장으로 돌아가고 싶었다. 망고가 먼저 와서 기다릴지도 몰랐다. 아니다. 그건 사실이기도 하고 변명이기도 했다. 불안해서였다. 내가 늘 엎드려 있던 그 자리, 내 보금자리로 돌아가지 못할까 봐 걱정이 되었다. 혹시라도 이곳에서 내 심장이 멎어버린다면, 너는 나를 되살리려 노력하기보다 폐차장 견인차를 부를 게 뻔했다. 하루 당겨서 죽는다고 너나 나나 뭘 그리 애달플까만 객사는 두려웠다. 두 주 전의 그날, 너의 모친이 마루 끝에 구부정하게 서서 내뱉던 말이 생각났다. 이러다가 죽지 살기는 글렀다. 이제 오지 말거라. 내 식고 나거든 와서 송장이나 치우든가. 집 안에서 둘 사이에 어떤 말이 오갔는지 알 수 없으나 노인은 마음을 많이 다친 것 같았다. 벽을 짚고 간신히 버티는 몸은 후들거리는데 너를 향한 말은 뼈처럼 단단하고 또렷했다. 너는 말이 없었다. 너는 기어를 함부로 밀고 당기며 그 마당을 벗어나는 데만 급급했다. 그날 그 마당에서 내 심장이 멎어버리는 불상사가 생기지 않았더라면, 네가 나를 되살려 너의 집으로 돌아가는 데만 골몰하지 않았더라면 너에게도 들리고 보였을까, 간절하게 너를 붙잡던 네 모친의 마지막 자존심이.

　내 안달을 감지한 도어록이 문득 소리를 내기 시작했다. 마트를 드나들던 사람들이 사방을 두리번거렸다. 어디에서 나는 소리인지 확인하며 내 안을 기웃거리는 사람도 있었다. 창피한 노릇이었다. 별수 없이 마트 입구만 멀거니 쳐다보았다. 너의 허락을 받고 오작동을 일으키는 건 아니나 너 아니면 수습이 불가능한 이 상황에 대해 너는 또 짜증을 부리겠지만 내가 뭘 어쩌겠는가. 너는 내 상태를 알아차리고도 아무렇지 않은 듯 다가왔다. 부루퉁한 표정으로 문을 열고 도어록 버튼을 마구 눌러대었다. 놀란 하리보가 물었다. 스마트키로 원격 조종 안 되냐고. 되면 이 지랄이겠냐고 네가 퉁명스레 대꾸했다. 하리보가 네 눈치를 보며 거들었다. 조수석의 앞뒤 버튼을 누르다가 안 되니 문을 쿵쿵 여닫았다. 아무리 해도 소리가 멈추지 않자 하리보는 너를 탓했다. 주인 잘못 만나 애가 고생이 말이 아니네. 어떻게 이 지경이 될 때까지 내버려 두냐 얼른 고쳐주지. 너는 대꾸도 하지 않고 시동부터 걸었다. 철컥거리는 소리는 멈추자고 해서 멈춰지는 게 아니니 빨리 거기를 벗어나고 싶었을 것이므로.

울지 마라, 이별을 끌고 다니지도 마라, 헤어지는 건 반드시 여기 이 자리에서.

비가 내리기 시작한 건 거의 새벽이 다 되어서였다. 곧 쏟아질 것처럼 뜸을 들인 것치곤 빗줄기가 가늘었다. 등이며 보닛을 토독토독 두드리는 빗소리를 가만히 듣고 있는데 몸 안쪽이 슬그머니 차가워졌다. 조수석 뒤쪽이었다. 한 뼘 넘게 덜 닫힌 차창으로 빗물이 조금씩 새어들었다. 어제 네가 많이 정신 사납긴 한 모양이었다. 문도 잠그지 않고 창문도 확인하지 않은 채 그리 서둘러 떠날 정도로.

마트에서 돌아오며 하리보는 너에게 저녁 먹으러 가자고 했다. 너는 거절했다. 기숙사 출근 시간을 맞추려면 빠듯하고, 자동차 보험도 해지해서 멀리 못 간다는 이유였다. 새 차가 오늘 오후에 출고되었기 때문에 보험을 승계하려고 미리 처리했다는 말도 덧붙였다. 하리보가 화들짝 놀라며 말했다.

조심해라, 무보험 차는 폭탄이야 폭탄. 너는 괜찮다고 대답하면서도 목소리가 살짝 떨렸다. 분식집에 들러 저녁으로 먹을 순대와 김밥, 꼬치 등을 사서 아파트 주차장으로 돌아오는 동안 둘 사이에는 별다른 대화가 오고 가지 않았다. 운전을 하는 사람도 동승한 사람도 불안한 기색이 엿보였다. 네거리에서 신호 대기를 받던 중에 너의 휴대폰이 진동했다. 휴대폰 액정을 들여다보던 하리보가 말했다. 엄마셔. 너는 고개를 저었다. 하리보가 너와 휴대폰을 번갈아 쳐다보더니 통화 버튼을 눌렀다. 어머니, 저 병희예요, 정묘 운전하느라 전화 못 받으니까 이따 전화 드리라고 할게요. 너의 모친은 통화하는 상대가 병희인지 정묘인지 구분이 안 되는 듯했다. 전화를 끊지 않고 말을 잇는 너의 모친 때문에 하리보는 너의 눈치를 살폈다. 너는 온몸으로 짜증을 내었다. 브레이크와 액셀러레이터를 밟는 발에 힘이 들어갔고 주먹으로 핸들을 툭툭 쳤다. 너의 화를 받아줄 만큼 내 상태가 안정적이지 않다는 걸 깜빡 잊은 모양이었다. 나도 즉각적으로 반응했다. 갸릉갸릉 떨리던 심장이 격렬하게 쿵쿵거렸다. 내버려두었다. 애쓰고 싶지도 않았다. 당황한 네가 불안해하는 표정을 지어도 조바심이 생기지 않았다. 주행을 하는 중에도 기침을 하듯 쿨럭거리는 내 상태에 하리보는 겁을 먹었고 서둘러 전화를 끊었다. 너는 태연한 척했지만 나는 알고 있었다. 네가 나를 믿지 않는 것을, 내가 너를 안고 폭발이라도 할까 봐 노심초사 두려워한다는 것을.

망고는 아침이 되어서야 나를 찾아왔다. 눈을 마주칠 겨를
도 없었다. 비에 젖어서 더 앙상해진 몸을 한번 털고는 잽싸
게 내 안으로 들어왔다. 만찬이 준비된 걸 알고 있는 몸짓이
었다. 내내 기다렸던 나는 그저 반가워서 오냐오냐 녀석을 끌
어안았다. 망고가 순대며 김밥이 든 검은 비닐봉지를 찢어발
기는 것을 나는 흐뭇하게 지켜보았다. 진수성찬 차려놓고 망
고를 초대한 것 같은 기분이어서.

망고를 안고 있으니 어젯밤에 죽어버리지 않은 게 다행이
었다. 스스로 죽지 못한 것을 후회하며 밤새 끙끙댔던 감정도
별것 아닌 것처럼 느껴졌다. 사실 어제 마트에서 돌아오며 자
살을 결심했을 땐 망고도 생각나지 않았다. 어떻게 죽어야 너
에게 복수가 될지 그 생각만 했다. 내 의지로 죽을 수 있는 마
지막 기회여서 더욱 그랬다. 미친 듯이 질주해서 앞차를 들
이받거나 갑자기 멈춰버리면 그만이었다. 가로수를 들이받든
전봇대를 들이받든 중앙선을 침범하든 너도 나도 무사하지
못할 터였다. 겁에 질려서 떠는 너의 손길을 두 번 다시 느낄
일도 없을 것이고. 하지만 너는 시속 70킬로미터로 오가던 평
소의 도로를 벗어나 샛길로 접어들었다. 온몸으로 소리를 질
러대면서.

갈게요, 내일 퇴근하고 바로 간다니까요? 오늘 아니고 내일, 내일요!

휴대폰 스피커에서 흘러나오는 네 모친의 목소리는 어눌해서 더 절박했다. 와 안 오노, 야야, 언제 오노…… 그렁그렁 흐려지는 시야를 살피며 나는, 나도 모르게 조심조심 주행을 해서 아파트에 도착했다. 너에 대한 복수의 이유조차 까맣게 잊어버린 채로.

이렇게 망고와 같이 있으니 행복하다. 너를 끌어안고 자폭했더라면 영영 몰랐을 기분이었다. 새삼 네가 고마웠다. 차창을 끝까지 올리지 않은 것도, 먹는 둥 마는 둥 남기고 간 음식까지, 그 모든 게 망고와 나의 마지막 이별을 위한 배려인가도 싶었다. 망고는 자신의 행운을 한껏 누렸다. 앓는 소리를 내며 순대를 먹는 녀석을 보고 있으니 아기 고양이 때의 모습이 보였다. 덜렁이 네가 아무 데나 흘리고 간 육포를 뜯다가 깜빡 졸던 모습도 떠오르고 파고라 옆에서 허겁지겁 사료를 먹다가 넘보는 녀석들과 싸우던 것까지 죄다 생각났다. 그랬다. 망고는 네가 키웠다. 망고와 나는 너의 영역 안에서 서로를 공유했던 것이고. 어쨌든 너와 망고는 여기 이 자리에서 좀 더 오래 살기를 바라는 마음. 그런 마음을 간직한 채 죽는 건 쓸데없는 욕심이나 오지랖에 불과할 뿐이라는 생각도 들었다. 그럼에도, 그럼에도 불구하고 나는 망고만큼은 오래오래 살기를 바랐다. 잊기는커녕 자주 생각나는, 망고가 중성화수술을 받던 날의 애처롭기 그지없던 우리 셋이 자꾸 떠올라서.

망고는 발정기가 빨리 온 편이었다. 본능의 힘은 무시무시했다. 사랑스럽기만 하던 망고가 밤낮 이상한 소리로 울며 돌아다녔다. 네가 주는 간식도 먹지 않았다. 아파트 경비원이며 주민들이 눈살을 찌푸리기 시작했다. 너는 심각하게 고민하는 눈치였다. 망고를 아끼는 만큼 염려도 컸을 테니까. 이튿날 너는 빨간색 이동 케이지에 망고를 가뒀다. 망고는 몸부림을 치며 울었다. 발정기 특유의 음산하면서도 애처로움이 뒤섞인 울음소리는 크고 날카로웠다. 너는 케이지를 조수석에 내려놓고 시동을 걸면서 소리를 질렀다. 어지간하다 너도, 그만 좀 울라니까? 고양이에게 이성적으로 대처하라며 소리를 지르는 너와 겁에 질려 더 커진 망고의 울음소리가 뒤섞였다. 나도 정신이 하나도 없었다. 너의 바람대로라면 망고도 이성을 차려서 조용해야 했고 나도 우왕좌왕 흔들리지 않아야 했다. 그래도 어찌어찌 동물병원에 도착하긴 했다. 케이지가 흔들릴 만큼 요동치며 울던 망고는 목이 쉬었고, 목이 쉰 채로 수술을 받았으며, 아파트로 돌아올 땐 힘없이 냐오냐오 울었고, 케이지를 어루만지며 우는 너 때문에, 덩달아 나도 엉금엉금 기며 조심스레 과속방지턱을 넘었던 기억.

기억의 힘이 이리도 세고 질길 줄이야. 아무것으로도 남지 않고 완전히 분해되어 원자로 떠돌면서도 이런 기억들이 따라붙으면 좀 쓸쓸할 것 같았다. 나는 가만히 망고를 불러보았다. 망고야. 김밥을 풀어헤쳐 햄을 찾아내던 녀석의 귀가 앞으로 나란히 쏠렸다. 듣고 있냐. 잠시 두리번거리던 망고가 안심한 듯 다시 김밥에 코를 묻었다. 빗줄기는 점점 굵어지고 나는 안팎이 흠뻑 젖었다. 망고는 젖지 않은 좌석 밑에서 잠들었다. 오랜만의 포식, 편안한 휴식을 누리며.

 망고를 품은 채 나는 너를 기다렸다. 퇴근하기엔 아직 이른 것 같기도 하고 이미 지난 것 같기도 했다. 가물가물 잠이 쏟아졌다. 졸며 깨며 기다리는 너는 오지 않고 경비원이 어떤 남자를 데리고 왔다. 견인차 운전자였다. 그는 내 이름을 확인했다. 4864 맞네. 혼잣말을 하며 견인차의 견인 장비를 작동하는 그를 보자 마음이 급했다. 망고야, 어서 나가! 소리쳐 불러도 망고는 조용했다. 견인차가 움직이기 시작했다. 연결된 내 몸도 서서히 들어 올려졌다. 화들짝 깨어난 망고가 우왕좌왕 울었다. 망고의 울음소리가 빗소리에 섞여들었다. 견인차가 서서히 경비실을 돌아 나갔다. 뒤따르던 나는 첫 과속 방지턱에 걸렸다. 덜컹 흔들리는 몸, 함께 흔들리며 우는 망고에게 나는 비가 들이치는 창문을 가리켰다. 이별은 반드시 여기 이 자리에서 해야 한다고.

보늬

천여 마리의 두꺼비들이 모두 배가 터져 죽은 거죠. 굶주린 까마귀 떼가 원인이 아닐까, 저는 그렇게 추측합니다만, 한편에선 갑자기 늘어난 개체 때문에 종족 보존 차원에서 집단 자살을 감행했다는 설도 있어요. 여기 알토나 지역 호수 근처엔 두꺼비들의 사체가 아직도 많이 널려 있습니다. 원인 분석을 위해 폭사한 두꺼비들을 수거해서 정밀 조사를 벌이다가 우리는 매우 놀라운 사실을 발견했어요. 죽은 두꺼비들은 모두 몸에 구멍이 나 있고, 어찌 된 영문인지 하나같이 간이 없다는 겁니다. 제가 까마귀의 소행……

텔레비전에서 흘러나오는 말들이 흥미로워서 자꾸 귀를 기

울이게 된다. 사뭇 집중해서 들었던 것일까, 은조는 고개가
앞으로 수그러드는 줄도 몰랐다. 보늬를 깎는 손놀림도 점점
둔해진다. 뒷덜미가 내려앉을 듯 무겁다. 사타구니 사이의 플
라스틱 함지를 밀어낸 뒤 뻗치고 앉았던 다리를 끌어당긴다.
참았던 비명을 내지르듯 따닥, 뼈마디 꺾이는 소리가 들린다.
저절로 입이 벌어진다. 손가락, 손목, 무릎, 목덜미, 팔은 갖
가지 통증의 은신처가 된 지 오래되었다. 특히 칼을 쥘 때 가
장 힘이 많이 들어가는 오른손 둘째손가락은 펴면 구부리기
힘들고, 구부렸다가 펼 때는 생으로 분지르는 것처럼 아팠다.
은조의 몸에 맺힌 통점의 숫자는 나날이 늘어난다. 잠복기가
긴 통증의 씨앗까지 다 보태면 어디 한 군데 성한 곳이 없을
듯싶다.

　무릎을 살살 문지르며 옆에 밀어놓은 함지를 들여다본다.
깎아낸 보늬와 썩은 밤톨이 뒤섞인 함지 속엔 두 토막, 세 토
막으로 동강 난 밤벌레가 수두룩하다. 토막 난 채 꿈틀대는
밤벌레처럼 느릿느릿 텔레비전을 훑는 은조의 시선.

　호숫가 부근에 널린 두꺼비의 사체에서 간이 사라진 이유
를 추측하는 사람들의 의견은 여전히 분분하다. 화면을 가득
채운 호수의 수면은 잔잔하고 검푸르다. 잔잔하게 빛나는 호
수의 수면을 박차며 까마귀 몇 마리가 사납게 날아오른다. 흔
들린다. 파문이 번지는 호수처럼 은조의 몸에도 한차례 떨림
이 지나간다. 까마귀 울음소리, 사람들의 놀란 듯한 목소리가

그녀를 에워싼다.

　까마귀를 범인으로 지목한 수의학자의 인터뷰는 계속된다. 그는 손가락으로 호수 부근의 넓은 땅과 허공을 번갈아 가리킨다. 화면이 바뀌면서, 하늘을 향해 다리를 벌린 두꺼비의 사체가 드러난다. 카메라는 두꺼비의 구멍 난 배를 핀셋으로 들추듯 샅샅이 보여주더니 나뭇가지 위에 떼 지어 앉은 까마귀들에게 초점을 맞춘다.

　우리 눈으로 이 모든 과정을 직접 보지는 못했지만, 정말 놀랍고 기이한 일이 벌어진 거죠.

　수의학자는 거듭 '기이함'을 강조했으나 은조는 기이하다기보다 불길한 느낌이 든다. 들릴 듯 말 듯 낮춰놓은 텔레비전 소리가 불길해, 불길해, 하면서 비좁은 단칸방을 기어 다니는 듯하다. 카메라를 정면으로 쳐다보며 날아오르는 까마귀의 눈동자가 탐조등처럼 번쩍거린다. 탐조등을 밝힌 채, 당장이라도 검은 날개를 힘차게 털며 화면 바깥으로 튀어나올 것 같은 까마귀 무리는 사뭇 위협적이다.

　은조는 내려놓았던 칼을 서둘러 집어 든다. 함지 속의 밤벌레들은 사방팔방 필사적으로 버둥거린다. 매일 심드렁하게 보아 넘기던 것이라 새삼스러울 것도 없는데 오늘따라 유난히 언짢다. 두꺼비 때문인가. 까마귀로부터 자신을 방어하고 위협하기 위해 끊임없이 배를 부풀렸을 두꺼비. 그 마지막 위협이자 방어 수단 때문에 오히려 자폭. 터져버린 두꺼비 가슴에 내려앉아 굶주린 배를 채우는 까마귀 떼를 상상하며 은조는 함지 속을 물끄러미 들여다본다. 서식지를 잃고 내던져진 밤벌레에겐 함지 속이 유일한 세계다. 그 유일한 세계는 끔찍한 아비규환의 현장일 뿐. 동강 난 몸뚱이에서 진액이 흘러나온 벌레들은 이제 곧 숨을 놓겠지만, 온전한 몸뚱이를 가진 것들은 더 오래, 더 많이, 죽을 때까지 헤매고 나서야 돌아갈 집도, 삶도 없음을 알게 될 것이다.

*

열어놓은 부엌 쪽문을 통해 차갑고 건조한 바람이 밀려든다. 바람결에 고등어 굽는 냄새가 비릿하게 스민다. 비린 냄새를 감지하자 기다렸단 듯 뱃속이 꿈틀거린다. 시도 때도 없이 치미는 구토의 기미는 소름으로 먼저 돋아난다. 은조는 몸을 떨며 방으로 들어간다.

성수는 기척이 없다. 벽을 향해 웅크린 채 잠든 아이를 보자 체한 것처럼 명치가 답답하다. 친구들과 놀면서 햄버거를 사 먹었다더니 저녁도 먹지 않고 곯아떨어졌다. 어디에서 어떤 놀이에 그토록 열중하다 온 것인지, 도무지 말이 없는 아이. 아이는 이미 은조가 모르는 낯선 곳으로 가고 있는 듯하

82

다. 어쩌면 부모 곁에서 얼씬대고 싶지 않은 속내를, 친구들과 어울려 나도는 것으로 눈치껏 내색하고 있는지도 몰랐다. 언제부턴가 아이는 일부러 벽에다 붙들어 맨 듯 저렇게 꼼짝하지 않고 잔다. 편하게 반듯이 누워서 자라고 일러도 듣지 않았다. 은조의 잔소리에 뒤척거리던 아이는 잠이 들자마자 도로 새우처럼 몸이 꼬부라졌다. 네 활개는커녕 아무렇게나 처박아둔 보퉁이처럼 구겨져 잠든 아이의 모습을 보고 있으면 은조의 몸 안에선 자글자글 물 끓는 소리가 들렸다.

그런 식으로 얼렁뚱땅 이사를 하는 게 아니었다. 이곳으로 이사를 한 뒤부터 성수는 곧잘 투정을 부렸다.

—방에서 이상한 냄새가 나요.

아이는 숫제 코를 싸쥐며 하루에도 몇 번씩 같은 말을 되풀이했다. 불만과 짜증이 가득한 표정이었다. 은조는 아이가 그렇게 말할 때마다 괜스레 제 팔뚝을 감싸거나 뺨을 문지르며 딴청을 피웠다. 체취를 지우고 싶었다. 한약을 달여서 마구 들이마셨다. 흑염소 중탕도 주문했다. 어느 순간 몸이 완강하게 거부했다. 차라리 정체를 알 수 없는 냄새의 집이 되는 게 나을 지경이었다. 데운 중탕의 냄새는 더더욱 견딜 수 없었다. 머그잔만 봐도 구역질이 치밀었다. 노린내와 비린내, 구린내, 집 안에 떠돌던 온갖 악취가 다 녹아든 것 같았다. 어미 발치에 무릎을 꿇고 젖을 빨던 새끼 염소의 냄새, 불에 그슬려 오그라든 머리카락 냄새, 몸뚱이가 저며진 채 입만 끔뻑

이는 광어 냄새, 삶과 죽음의 온갖 냄새가 머그잔 속에서 회오리를 일으켰다. 은조의 뱃속에서도 거친 회오리가 일었다. 달 없는 밤길을 걷듯 자꾸만 발밑이 내려앉았다. 눈을 감으면 봉숭아 씨앗 터지듯 톡톡 터지고 번지는 빛의 알갱이들이 한꺼번에 달려들었다. 냄새의 덩어리 또한 맹렬한 기세로 목구멍을 되짚어 기어오르기 일쑤였다.

이사 오던 날부터 성수는 냄새에 민감하게 반응했다. 이삿짐을 정리하고 늦은 저녁을 먹는데 시무룩한 표정으로 아이가 먼저 숟가락을 놓았다. 남편이 아이의 밥그릇을 넘보며, 깨끗이 비울 때까지 수저를 놓으면 안 된다고 다그쳤다. 반찬에서 이상한 냄새가 난다며 아이는 울먹였다. 은조는 아이의 등을 쓸어주며 달랬다.

―반찬에서 나는 냄새가 아니야. 우리 부엌이 좀 그래서 그래.

은조는 아이와 제 자신에게 다짐하듯 괜찮을 거라고, 거듭 다독거렸다. 돌이킬 수 없으니 후회조차 사치였다.

―변두리라서 좀 외지긴 해. 그래도 집 뒤가 바로 산이니 공기 깨끗하고 한적해서 좀 좋아? 오 년만 살면 서른두 평 아파트로 이사 갈 거니 불편하더라도 그때까지만 참자.

계약하고 온 남편의 말을 듣긴 했으나 부엌도 제대로 갖추지 못한 단칸방이리라곤 생각도 하지 못했다. 기다란 방 하나를 나누어 칸막이로 분리한 뒤, 종잇장 같은 미닫이문으로 막아놓은 방의 구조는 사실 단칸방이나 다름없었다. 부엌은 더욱 어설펐다. 건물 외벽 통로를 막아 얼기설기 지주를 세우고 루핑을 덮은 다음에 키 작은 찬장과 싱크대를 들여놓은 것이 전부였다. 옹색한 부엌 벽엔 부옇게 들뜬 횟가루가 금방이라도 떨어져 내릴 것처럼 푸스스한 데다 바닥에는 푸세식 정화조 탱크 뚜껑이 덮여 있었다. 화장지를 사 들고 찾아온 순애는 벌어진 입을 다물지 못했다. 자신은 돈을 주면서 살라고 해도 싫은 곳이라며, 차라리 거리에 나앉으면 그렇다고나 여길 일이지만 어떻게 돈 들여서 제 식구를 그런 곳에다 데려다 놓을 수 있는지 이해할 수 없다고 했다.

　은조는 정화조 뚜껑을 밟고 서서 김치찌개와 된장찌개를 끓이고 달걀찜 혹은 나물을 무쳤다. 아이는 맛김이 아니면 밥을 먹지 않았다. 남편은 아이의 몫까지 먹어 치웠다. 그러곤 자신의 선택이 최선이었음을 강조했다. 살고 있던 이층 독채 전세를 빼고 약간의 대출을 보태서 개인택시를 장만하고 나니 남은 돈으로 구할 수 있는 집이 없더란 말만 되풀이했다. 남편이 약속한 오 년이란 세월은 밑도 끝도 없이 아득했다. 까마득하게 먼 그 약속의 시간은 하루하루 당겨지는 게 아니라 영원한 미궁을 향해 흐르지나 않을까 미심쩍었다. 그런 불길한 예감에 옥죄일 때마다 은조는 오는지 가는지 보이지도 않는 시간의 허리를 비틀어 매듭이라도 짓고 싶어 허둥거렸다. 그러나 그럴 필요가 없었다. 은조가 애쓰지 않아도 밤낮은 거르지 않고 반복되었다. 사흘 동안 밤이었던 적도 없었고 엿새 동안 낮이었던 적도 없었다. 변함없이 반복되는 시간을 가늠하며 저녁밥을 지었고 밤이 되면 일찍 잠자리에 들었다. 푸르스름한 새벽에 일어나 아침밥을 지을 때마다 달력의 날짜를 확인했다. 어쨌든 시간은 미래를 향해 가고 있는 것이 틀림없었다. 그걸 증명이라도 하듯 이사 올 때 초등학교 일학년이던 성수는 어느덧 육학년이 되어 있었다.

밤톨을 뒤적여 씨알이 굵은 것만 골라 보늬를 벗긴다. 오른쪽에서 왼쪽으로 모서리부터 둥글게 돌려가며 갈색 보늬를 벗기자 흰 띠를 두른 듯 고운 속살이 드러난다. 다시 앞뒤를 번갈아, 위에서 아래로 정확한 두께와 각도를 유지하며 깎아낸다. 잘생긴 밤을 골라 보늬 한 점 남기지 않고 깎아놓으면 예쁘고 탐스럽기가 공들여 만든 예술 작품 못지않았다. 오죽 탐스러웠으면 단아하게 잘생긴 젊은이를 깎은 밤에 비유했을까. 어쨌거나 오늘은 밤이 줄어들지가 않는다. 아침에 십킬로그램짜리 포대를 두 개 받을 때만 해도 일이 이렇게 더딜 줄 몰랐다. 낮에 작업한 것에 비하면 이번 포대가 유난히 잘고 썩은 밤이 많아서 더 그런 것 같았다. 배달하는 사람이 주는 대로 받는 게 아니었다. 깎아서 물에 담가놓은 것도 씨알의 고르기며 모양새가 영 신통찮았다. 이렇게 되면 작업이 힘든 건 고사하고 자칫 중량 미달이 될까 봐 더 신경 쓰인다. 십

킬로그램짜리 한 포대에서 보늬를 깎아내고 남은 중량이 최소한 사 킬로그램 이상은 되어야 하는데, 그 이하로 내려가면 중량 미달로 등급이 매겨져 수공 단가가 뚝 떨어지기 때문이다. 몇 년째 밤을 깎는 동안 한두 번 겪은 일도 아니건만, 주는 대로 건성 받아 이런 경우를 당하면 후회와 짜증이 동시에 밀려온다.

하던 일을 적당히 마무리한 뒤 저녁밥을 지으려고 나왔으나 춥고 피곤하여 자꾸 미적거린다. 은조는 대문 밖에서 오래 서성거린다. 카디건을 추슬러 목까지 감싼 뒤 두 팔로 어깨를 그러안는다. 멀리 시내로 진입하는 중심 도로엔 차들이 밀려 있다. 도시 외곽지, 여러 방면에서 달려온 차들이 병목 현상을 일으키는 구간이다. 대로는 불빛으로 밑줄을 긋고 빗금을 친 듯 현란한 속도로 명멸한다. 천천히 눈길을 돌려 발밑의 어둠에 익숙해지기를 기다린다. 빼곡히 들어찬 어둠 속에 가로등이 둥실 떠 있고, 완만한 경사지를 따라 다닥다닥 붙은 주택의 방들에서도 불빛은 여느 때와 다름없이 새어 나온다.

남편은 평소 귀가 시간보다 늦을 거라고 했다. 길에 널린 돈 줍는 재미가 오늘따라 쏠쏠하다고 너스레를 떠는 걸 봐서 아마도 기분이 매우 좋은 모양이었다. 요즘 남편은 최상의 컨디션과 기분을 유지한다. 그렇게나 소원하던 서른두 평 아파트에 입주할 날이 코앞으로 다가왔기 때문이다. 중저가 의류 매장을 운영하다가 손해만 보고, 간신히 수습해서 프랜차이

즈 치킨점을 열었으나 그 또한 일 년 만에 접어야 했던 남편
이 택한 직업은 택시 기사였다. 그는 진절머리 나는 사업 외
에도 먹고살 길이 있음을 고마워했다. 남들은 불경기라고 울
상을 짓건 말건 그의 개인택시 수입은 꽤 괜찮았다. 정식으로
쉬는 날을 빼곤 하루도 거르지 않고 출근했다. 하루 쉰다고
누가 뭐랄 것도 아닌데 그는 철저하게 자신이 정해놓은 규칙
을 지켰다. 손님이 많으면 더 벌기 위해, 없으면 그날 수입금
목표를 채우기 위해, 그런 이유로 퇴근 시간이 늦어지는 것
외엔 출퇴근 시간도 비교적 일정했다. 그런 사람에게 몸이 피
곤하다는 이유로 저녁을 밖에서 먹고 들어오라고 했다간 무
슨 핀잔을 들을지 모른다.

　마지못해 나왔으나 앉을 데도 없는 옹색한 부엌에 우두커니
서 있자니 더 춥다. 알맞게 데워진 목욕물에 몸을 담그거나 찜
질방 바닥에 배를 붙인 채 쉬고 싶다. 스웨터 깃을 목 위까지
끌어당겨도 자꾸 어깨가 떨린다. 요즘 들어 자주 그렇다. 몸의
수분이 잦아드는 듯한 미열과 별안간 한기가 들면서 떨리는
증상이 번갈아 나타난다. 딱히 어디랄 것도 없이, 온몸을 자근
자근 밟고 다니던 통증이 아랫배로 울컥 쏠리는 느낌은 불길
하기까지 하다. 굵은 털실로 짠 카디건을 덧입는다. 한결 따뜻
하다. 누군가가 포근하게 어깨를 감싸주는 기분이 든다. 카디
건에서 희미하게 향수 냄새가 난다. 규태 냄새인가.

　가을이 깊어지는지 입동이 왔는지, 언덕바지 단칸방에서

시간을 깎듯 밤을 깎고 있는 은조를 정작 못 견뎌 한 사람은 순애였다.

　사흘 전에도 그랬다. 전화도 없이 불쑥 나타난 순애를 보고도 은조는 얼른 일어서지 못했다. 오랫동안 뻗치고 앉았던 다리가 저려서 당길 수가 없었다. 순애가 딱하다는 듯 흘끔거렸다.

　―그 칼 좀 내려놔라. 볼썽사나워 죽겠어.

　―앉기나 해.

　은조는 겨우 몸을 움직여 다리를 끌어당기고 손가락에 꼈던 골무를 빼내며 심상하게 대꾸했다. 수북이 쌓인 보늬를 비닐 봉투에 붓고 앞섶을 대충 털어낸 뒤 순애에게 물었다.

　―뭐 마실래?

　―됐어. 하여간 너 이러구 오 년 동안 산 거 보면 용타 싶기도 하고, 성격이 팔자를 만든다는 말이 딱 맞다 싶기도 하고.

　―이거라도 안 하고 살면, 난 뭐 하고 사니?

　―애 좀 봐, 왜 할 게 없어? 너 성수 낳기 전까진 일 잘하던 회사원이었잖아? 늙어가면서 새삼스레 자폐증을 앓는 것도 아니고, 방구석에 처박혀 세상 다 산 버커리처럼 구는 게, 이게 어디 멀쩡한 사람이 할 노릇이야? 청승 좀 그만 떨고 나가자. 규태가 잘난 네 얼굴 한번 보고 싶다고, 꼭 데리고 나오라네.

　―걔가 왜?

　―우리 고등학교 다닐 때 걔, 너한테 목맸었잖아. 동창회 가면 아직도 네 안부부터 묻고 첫사랑 어쩌구 들먹이는 꼴이 아

주 일편단심 민들레지 뭐.

순애가 서두르며 은조의 등을 밀었다. 화장을 안 하니 외
출 준비랄 것도 없이 양치질만 하면 그만이었다. 순애와 규태
가 전화로 약속 장소를 정하고 농담을 주고받는 것을 귓등으
로 들으며 은조는 이빨을 닦았다. 꼼꼼하게 칫솔질을 하고 구
토를 참으며 혀뿌리까지 깨끗이 닦아냈다. 도대체 당신 입속
엔 뭐가 그렇게 닦을 게 많은 거야. 남편은 길어지는 은조의
칫솔질에 짜증을 내며 서둘러 자신의 볼일을 봤다. 무단 침입
한 도적처럼 함부로 은조의 입안을 휘젓는 남편의 혀엔 들척
지근한 치약 성분이 남아 있기 일쑤였다. 그 께름칙한 역겨움
은 정말이지 참기 힘들었다. 멀리멀리 침을 뱉듯 남편의 혀를
밀어낸 뒤에도 역겨운 냄새는 가시지 않았다. 은조의 양치질
시간은 날이 갈수록 길어졌다. 시간을 들이고 정성을 들였다.
물때가 낀 주황색 물바가지를 기울여 와르륵 헹구고 끝내버
리는 남편의 양치질을 혐오하면서. 그 대신 부엌 바닥에 쪼그
리고 앉아 해치우는 뒷물이란 빠르면 빠를수록 좋았다. 기다
리다 지친 남편의 성급한 몸짓에 따라 아무렇게나 흔들리면
서도 은조는 깨끗하게 닦은 입만은 굳게 다물고 버텼다.

순애를 따라 저수지가 내려다보이는 호젓한 전원 카페에
도착한 건 해거름 무렵이었다. 규태는 이내 은조를 알아보았
고 은조 역시 그랬다. 희고 갸름한 얼굴에 가느다란 금테 안
경을 쓴 규태는 얼핏 섬세하고 여성적인 느낌이 들었다. 오랜

만에 만난 친구들끼리 으레 주고받는 인사들, 아이가 몇이고 무슨 일을 하면서 사냐는 이야기들이 오갔다. 규태는 순애완 동창회에서 몇 번 만나서 그런지 한결 허물없이 굴었지만 은조에겐 그러질 못했다. 자신의 신변에 관한 이야기들을 조금씩 늘어놓던 규태가 뜬금없이 은조에게 물었다.

—행복해?

—넌 누구에게나 그렇게 상투적으로 묻니?

—아니, 그건 아닌데. 네 얼굴이 내가 생각한 것보다 많이 다른 것 같아서.

은조는 규태의 얼굴에다 팽팽하게 시선을 고정시켰다. 과잉 방어였다. 사납게 얽혀드는 마음자리에서 온갖 생각들이 들끓었다. 그악스럽게 솟구치는 감정의 불길을 눌러 밟듯 은조는 규태를 오래 쏘아보았다.

—얘가 사람 무안하게, 그만 좀 쳐다봐.

순애가 안절부절못하는 규태의 표정을 살피며 은조의 옆구리를 찔렀다. 아닌 척하면서도 설렘을 안고 따라나선 자신이 한심하게 느껴져 은조는 더욱 눈에 힘을 주었다. 두 친구가 은밀히 주고받는 눈길에 갇힌 듯한 기분을 느끼기 싫어서라도. 은조는 카페라테 한 잔을 다 마시기도 전에 일어났다. 은조가 일어나자 순애도 일어났고 규태는 어정쩡한 미소를 지었다. 헤어지기 직전에 규태가 은조에게 다가왔다.

—은조야, 넌 너 자신이 통째로 성난 가시가 되어 있는 줄

모르는 것 같다. 모조리 찔러버릴 테다 벼르는 것처럼 가팔라 보여서…… 기분 나쁘게 했다면 미안하다.

누구든 걸리기만 하면 단숨에 찔러버릴 가시로 변해간다는 걸 은조라고 모를 리 없었다. 허구한 날 보늬를 벗기고 밤벌레를 토막 내느라 의식하지 못했을 뿐이라는 말은 하지 않았다. 은조는 대답하지 않는 것으로 규태의 사과를 부정했다. 순애는 은조를 바래다주며 무슨 얘긴가를 계속했다. 귓등을 스치며 비껴가는 말이라 덤덤했다. 반응 없는 은조를 상대로 혼자 떠들던 순애가 발끈 나섰다.

─옆에 사람을 두고도 생각이 어디 그렇게 구만 리를 뻗칠까. 하여간 너, 성질 한번 희한한 건 알아줘야 해.

순애에게 미안하긴 했으나 잠자코 있었다. 굳이 말치레를 해야 하는 사이도 아닐뿐더러 정말이지 입을 떼기 싫으니 어쩔 수 없었다. 몸은 누군가와 같이 있어도 마음은 제 속에만 틀어박히는 상태. 남편은 은조의 그런 태도를 사는 데 전혀 도움이 안 되는 못된 버릇이라고 몰아붙였다. 상대를 없는 사람 취급하는 그런 뻐딱함이, 남편을 무시하는 태도가, 그녀에 대한 자신의 사랑을 얼마나 초라하고 비굴하게 만드는지 아느냐고 다그쳤다. 모른다. 솔직히 말한다면 그의 사랑이 초라하든 비굴하든 은조로선 알고 싶지도 않았다. 다만 궁금했다. 그가 주장하는 사랑의 대상이 아파튼지 개인택시인지 식모인지 섹스 파트너인지.

그도 저도 아니란 건 은조가 더 잘 알았다. 그녀는 그저 남편의 섹스 도구에 불과했다. 삼 년 전. 갑자기 부업 물량이 쏟아져 하루에 밤을 세 포대나 까야 했던 날이었다. 순애가 우스개 삼아 붙여준 '구들장 여사'란 별명에 걸맞게 방에서 버티는 것에는 어지간히 이력이 났음에도 그날은 몹시 힘들었다. 굳어버린 어깨에선 나룻배 노 젓는 소리가 날 지경인데다 욱신거리는 오른손 검지의 통증도 만만찮았다. 늦도록 작업을 한 뒤 저녁 대신 포도주 한 잔을 마시고 누웠다. 웬일인지 남편은 먼저 자라고 생색을 내며 이불을 목까지 끌어당겨주었다. 의아했다. 평소의 그는 은조가 먼저 잠들기라도 하면 몹시 투덜거렸기 때문이다. 아니나 다를까, 곤한 잠 속을 뚫고 그가 들이닥쳤다. 미치는 줄 알았다. 죽은 듯이 견디는 것도 한계가 있는 법. 치욕스럽고 억울해서 온몸의 잔털이 가시가 되어 부르르 일어섰다. 들러붙으면 떼어내고, 쓰다듬으면 뿌리치는 실랑이가 계속되었다. 그러면서도 은조의 귀는 온통 성수 쪽으로 열려 있었다. 방 가운데를 막아놓은 칸막이는 숨소리조차 다 넘나들어 있으나 마나였다. 입술을 앙다문 채, 강요에 못 이겨 치르는 섹스야말로 벌레의 시간에 속한 행위였다. 성기와 성기의 결합 외엔 아무것도 아닌 짝짓기를 견딜수 없기론 남편 역시 마찬가지였던 모양이다. 그날 밤, 남편은 끝까지 거절당한 제 두 손을 허공에다 쥐어박으며 그깟 보지 유세, 더러워서 못살겠다고 소리 질렀다.

쌀을 씻어 안친 뒤 냉장고에서 고기를 꺼낸다. 양파 껍질을 벗기고 대파를 썬다. 눈물이 흐른다. 남편은 삼겹살 고추장볶음이 먹고 싶다고 했다. 고추장 양념을 입에 불이 나도록 맵고 칼칼하게 해달라는 주문도 빠뜨리지 않았다. 그는 밥상에 돼지고기가 올라오지 않으면 허전해서 밥을 먹어도 먹은 것 같지 않다는 사람이다. 남편만큼 식욕과 성욕에 정직한 사람이 또 있을까. 허기져서 죽을 지경인데도 집에 가면 마누라가 밥해놓고 기다릴 거란 생각 때문에 식당 밥 마다하고 늦도록 버틴다는 거였다. 제 요구가 받아들여지지 않으면 더러워서 못살겠다고 여전히 소리를 지르면서. 더러워서 못살겠다는 마음과 싫은데도 살아야 하는 마음의 차이는 무엇일까. 더러워서 살 수 없을 땐 버리면 그만이지만 싫어도 살아내야 하는 건 생사를 건 자포자기이지 않을까. 다가오지 마라, 알토나 호숫가에서 폭사한 두꺼비처럼 은조도 끊임없이 그렇게 주문을 외다가 자폭을 택할 것인가. 불에 덴 듯 길길이 날뛰는 마음을 부추기는 것도 몸이 버틸 수 있어야만 가능했다.

오른쪽 검지는 칼질을 하는 동안에도 뻣뻣하게 굳어서 잘 구부려지지 않는다. 주먹을 쥐고 손목을 움직여본다. 어깨까지 단숨에 타고 오른 통증이 다시 검지 가운뎃마디로 내려와 욱신거린다. 안채 윤지 엄마가 부엌 쪽문에 붙어 선다.

―맛있는 냄새 나네. 아저씨 저녁 준비?

―응. 그 집은 저녁 먹었나 보네?

―성수네 저녁이 딴 집보다 늦잖아. 우리는 오늘 특별한 날이라고, 윤지 아빠가 피자를 시켜서 그거 한 쪽 보태고 나니까 아주 숨도 못 쉬겠어.

―무슨 특별한 날인데?

―윤지가 생리를 시작했거든. 그런데 요게 깜찍하게도 놀라는 기색은커녕 오히려 자랑스러워하는 눈치지 뭐겠어. 저야 자랑스러운지 모르겠지만 나는 가슴이 쿵 내려앉는 게, 글쎄, 기분이 묘하더라고. 요것조것 주의 사항을 일러줘도 건성으로 듣길래 딱 으름장을 놓았지. 쓰고 난 생리대 침대 밑이나 옷장에 숨겨서 냄새 풍기게 하면 죄다 꺼내서 벽에 조롱조롱 걸어 전시할 거라고. 그랬더니 글쎄, 요 여우가 뭐래는 줄 알아? 엄만, 그거 숨겨야 되는 거야, 왜 숨겨? 그러더라구.

―그 엄마에 그 딸이네 뭐. 모녀간에 친구처럼 지낼 수도 있고, 하여간 좋겠어.

―그래도 성수는 든든하잖아. 과묵하겠다, 공부 잘하겠다, 그만하기가 쉽나 어디?

윤지 엄마 말이 틀린 것은 아니다. 성수는 내성적이고 고분고분한 성격이었다. 예민하고 신경질적인 면은 있지만 집중력이 뛰어나 성적도 꽤 괜찮았다. 가만히 내버려둬도 크게 부모 속 썩일 타입은 아니라고 보았는지 윤지 엄마는 곧잘 성수를 칭찬하곤 했다. 어쨌든 그녀와 어울리면 특별할 것도 없는 수다가 길어질 것이 뻔해서 못다 한 작업이나 하는 게 나을 성싶었다.

내일은 남편이 쉬는 날이다. 내일 오후까지 작업을 미루면 상한 밤이 더 많아질 게 분명했다. 그러잖아도 이번 포대는 잘고 벌레 먹은 밤이 많아서 신경 쓰였던 터라 무리를 해서라도 오늘 안으로 마무리를 해야 한다. 평소 같으면 반 포대는 너끈히 깎았을 시간이 지났는데도 작업 속도는 더디기만 하다. 마무리할 분량의 절반은커녕 이제 겨우 삼분의 일 정도나 깎았는지 모르겠다. 손놀림이 점점 무뎌지고 칼을 쥔 손아귀마저 자주 풀린다. 마음이 급해서 몸이 더 처진다는 걸 알면서도, 스스로 정해놓은 작업량을 다 채울 때까지 억지로 버티는 아둔함도 타고난 것일까. 연달아 벌레 먹은 밤만 걸려든다. 씨알이 굵어야 작업하기 좋기 때문에 일부러 골라놓았는데도 그렇다. 정말이지 깎아보기 전에는 모른다. 겉만 봐선 감쪽같다. 더군다나 때깔 나게 잘생긴 놈이 벌레의 집이란 게 확인되면 더 언짢다. 그럴 경우 은조는 칼끝으로 밤의 속살을 헤집으며 벌레를 자디잘게 토막 낸다. 멀쩡한 밤톨의 속살을 오글오글 파먹고 있는 벌레를 볼 때마다 그냥 내버려두지 않았던 게 언제부터였을까. 한 꺼풀 보늬를 벗기듯 무심하게 몸뚱이를 잘라버리는 것은 물론, 어쩌다 살아남은 것들에게도 가차 없이 칼을 들이댔던 시간. 그 겹겹의 시간은 늘 지금 이 순간에 포개져 분리되지 않는 하나의 장면으로 떠오른다. 뱃속 깊은 곳에서 서서히 구역질이 올라온다. 끼니를 잇는 둥마는 둥 며칠 굶었는데도 배고픈 줄을 모르겠더니 새삼 허기져서 그런가. 버둥거리는 밤벌레를 향해 겨누었던 칼을 신문지에 싸며 한숨을 쉰다. 살아남든 두 동강이 나든 어차피 내일 아침이면 까치나 까마귀의 밥이 될 것들이다. 목덜미가 선득해서 만져보니 식은땀이 축축하다. 오랫동안 똑같은 자세로 일을 하고 나면 몸이 굳어버려, 마치 아귀가 맞지 않는 문짝처럼 뻣뻣해진다.

허리를 곧추세우고 똑바로 앉는다. 그런 자세로 한참 동안 어깨를 풀고 목을 움직이며 손발을 주무른다. 어긋난 문짝 아귀 맞추듯 스스로 개발한 일종의 마무리 운동이다. 깎은 밤을 담가놓은 물이 어느새 뿌옇게 변했다. 깎은 밤은 따뜻한 방에 오래 두면 안 된다. 색깔도 빨리 변하고 신선도도 떨어지니 찬물에 담가서 바깥에 내놔야 한다. 나른한 몸으로 뒷정리를 하자니 귀찮고 번거롭다. 그나마 성수가 자고 있어서 다행이다.

아이는 은조가 하는 부업 중에서 밤 깎는 걸 가장 싫어했다. 이유는 밤 냄새가 싫다는 거였다. 잘생긴 밤을 골라 예쁘게 깎은 뒤에 내밀어도 아이는 고개부터 저었다. 외려 얼굴을 찡그리며 이상한 냄새가 난다고 투덜거렸다. 이해할 수 있었다. 싫은 사람과 마주 보면 저절로 고개가 돌아가고 미간이 찌푸려지는 것이나 뭐가 다를까 싶었다. 아이를 생각해서 환기에 각별히 신경을 쓰긴 했으나 부업을 그만둔다면 몰라도 이미 배어버린 냄새까진 어쩔 수 없었다. 좋지 않은 냄새는 더 강한 냄새로 잡아야 한다며 이틀이 멀다 하고 한약을 달였던 시절. 부질없이 애쓰던 그 시기가 지나고 나자 은조는 냄새를 방치해버렸다. 지금도 이 단칸방을 점령하고 있는 것은 갖가지 냄새들이다. 떫으면서도 비린 생밤 특유의 냄새, 밤을 저장하는 과정에서 첨가되었을 묘하게 비위 거슬리는 방부제 냄새, 상한 밤이 빠른 속도로 썩어가며 풍기는 곰팡이 으깬 듯한 냄새, 그리고 무엇보다 숨길 수 없는 삶의 흔적, 세 식구의 체취가 뒤섞여 떠돈다.

요즘 들어 아이가 질색하는 건 냄새뿐만이 아니다. 아이는 은조를 똑바로 쳐다보지 않았다. 그녀의 눈길을 피하는 이유가 훌쩍 커버린 키 때문이라고, 서로의 달라진 눈높이 때문이라고 억지를 부리고 싶은 심정이었다. 한번 안아보자, 내 아들. 은조가 그렇게 너스레를 떨면서 다가가도 아이는 슬그머니 궁둥이를 빼며 고개부터 돌렸다. 거절당할 때마다 은조는 제 자신이 더러운 수조에 방치된 채 썩어가는 물고기 같아서 숨을 참아야 했다. 어쨌든 세 식구가 숨 쉬고 먹고 자면서 뿜어내는 냄새를 감당하기엔 방이 너무 비좁다는 것, 그것만큼은 틀림없는 사실이었다.

\*

까치 두 마리가 종종걸음으로 마당을 맴돈다. 햇살도 부드럽다. 며칠째 선득한 냉기를 머금은 대기에 움츠렸던 끝이라 부드럽게 퍼지는 햇살이 나른하게 느껴진다. 어서 빨리 마당에다 푸른색 비닐 커버를 펼치고 보늬를 널어달란 듯이, 지붕으로 마당으로 오르내리는 까치들의 날갯짓이 부산스럽다. 보늬를 헤집어 밤벌레며 부스러기를 쪼아 먹는 까치를 보는 것도 올해가 마지막이다. 설거지를 막 끝낸 듯 붉은 고무장갑을 털며 윤지 엄마가 마당으로 나온다.

—이사 가면 쓰던 장롱 어떡하려구?

—글쎄. 새집에 저걸 끌구 갈 수도 없고. 윤지네 장롱 리폼한다더니, 어때?

—그런대로 괜찮아.

대변신이라더니, 정말 그랬다. 갈색 장롱의 변신은 놀라웠다. 환한 아이보리색 바탕에 연한 핑크 문양을 넣고 멋스럽게 크랙 처리까지 한 장롱은 새것과 다름없다. 도금 처리된 날씬한 디자인의 손잡이를 만져보며 은조는 자신이 얼마나 그런 유의 일상적인 아름다움과 동떨어져 살았던가를 새삼 깨닫는다. 문갑 위에 가지런히 놓인 기초화장품과 갖가지 색조 화장품들을 모아놓은 예쁜 바구니가 눈에 들어온다. 크리스털 꽃병에 꽂힌 한 송이 장미, 그 옆엔 은박지 주름치마를 입은 앙증맞은 초콜릿케이크가 놓여 있다. 아몬드 조각이 뿌려진 케이크 위에 깃발을 세우고 선 초록별과 빨강별, 연노랑 둥근 달에 하트와 함께 새겨진 글씨는 결혼기념일을 축하한다는 내용이다. 은조에게도 한때는 익숙했던 방의 풍경이나 이젠 낯설기 그지없다. 다시 그 방으로 돌아갈 수 있을까. 변화는 진정으로 바라는 자에게만 주어진다고 하던데, 은조는 그 말의 의미를 헤아려본다. 남편과의 관계에서 요구와 거부가 팽팽히 엇갈릴 때는 그래도 희망이란 것이 있었다.

희망을 버리지 않았을 때는 하루가 멀다 하고 싸웠다. 육탄전이든 말싸움이든 치열했다. 서로의 등을 보고 개처럼 짖어대다가 힘에 부치면 쓰러졌다. 쓰러진 은조를 그가 덮쳐눌렀다. 겁에 질린 아이는 주눅 든 강아지보다 더 불쌍했다. 그러던 어느 날. 나뭇등걸에 붙은 매미 허물처럼 벽을 안고 자던 아이가 밤중에 일어나 마당을 헤매는 일이 생겼다. 가위눌렸는지 꿈의 연장인지 헛소리를 하며 울었다. 아침에 일어난 아이는 전날 밤의 일을 전혀 기억하지 못했다. 무슨 영문인지 모르기는 어른도 아이도 마찬가지였다. 은조는 희망도 전의도 다 상실했다. 가슴속에 부리만 거대한 새 한 마리가 둥지를 틀었다. 그 새는 틈만 나면 은조의 심장을 쪼고 파먹었다. 성수 얘기를 하며 남편에게 매달렸다. 투쟁하는 대신 매달리고 엎드렸다. 아파트도 싫고 돈도 싫으니 지금 당장 제대로 된 두 칸짜리 방으로 이사를 가자고. 그러나 남편은 은조를 어른 앞에서 떼쓰는 철딱서니처럼 여겼다. 그가 오히려 은조에게 사정했다.

　—우리도 다 그렇게 컸어. 솔직히 성수 신경 쓰이긴 해도 당신만 협조 잘하면 문제 생길 일 전혀 없잖아? 그런데 무슨 싸움닭도 아니고 당신 나한테 왜 그렇게 덤비는지, 나도 정말 스트레스 쌓여 죽겠어. 입만 떼면 싫다, 못한다, 안 한다고 덤비니, 내가 무슨 홀아비도 아니고, 그게 어디 말이나 돼? 세상 사람들한테 다 물어봐라, 막말로 그 짓 안 하고 사는 인간들도 있는가.

　목욕탕은 한산하다. 은조는 막상 옷을 벗고 들어갔지만 뜨거운 물에 몸을 담글 엄두가 나지 않는다. 몸이 힘들 땐 깨끗이 씻겠다고 무리해선 안 된다. 구석 자리에 앉아 느릿느릿 비누칠을 한다. 알맞게 온도를 맞춘 샤워기의 물줄기는 편안하고 기분 좋다. 거푸 비누칠을 하던 은조는 문득 자신의 몸에서 손을 뗀다. 부드러운 비누 거품에 감싸인 몸이 마구 조바심친다. 젖가슴은 팽팽하게 부풀고 두 다리는 힘껏 포개진 채 어딘가로 아득하게 떠내려가는 중이다. 은조는 막막한 심정으로 자신을 내려다본다. 무감각한 사물이고자 했는데, 저도 모르게 툭 건드려진 감각세포들이 일제히 깨어나 수런거린다. 은조는 급하게 몸을 추스르다가 오히려 중심을 잃고 쓰러진다. 엎질러진 물동이 같은 몸에서 뭔가 출렁출렁 빠져나간다. 몸의 여기저기, 미세한 틈과 크고 작은 구멍들이 일제히 열리면서 끊임없이 물 흐르는 소리가 들린다. 남김없이 다 쏟아버린 텅 빈 몸을 뒤집어 햇볕에 내다 널었으면…… 세찬 수압에 못 이겨 꿈틀꿈틀 기어 다니는 샤워기를 누군가가 조용히 잠그고 간다.

집이 가까울수록 가파른 경사길이 이어진다. 한 걸음 한 걸음 떼는 것이 여간 힘들지 않다. 고개를 들지도 못하고 앞만 보고 걷자니 길이 발목을 휘감고 따라오는 것 같다. 목욕탕 찜질방에 누워 몇 시간이 흘렀는지도 모르게 잤는데 여전히 피곤하다. 남편은 가구점에서 어떤 장롱을 골랐을까. 같이 가자는 걸 뿌리치고 목욕 바구니를 챙기는 은조를 향해 그는 이것저것 물었다.

─침대만큼은 좋은 걸로, 킹사이즈로 사야겠는데, 당신 생각은 어때? 말을 해줘야 내가 참고할 것 아냐.

─어차피 당신 마음대로 살 거면서 묻긴 왜 물어?

그의 채근이 귀찮고 뜨악해서 쏘아붙이곤 곧바로 나왔다. 어디에 가서 어떻게, 뭘 갖추고 살든 은조는 상관없었다. 헌 갈색 장롱 대신 멋진 새 장롱을 들이고 산다 해도 달라질 게 아무것도 없을 건 뻔했다.

오늘 오전만 해도 그랬다. 쉬는 날인데도 일찍 일어난 남편의 얼굴엔 웃음이 가득했다. 은조는 그의 얼굴을 피해 짙은 갈색 장롱에다 눈길을 주며 저도 모르게 몸을 움츠렸다. 비좁은 방에 무겁고 완강하게 놓여 있는 장롱과 거기에 기댄 남편의 존재는 서로를 열심히 떠받치고 있는 버팀목 같았기 때문이다. 그들 십삼 년 혼인 생활을 증명이라도 하듯 군데군데 긁히고 칠이 벗겨진 장롱을 마주할 때마다 은조는 꼭 남편을 보듯 가슴이 답답해지는 것을 어쩔 수 없었다.

—아파트로 이사 가면 당신도 부업 그만두고 성수 동생 낳을 준비나 해야지. 이리 와봐.

은조는 팔을 뻗는 남편을 피해 냉장고 옆으로 비켜 앉았다. 그래봐야 남편과 그녀 사이의 간격이란 빤하게 좁아서 우스울 지경이었다. 그는 허리께에 걸쳐져 있던 이불을 젖히며 은조 쪽으로 상체를 기울였다. 은조의 머릿속엔 거절해도 소용없다는 신호가 재빨리 입력되었다. 수많은 전투를 치른 결과에 대한 조건반사다. 그럼에도 좀 참아보라고, 남편에게 사정하고 싶은 마음이 생겼다. 그러나 이내 도리질을 쳐버렸다. 낭자하게 흘러내리는 생리혈을 닦아가면서도 은조의 배 위에서 헐떡이던 인간이었다, 그는.

요 위에 반듯이 눕자 그대로 몸이 꺼져 내릴 것만 같았다. 남편의 손이 더듬고 지나가는 부위마다 차갑게 소름이 돋았다. 그의 손길에 어떤 식으로든 반응하는 몸이 구차했다. 은조의 의지를 번번이 배반하는 차가운 진절머리마저 그녀의 몸을 떠나고 나면 그땐 온전히 화석이 될 수 있을까. 증오에 사로잡혀 저 홀로 불타면서도 밋밋하기 그지없던 일상이 선명하게 떠올랐다. 가을이 오면 밤을 깎고 봄이 오면 우산을

꿰맸다. 더러 그런 일감마저 없을 때는 작은 벽걸이의 뒷면에
접착제를 붙이거나 빨래집게를 조립하는 일도 했다. 남편의
격렬한 몸짓에 저항도 협조도 없이 검은 물결이 되어 자신의
내부로만 출렁이던 은조의 귓가에 그의 거친 숨결과 웅얼거
림이 스며들었다.

　—사랑해.

　은조는 치미는 구역질을 참으며 천천히 눈을 떴다. 사랑이
라. 밤이고 낮이고 가릴 것 없이 발기하는 자신의 성기를 꽂
을 데만 있다면 이 남자에겐 나무나 돌도 사랑의 대상이겠지.
할 수만 있다면, 매일같이 사랑한다고 말하는 그의 입에다 안
전핀을 뽑은 수류탄을 물려주고 싶었다.


　집 근처 알뜰슈퍼에 들러 어묵 꼬치라도 한 개 먹어야겠다
고 은조는 생각한다. 뜨거운 국물을 삼키면 시도 때도 없이 뒤
집히는 뱃속이 좀 진정될 것 같다. 어디선가 다투는 소리가 날
아온다. 고함은 나지막한 담을 넘어 이내 길가로 흘러넘친다.

　—사내 녀석이 호기심에 그런 장난도 칠 수 있는 거 아뇨.

　—장난이 따로 있지, 어떻게 그걸 장난이라고 큰소리쳐요?

　—거 뭐 생기지도 않은 젖 한번 쓰다듬었다고 세상이 뒤집
히는 것도 아닌데 너무 그래 딱딱거리지 마시오.

　남편이다. 윤지 엄마의 자지러지는 대꾸는 알아들을 수도
없다. 은조는 후들거리는 다리를 간신히 끌고 대문을 연다.

윤지 엄마는 은조를 힐끗 쳐다보더니 울음이 질겨지는 윤지를 방으로 들여보낸다.

—그렇게 안 봤더니, 도대체 애 교육을 어떻게 시켰길래 이러냐구!

윤지 엄마의 붉어진 얼굴에 땀이 배어 번들거린다. 그녀는 감정이 북받치는지 남편과 성수를 번갈아 노려보며 방금 전의 상황을 은조에게 늘어놓는다.

—우리 윤지가 책 보다가 잠이 들었는데, 누가 가슴을 만지는 느낌에 깨어나 보니 성수 쟤가 아유, 기가 차서 말이 안 나와. 윤지가 화를 내니까 세상에, 사랑해서 그랬다나 뭐라나. 더 웃긴 건 아저씨잖아. 사내 녀석이 그만 일로 병신같이 운다고, 좋아하는 가시나 젖 한번 만진 게 어디 울 일이냐고.

은조는 차마 성수를 쳐다볼 수 없다. 눈길 둘 데 없는 은조의 처지를 헤아리듯 까마귀 몇 마리가 나뭇가지를 박차며 지붕으로 날아오른다. 마당과 지붕 사이에 아슬아슬하게 걸리는 계단. 허공의 롤러코스터, 춤추는 계단의 난간을 잡고 부들부들 떠는 은조의 손등을 까마귀들이 마구 쪼아댄다.


—모르셨어요? 저 몸 상태론 버티기 힘들었을 텐데.

—확실히 맞긴 맞습니까?

—초음파 보고도 몰라요? 우선 응급처치는 했지만 당분간 입원해서 안정을 취하는 게 좋을 것 같아요.

―집사람 저래 보여도 당차고 악바립니다. 그러잖아도 아들 하나 더 있었으면 하고 노래를 불렀는데, 생각대로 척척 맞아 들어가니까 거참 사람 놀라겠네요, 허허.

은조는 혼몽한 가운데서도 의사와 남편이 주고받는 대화를 또렷이 듣고 있다. 간호사가 허리를 숙이고 은조의 손목에다 반창고를 붙이는 중이다. 눈을 감은 채 은조는 간호사를 부른다.

―수술해주세요.

―어머, 왜 그러세요?

간호사가 놀란 목소리로 반문한다. 희푸르게 버린 밤 깎는 칼을 집어 들고 은조의 머릿속을 뚜벅 걸어 나가는 여자가 보인다. 여자는 깎기 좋도록 촉촉하게 물기 머금은 밤톨 한 개를 집어 든다. 한 꺼풀 보늬를 벗긴다. 이건 좀 심하다. 벌레 구멍이 세 개씩이나 있다니. 꿈틀거리며 안으로 파고드는 밤벌레가 보인다. 단숨에 잘라버린다. 한 꺼풀 더 벗겨내자 갈색 보늬는 흔적도 없고 두 동강, 세 동강으로 끊어진 벌레의 몸뚱이에서 멀건 진액이 삐져나온다. 잘게 다져진 밤의 알맹이가 함지에 허옇게 쌓인다.

―아줌마는 수술하시겠다고……

―아직 정신이 덜 들어서 헛소리하는 것일 거요.

남편은 그럴 리가 없다는 듯 은조 곁에 바짝 붙어 선다. 그는 침대 아래로 늘어뜨려진 그녀의 팔을 거두어 담요 밑에다 넣어준다. 은조는 손을 내젓는다. 그녀는 자신을 향해 다가오는 길고 날카로운 쇠갈고리를 본 것 같아 가슴이 뛴다. 시침을 뚝 떼고 다가드는 그것은 축축하고 차갑다. 갈고리에 꿰인 듯 은조의 손은 아직도 그에게 잡혀 있다. 한때는 비늘 있는 동물이었다가 또 한때는 깃털 있는 동물이었다가 지금 이 생에선 벌거벗은 동물로 살아가야 하는가. 은조는 마음속으로 뜬금없이 중얼거린다. 몇 생을 거듭해도 지워지지 않을 축축하고 차가운 기억들이 한꺼번에 떠올라 메마른 침만 자꾸 삼킨다. 빠져나가려는 그녀의 손을 결박하듯 남편은 더욱 손아귀에 힘을 주며 속삭인다.

　―당신, 이번에도 틀림없이 아들 낳을 거야.

　발목에 감긴 밧줄인지, 목에 걸린 쇠줄인지, 올가미 같은 남편의 속삭임이 그녀를 덮친다. 한 겹 눈꺼풀이 절벽처럼 막아선다. 캄캄하다. 절벽 바깥인지 안인지 아무것도 분간할 수 없다. 부리만 거대한 검은 새들이 깨어나 날개 터는 소리 사방에 자욱하다. 간간이 하복부를 찌르는 옅은 통증이 감지된다. 뱃속의 생명이 보내는, 보호받고 싶다는 신호가 아무리 절실해도 은조의 감정은 매몰차고 완강하다. 상처투성이로 시작되는 성수의 사춘기에 생각이 미치자 은조는 오히려 새로운 존재에 대해 걷잡을 수 없는 분노를 느낀다. 망설이지 말고 가차 없이, 오직 그 생각만이 은조를 사로잡는다.

　―눈 좀 떠봐. 괜찮아?

　남편의 부름에 맞춰 은조는 또렷이 눈을 뜬다. 죽음의 호숫가를 배회하는 까마귀의 탐조등 같은 눈빛이 은조를 내려다본다. 방어도 위협도 할 수 없는 그녀의 가슴속에선 증오를 불쏘시개 삼아 잉걸불이 타고 있다. 엉거주춤 은조를 들여다보는 남편의 얼굴엔 뜻밖의 성취를 자축하는 티가 역력하다. 은조는 의사를 돌아보며 목소리를 가다듬는다.

—제가요, 제 아이가 보는 데서 강간을 당했습니다.

—예?

의사는 반문과 동시에 황급히 남편을 돌아본다. 간호사는 허둥거렸고 남편은 눈꼬리를 치켜세운다. 그들은 동시에 침묵한다. 은조는 어깨까지 덮었던 담요를 내리고 애써 상체를 일으킨다. 간호사가 은조의 등을 받쳐준다. 잠시 생각을 가다듬는다. 타인을 배려하기 시작하면 내 삶이 불행해진다는 사실을 바로 당신이 가르쳐주지 않았던가. 은조는 왼쪽 손목에 꽂힌 링거 주삿바늘을 빼내며 똑바로 남편을 가리킨다.

—저 인간, 아니 저 짐승이 제 아들이 보는 앞에서 저를 강간했어요. 제 아들은 오늘……

지혈이 되지 않은 손목에선 피가 흐른다. 다 자라서도 필경 새우처럼 등이 구부러지거나 눈빛이 음습해질 성수를 생각하자 목소리에서도 새빨간 피가 흘러내릴 것만 같다. 남편의 얼굴이 순식간에 거무죽죽하게 변한다. 무너지기 직전의 동굴처럼 뻥 뚫린 그의 입에서 외마디 말들이 튀어나와 나뒹군다. 몸부림치는 은조를 한사코 찍어 누르던 남편이 흠칫 몸을 떨

108

며 무릎을 꺾는다. 은조는 본다. 텅 빈 제 몸을 열어젖히고 뚜벅 걸어 나가는 여자를. 새파랗게 날 선 칼을 겨눈 채, 불덩어리처럼 생생하게 걸어 나가는 그 여자를 은조는 제 두 눈으로 똑똑히 보고 있었다.

등골 브레이커

꿈이 없어야 살 수 있다.

여름이 채 가기도 전에 내가 내린 결론이었다. 창문도 없는 1.5평짜리 고시원에서 꿈을 꾸기에는 너무 버거웠다. 일인용 간이침대와 작은 책상 하나. 내 것이라곤 낡아빠진 노트북과 목을 제대로 가누지 못하는 선풍기 한 대뿐이었다.

고시원에선 자주 숨이 막혔다. 온몸을 아가미처럼 펄럭이며 심호흡을 할수록 산소는 점점 줄어들었다. 현기증이 눈앞을 가렸다. 책상 위에 펼쳐놓은 공무원 수험서의 활자가 뿌옇게 흐려졌다. 좀처럼 넘어가지 않는 페이지, 머릿속에 저장되는 건 아무것도 없었다. 두통과 현기증이 번갈아 찾아왔다. 이어폰을 빼고 책에 얼굴을 묻었다. 책보다 더 효과 좋은 수면제는 없었다. 하지만 팔월이었다. 잠이 들기는커녕 내 몸의 산소를 훔쳐가는 도둑의 소리만 더 잘 들렸다.

틀틀틀틀……

깜빡 졸다 깨면 목이 꺾인 선풍기가 부들부들 떨며 나를 쳐다보고 있었다. 공부 안 해? 묻는 듯했다. 끈적거리는 턱밑을 손등으로 닦으며 선풍기를 쏘아보았다. 잡아먹거나 잡아먹히거나. 그럴 것이다. 결국 우리는 그렇게 되고 말 것이었다.

*

금요일 저녁의 대형마트는 몹시 붐볐다. 사람들이 밀고 들어와서 밀며 나갔다. 식품 매장은 유난히 더 복잡했다. 카트와 사람과 호객 소리가 뒤엉켜 소란스럽고 분주했다. 각종 육류와 가공육, 어류와 냉동식품, 유제품과 빵, 커피며 차까지 온갖 종류의 시식 코너를 풀가동하는 날이고 시간대여서 더욱 그랬다. 나는 축산 파트의 돼지불고기 시식 코너 담당이었다.

마트에서 일한 지는 몇 달 되었다. 공무원 수험서를 덮자마자 알바몬 구인 광고란을 훑었다. 편의점과 카페는 많이 거쳤던 곳이라 패스하고 대형마트의 축산부에 이력서를 넣었다. 면접 담당자가, 정말 성실하게 일할 자신 있냐고 물었던 게 어처구니없지만, 그런 하나 마나 한 질문에도 열심히 고개를 끄덕인 덕분에 나는 지금 이렇게 고기를 굽고 있는 중이다.

각자 맡은 매대 앞에서 담당 직원들이 목청 돋워 호객 행위를 했다. 나도 손으로는 고기를 굽고 입으로는 손님을 불렀다. 일단 드셔보시라고, 맛없으면 돈 안 받는다고, 안 사도 좋으니 맛이나 보라고. 저절로 동작이 커지고 소리가 커졌다. 옆 매대에서 훈제 오리를 판매하는 미희 언니가 나를 슬쩍 견제했다.

"진홍 씨, 오늘 너무 열심히 한다. 많이 팔았겠네?"

대답하지 않는 나를 흘끔거리며 언니는 사람들에게 오리고기 시식을 권했다. 그때였다.

"아빠, 고기!"

낯익은 꼬마였다. 꼬마는 미희 언니를 손가락으로 가리키며 제 아빠를 재촉했다. 아이와 눈이라도 마주칠까 봐 나는 얼른 고개를 돌려버렸다. 보나 마나 미희 언니 역시 그랬을 거였다. 텅 빈 카트를 끌고 식품 매장을 돌고 도는 사람들. 시식과 식사를 구분 못하는 진상손님들 중에 그들도 포함되어 있었다. 아이를 카트에 태우고 시식 코너를 순례하는 그 남자는 일주일 전부터 매일 밤마다 나타났다. 아이는 먹성이 좋았다. 고기와 만두, 치즈와 햄, 빵과 우유 등, 시식 행사를 하는 곳은 빠지지 않고 다 다녔다. 카트에 오도카니 앉아서 새 새끼처럼 입을 벌리고 있는 아이에 비해 남자의 손길은 너무 굼떴다. 손끝에 눈이라도 달린 듯 조심스럽게 집어가는 고기 한두 점으론 아이를 더 기갈나게 할 뿐이었다.

미희 언니가 마지못해 고기를 내밀자 아이는 날름 받아먹었다. 어른 손마디 하나만큼의 고기는 씹을 것도 없이 절로 넘어갈 크기였다. 아이는 애가 타는지 카트 밖으로 튀어나올 듯 시식대 앞으로 몸을 기울였다. 미희 언니가 아이 아빠에게 말했다.

"손님, 가격 행사할 때 사가세요. 나중에는 진짜 이 가격으로 못 산다니까요?"

미희 언니는 밀봉된 훈제 오리를 남자 앞에 들이밀었다. 남자는 고개를 주억거리며 딴 데를 쳐다봤다. 미희 언니와 눈이 마주쳤다. 안 살 줄 아니까 그를 빨리 보낼 수 있는 최선의 방법을 쓴다는 걸 우리끼리는 다 알았으므로. 난처한 듯 계속 고개를 주억거리던 남자가 내 쪽으로 다가왔다.

"저기요……"

우물쭈물 말을 삼키는 그를 쳐다봤다. 투블럭 헤어스타일에 말끔하게 면도를 한 얼굴인데도 낯빛이 어두웠다. 남색 패딩 조끼 속으로 숨기라도 할 듯 움츠러드는 그의 얼굴을 외면하며 나는 고기가 덜 익었다는 사실만 전달하면 되었다. 남자는 멍하니 불판만 쳐다보았다. 고기는 거의 다 익어가는 중이었으나 그의 몫은 아니었다. 익은 고기가 기다리는 사람은 따로 있었다. 사도 그만, 안 사도 그만인 사람들. 잘 익은 고기는 맛있는 냄새를 풍기면서 그들을 불러들였고 그렇게 이끌려온 사람들에게 고기를 사게 만드는 것이 내 할 일이었다.

성가신 아이와 남자가 빨리 떠나기만 기다리며 나는 집게와 가위를 챙겼다.

"저기요, 애기가 먹고 싶어 해서 그런데 먼저 좀 잘라주시면……"

"덜 익었잖아요. 기다리셔야 합니다."

남자가 입을 꾹 다문 채 나와 아이를 번갈아 보더니 카트를 돌렸다. 아이가 원망이 가득한 표정으로 울먹거렸다.

"뚱뚱 아줌마 나빠!"

남자가 아이의 등을 쓸며 달랬다.

"아까 떡갈비 먹고 싶댔지? 그거 다 구워졌는지 가보고 오자 응?"

아이를 태운 카트가 가공육 코너 쪽으로 멀어져갔다. 남자는 가진 건 시간뿐이라는 듯, 아무리 써도 남아도는 시간을 버리기라도 하듯 느릿느릿 걸었다. 아이의 조그만 뒤통수가 멀어져갔다.

나쁘구나 나는.

내게 나쁜 년이란 꼬리표를 붙인 사람은 할머니였다. 엄마는 아버지를 미워했고 아버지는 할머니를 미워했으며 할머니는 엄마를 미워하는 구도. 그 상투적 구도에서 이탈해버린 엄마를 대신해서 욕받이가 될 사람은 나밖에 없었다. 그때의 내 정체성은 어미가 버리고 간 새끼였다. 새끼는 자신을 거둬줄 대상을 향해 해바라기를 할 수밖에 없는 존재였는데, 아버지는 어딘가를 떠돌다가 가끔 집에 들어오는 사람이었고 할머니는 나를 엄마 보듯 미워했다. 그러나 시간은 내 편이었다. 나는 커졌고 할머니는 쪼그라들었다. 가족들 모두 왜소한데 나만 돌연변이처럼 우뚝 솟아올랐다. 분노와 외로움을 담을 데라곤 오직 내 몸밖에 없었으니, 쌓이고 쌓인 그것들이 거름 되어 나를 그리 힘껏 밀어 올렸는지도 몰랐다. 열세 살의 여름이 되자 상황은 역전되었다. 할머니가 욕을 하면 나도 욕을 했고 때리면 더 세게 갚아줬다. 말이 필요 없었다. 울 이유는 더더욱 없었다. 할머니를 내려다보며 주먹 쥔 오른손을 들어 올리기만 해도 되었다. 그러나 이제는 갈 곳이 없는 손. 잔뜩 움켜쥔 주먹이 향할 데라곤 내 가슴뿐이었다.

목이 꺾인 채 툴툴거리는 선풍기와 싸우며 공부를 해보겠다고 애썼던 여름. 불과 몇 달 전의 나를 생각하는 것만으로도 가슴이 답답해졌다. 잡념 무성한 머릿속을 헤집는 한국사 강사의 쟁쟁거리는 목소리도 거슬렸고 에어컨 빵빵한 카페에서 아이스커피를 마시고 싶은 마음만 간절했다. 참았다. 합격할 때까지, 그때까진 공부만 하는 거다. 아르바이트를 하면서 공부하기엔 시간이 없다. 지금 말고 나중에, 나중에 먹고 싶은 것 다 먹고 두 발 뻗고 잘 수 있는 곳에서 살면 된다. 그렇게 스스로에게 최면을 걸면서 견딘 나날이었다. 간당간당하는 통장의 잔액이 최면의 파수꾼처럼 나를 지켜보고 있었으므로.

  최면이고 뭐고 숨 쉬는 것도 마음대로 되지 않아 견딜 수
없는 날이면 무턱대고 고시원을 나갔다. 주택가의 담을 따라
그늘이 지는 곳을 골라 다녀도 정수리가 따가웠다. 화기가 절
정으로 치닫는 계절의 한복판에서 내 몸은 흐물흐물 녹아내
릴 듯했다. 그냥 걸었다. 앞에서 끌어줄 희망도 뒤에서 밀어
줄 바람도 없었다. 멈춰버리면 그대로 주저앉을 것만 같았다.
나를 아무 데나 쏟아버리지 않으려면 멈추지 말아야 했다.

  십 분쯤 더 걸으면 뒷산으로 이어지는 길이 나왔다. 뒷산
과 주택가 사이에는 8차선 도로가 가로막고 있었지만 지하통
로를 건너 계단을 오르면 산책로가 나왔다. 모자와 선글라스,
토시와 장갑으로 무장한 사람들이 산을 오르내렸고 나는 산
책로의 왼쪽, 절개지 옹벽을 뒤덮은 담쟁이덩굴 앞에서 서성
이다 내려오기 일쑤였다. 가끔 등산로 입구까지 갈 때도 있었
다. 그곳에 설치된 에어 스프레이가 좋아서였다. 지저분한 운
동화와 바짓단을 털어낸 뒤 내 몸 아무 데나 에어건을 쏘아대
면 뭔가 후련했다. 정크 푸드에 길들여진 부푼 몸에서 지방과
나트륨이 빠져나가고 셀룰라이트가 생긴 허벅지와 배도 매끈
해질 것 같은 느낌이 들었다.

  그렇게 나날을 견뎌도 날씨는 내 형편 따위 전혀 고려하지
않았다. 연일 폭염 경보가 떴다. 잔뜩 달구어진 고시원에 나
를 풀어놓으면 달걀프라이처럼 익어버릴 것 같았다.

에어컨이 있는 고시원으로 옮겨야 해.

그러기로 마음먹으면 다 이루어지기라도 할 것처럼 갑자기
결연해졌다. 아버지를 찾아갔다. 아버지는 고향 집 근처 컨테
이너 농막에서 살았다. 농막을 중심으로 늘어선 비닐하우스
가 대단지를 이루고 있었는데 그중 몇 동이 아버지의 일터였
다. 낡고 비좁은 컨테이너에서 숙식을 해결하며 해가 뜨면 깻
잎과 고추를 따고, 비 오면 쉬고 일 없어도 쉬고, 누군가 불러
주기만을 기다리는 생활이었다.

열린 비닐하우스마다 기웃거리며 아버지를 찾았다. 한낮이
었다. 뜨겁게 눅진거리는 공기에 스며든 깻잎 향, 마치 허공
에 파스를 뿌린 듯 홧홧한 냄새가 지독했다. 솜털을 빳빳이
세우고 새파랗게 출렁거릴 깻잎의 행렬을 상상했는데 실상은
달랐다. 생기를 잃고 목이 꺾여 말라가는 깻잎들도 더러 보였
다. 냄새만이 맹렬했다. 나는 숨을 멈춘 채 물러섰다.

"공부나 하지 여긴 왜 왔냐?"

내 어깨를 툭 치는 아버지의 몸에서 악취가 풍겼다. 구취와
막걸리 냄새가 뒤섞여 코를 자극했다. 깡마른 몸 어딘가가 제
대로 썩어버린 건가 싶었다.

"대낮부터 술이나 마시고, 여전하시네요?"

아버지가 팔을 휘휘 내저으며 말했다.

"술을 어디 밤낮 가려서 마시냐? 있으면 먹고 없으면 마는
거지. 요즘은 청포도 막걸린가 그게 어찌나 맛있던지, 내가

언젠가는 돈을 많이 벌어서……"

　벗어진 이마에 자글자글 주름이 내려앉은 아버지의 얼굴이 까맸다. 나는 들고 있던 비닐봉지를 슬그머니 뒤로 감췄다. 아버지가 컨테이너 문을 열어젖혔다. 팽팽하게 뭉쳐 있던 열기가 엎어지듯 밀려 나왔다. 들어갈 엄두가 나지 않았다. 숨을 참으며 우두커니 서 있는 나를 비켜 아버지가 먼저 컨테이너 안으로 들어갔다. 널려 있는 신문지와 옷가지를 한쪽으로 밀어놓고 냉장고 문부터 열었다. 그러곤 티셔츠를 가슴까지 걷어 올린 채 펄렁펄렁 들까불었다.

　"선풍기보단 우선 당장 이게 시원해서."

　멋쩍은 듯 혼잣말을 하는 아버지의 등이 앙상했다. 툭 불거진 견갑골 아래로 가지런히 드러난 갈비뼈가 선명했다. 살이라곤 없었다. 하긴 평생 그랬다. 넉넉함은커녕 여분의 무엇이라곤 가져본 적이 없었던 삶을 아버지는 온몸으로 보여주고 있었다. 작은 냉장고를 끌어안고 있는 아버지의 뒷모습은 민망할 정도로 처량했다. 몸짓마저 뭔가 이상했다. 들숨과 날숨을 따라 오르내리는 어깨의 균형이 맞지 않았다. 비스듬히 처진 오른쪽 어깨를 의식하는지 아버지는 스트레칭을 하듯 양어깨를 자꾸 비틀어댔다. 하지만 이미 기울어진 어깨는 곧추세우려 애쓴다고 바로잡아질 상태가 아니었다. 쉰아홉인가, 예순인가. 아버지의 나이를 가늠하며 먼눈을 파는 내게 아버지가 불쑥 물병을 내밀었다. 엉겁결에 나도 비닐봉지를 건넸

다. 차가운 물병과 편육이 든 비닐봉지를 주고받으면서도 우리는 서로의 얼굴을 똑바로 쳐다보지는 않았다.

"내가 언젠가는 돈을 많이 벌어서 우리 진홍이……"

돼지머리 편육을 깻잎에 돌돌 말아 입에 넣으며 아버지는 말을 줄였다. 생략된 말들은 쌈이 되어 아버지의 목구멍으로 넘어갔다. 언젠가 따위 필요 없었다. 당장 에어컨 있는 고시원으로 옮길 생활비 내놓으라는 말만 머릿속을 맴돌았다. 차가운 물병을 뺨에도 대보고 겨드랑이에도 껴보지만 목에 걸린 채 뜨겁게 불을 지피는 그놈의 돈 때문에 나는 더 앉아 있기가 괴로웠다. 마트에서 돼지머리 편육을 골라 들고 계산을 할까 말까 수없이 망설였던 내 어리석음에 화가 났다.

오므리고 앉았던 다리를 아무렇게나 뻗어버렸다. 맨살에 들러붙는 청바지의 압박이 워낙 집요해서 더 견딜 수도 없었다. 종아리며 허벅지가 따갑고 얼얼했다. 관자놀이를 타고 흐르는 땀을 손등으로 닦으며 나는 일어났다. 에어컨이 있는 고시원으로 옮기고 싶다는 말은 삼켜버린 채였다.

"그래, 공부하려면 이러고 있을 시간 없지. 부지런히 해서 단박 붙어야 너도 편하고 나도 편하고."

아버지의 입을 망치로 부숴버리고 싶다는 생각이 들자 현기증이 몰려왔다. 누군가가 내 머리를 세게 조이며 앞뒤로 흔들어대는 듯했다. 가방을 내려놓고 도로 쪼그려 앉았다. 아버지가 다가왔다.

"너는 볼 때마다 시들시들 왜 그렇게 기운을 못 차리냐? 그 나이에 그 덩치에 날아다녀도 시원찮을 판에. 딸은 공부만 해. 애비가 있는데, 까짓 돈 때문에 우리들 꿈이 흔들려서야 되겠어?"

아버지는 도대체 무슨 말을 하고 싶은 것일까. 아니, 뭔 말을 듣고 싶은 것일까. 쪼그려도 쪼그려지지 않는 덩치만이 턱없이 당당해서 아버지를 압도했을 뿐, 내 안에서 끓어넘치는 말들과 싸우느라 정작 눈앞의 아버지는 보이지도 않았다. 그런데 꿈이라니. 우리들의 꿈이라니. 내 꿈은 오로지 나만의 것이어서 그 누구와 공유한다는 생각조차 해본 적 없었다. 숙주는 숙주로서의 역할만 하면 되었다. 내 꿈에 편승해 기생하려는, 이제는 나를 숙주 삼으려는 아버지의 의도가 가증스러웠다. 백 년이 지나도 이루어지지 않을 환상에 내가 매달려 있었구나 하는 뼈저린 후회가 밀어닥쳤다. 착각에서 깨어나는 건 순간이었다. 내 삶의 조건을 견뎌내는 건 철저하게 내 몫이라는 자각이 발등을 찧고 정수리를 꿰뚫었다. 그날 이후 나는 책을 덮었다. 꿈 따위에 삶을 저당 잡힌 채 서서히 죽어가는 게 내 인생의 목표가 아닌 것만은 분명했으니까.

화장실에서 열어본 휴대폰에는 부재중 통화 목록이 길었다. 전화번호를 확인했다. 약간의 시차를 두고 반복해서 연락을 시도한 사람은 고모였다. 메시지에 저장된 고모의 목소리는 다급했다.

　아버지가 고향 집 헛간에서 목이 매달린 채로 발견되었다
고 한다. 발견되었다고 했지 죽었다고는 하지 않았지만 나는
이미 아버지의 죽음을 예상하고 있었다. 어차피 얼마 버티지
못할 것이었다. 할머니는 좋아서 펄쩍 뛰었을까. 아버지는 평
생 할머니의 등에 빨대를 꽂고 살았던, 그야말로 등골 브레이
커의 원조였다. 고모는, 무능한 주제에 허세 만발인 아버지더
러 살아서 뭐 하냐고 등을 밀어대더니 이제 와서 갑자기 혈육
의 정이 솟구치기라도 한 것일까. 삼키지도 내뱉지도 못한 그
울음의 온도가 뜨겁든 미적지근하든 내 알 바 아니었다.

　한창 바쁜 시간대는 지났지만 손님의 흐름은 종잡을 수 없
었다. 빨리 매장으로 돌아가야 했다. 제발 전화 좀 받으라는
고모의 성난 목소리. 거기까지였다. 나는 더 이상 음성메시지
를 확인하지 않았다. 맹렬히 떨리는 휴대폰을 열지도 놓지도
않았다. 온몸을 두드리는 진동이 고스란히 느껴졌다. 애비 잡
아먹을 년. 할머니의 욕설처럼 나를 휘감던 진동은 어느새 망
치질로 변해갔다. 부모는 싸우고 할머니는 부추기고 나는 숨
었던 시절. 아버지를 피해 시멘트 배수관으로 기어 들어가던
엄마. 망치를 들고 엄마를 뒤쫓던 아버지. 배수관을 땅땅 울
리던 망치질과 엄마의 울음소리. 벽을 때리고 문을 때리고 엄
마를 때리던 침착한 망치질. 채 여물지 못한 내 심장이 온몸
을 돌아다니며 펄떡거리는 소리……

"정신이 있어 없어? 어떻게 앞치마를 두르고 화장실을 가?"

"너무 급해서……"

팀장이 내 대답에 어이없다는 표정을 지었다. 비닐 앞치마로도 가려지지 않는 불룩한 배를 두 손으로 감싼 채 나는 고개를 숙이고 있었다.

"손님이 그 꼴을 보기라도 했어봐, 당장 클레임 들어오면 누가 책임져? 진홍 씨가 다 책임질 거야?"

"죄송하지만 저 좀……"

쉬겠다는 말을 할 수가 없었다. 식은땀이 흘렀다. 바닷가 쓰레기 더미에서 부화한 새끼 거북이처럼 나는 우왕좌왕했다. 태어나자마자 맞닥뜨린 장애물에 가로막혀 바다로 나아가지 못하는 새끼 거북이들의 애처로운 몸짓처럼 나 또한 팀장의 질책에 속수무책이었다. 바지 뒷주머니에 넣어둔 휴대폰도 쉴 새 없이 떨렸다. 껐다고 생각했는데, 제대로 죽였다고 생각했는데 멀쩡하게 살아나서 맹렬한 신호를 보내는 휴대폰에 맞춰 내 몸도 열렬히 반응했다. 내 얼굴은 누군가의 발길에 걷어차여 찌그러진 음료수 캔 같았을 것이다. 밟혀서 터지기 직전에 새어 나오는 거품처럼 뺨에 물기가 번졌다. 팀장이 주위를 살피며 나지막하게 으르렁거렸다.

"아니, 이 사람 좀 봐. 뭘 잘했다고 울고 난리야? 갑자기 정신 나간 사람처럼 왜 이래? 저기 손님들 오고 있잖아. 빨리

고기 안 굽고 뭐 해?"

그랬다. 고기를 굽는 게 내 일이었다. 나는 잠자코 얼굴을
쓸어내렸다. 짐짓 하품이라도 한 것처럼, 아무 일도 없었던
것처럼. 앞치마를 단단히 여미고 다시 시식대에 바짝 붙어 섰
다. 집게를 든 손이 떨렸다. 목도 아팠다. 저녁 내내 고기를
구워대느라 들이마신 연기가 목구멍을 간질였다. 그래도 소
리를 질러야 했다.

"두 근에 만 원! 맛있는 돼지불고기! 맛이나 보고 가세요!"

내 귀에 들리는 내 목소리가 너무 낯설었다. 새되게 갈라지
는 목소리. 갈라지는 건 목소리뿐만이 아니었다. 마음도 그랬
다. 이리 찢기고 저리 찢기고, 찢긴 틈새마다에서 아버지가
기어 나왔다. 황당했다. 내 안에 그렇게나 많은 아버지가 숨
어 있었다니. 그럴 일이 아니었다. 잘 가라고 박수 칠 일이었
다. 박수 칠 때 떠날 정도의 눈치가 있는 사람이 아니었기 때
문에 이제라도 내가 박수를 쳐줘야 하는 사람.

그런데 왜.

불판에선 양념육이 지글지글 익고 있었고 내 물음표도 덩
달아 익어갔다. 고기를 뒤집는 손놀림이 나도 모르게 거칠어
졌다. 주변을 맴도는 사람들의 시선이 느껴졌다.

그런데 왜?

사방을 두리번거렸다. 누가 됐든 대답을 좀 해줬으면. 그러
나 시식하고 가라며 악을 쓰는 내 목소리만 내 귀에 들릴 뿐

이었다.

밤새 호되게 앓았다. 창문도 없는 고시원은 물속 같았다. 나는 깊이를 알 수 없는 물속으로 가라앉았다 떠오르기를 반복했다. 내 몸의 구멍이란 구멍은 다 열려버렸다. 흐르고 쏟아지고 토하고 쌌다. 기진맥진한 채 누워 있으니 물 위에 떠다니는 내가 보였다. 물은 자꾸만 수위가 높아졌다. 사방 공간에 물이 차오르자 한쪽 벽이 뚫렸다. 뚫린 벽을 따라 열리는 물길.

앞장서는 물길에 실려 흐르고 흘렀다. 멈추고 보니 강이었다. 고향의 샛강은 예전 그대로였다. 하얗게 반짝이는 모래톱에서 아이와 어른이 머리를 맞댄 채 모래 장난을 치고 있었다. 춥지도 덥지도 않은 미지근한 봄날. 두 사람의 등을 어루만지는 햇볕이 포근했다. 아이는 조그만 손으로 열심히 모래를 그러모아 집을 지었지만 자꾸 무너졌다. 어른이 말했다. 애야, 이건 마른 모래라서 잘 안 되는 거야. 엄마가 젖은 모래 파줄 테니 다시 지어보자 응? 아이가 고개를 끄덕였다. 어른이 앉은자리의 마른 모래를 걷어내고 거뭇하게 물기를 머금은 모래를 퍼 올리기 시작했다. 아이 앞에 금세 모래 무덤이 생겼다. 아이는 젖은 모래를 조금씩 떼어 벽을 쌓고 지붕을 덮었다. 어른은 점점 더 깊이 모래를 팠다. 골똘한 표정으로 기계처럼 움직이면서. 양손으로 움켜쥔 모래에서 물이 줄

줄 흘렀다. 어른이 앉았던 곳은 이미 커다란 웅덩이로 변해버렸다. 물렁물렁한 모래 웅덩이가 어른을 삼키기 시작했다. 아이가 비명을 질렀다. 엄마, 가지 마, 가지 마! 아이가 어른을 향해 다급하게 손을 내밀었다. 늦었다. 웅덩이가 먼저 아이의 발목을 그러잡았다. 어른의 검은 눈동자가 활짝 열렸다가 닫혔다. 웅덩이를 걷어차며 도망가던 아이가 뒤돌아보았을 때 어른의 얼굴은 보이지 않았다. 높이 치켜든 팔과 허공을 그러잡으려 애쓰는 손만 보였다. 안녕. 안녕. 마지막 인사를 하듯 나부끼는 어른의 손도 모래 웅덩이에 잠기고 사방이 고요했다. 봄빛을 안고 술렁이던 강물도, 햇빛을 튕기며 재잘거리던 모래톱도 입을 다물었다. 어디선가 들리는 울음소리. 모두가 입을 다물었는데 누가 우는가. 강으로 끌려 들어가는 누군가가 온몸으로 울고 있었다. 발목이 젖고 허리와 가슴이 잠기고 목까지 차오른 강물을 삼키며 울고 있는 텅 빈 몸······

눈을 뜨니 캄캄했다. 전등 스위치를 켜고 둘러보았다. 혼자였다. 사방 벽이 뒷걸음질로 멀어지는 것 같았다. 눈물이 쏟아졌다. 꿈속의 샛강과, 고시원에 엎어져 있는 나와, 살기를 거부한 아버지의 실패가 회오리치듯 몰려왔다.

아버지가 내 고시원으로 찾아온 건 보름 전이었다. 시커먼 돌덩어리 같은 얼굴에 낱낱이 드러난 골격이 앙상했다. 많이 아픈 거냐고 물어볼까 하다가 그만뒀다. 아버지는 움푹 팬 볼을 움찔거리며 웃었다. 나는 주차장 필로티 뒤로 숨기라도 할 듯 주춤거렸다.

"연락도 없이 웬일이세요?"

"애비가 딸 보러 올 수도 있지. 그런데 홍이 너, 내 전화 차단한 거냐?"

"차단은 무슨…… 아무튼 일할 때는 휴대폰 확인 못해요."

"그렇겠지. 돈 거저 버는 거 같아도 지켜야 될 게 얼마나 많은데. 들어가자."

늘 그렇게 드나드는 사람처럼 대수롭잖게 말하면서 아버지가 먼저 현관 앞에 섰다. 시커먼 배낭을 멘 채 한 손으로 벽을 짚고 선 아버지는 힘겨워 보였다. 오른쪽 어깨는 완연하게 기울어서 깡마른 등에 짊어진 커다란 배낭이 아버지를 짓누르는 것처럼 보였다. 나는 현관 비밀번호를 누르려다 말고 아버지를 돌아보았다.

"들어가도 앉을 데가 없어요."

"사람 사는 집에 앉을 데 없겠냐, 명색 방인데."

"없다니까 그러세요? 앉지도 못하고 우두커니 서서 뭐 하시게요?"

나도 모르게 말이 빨라졌다. 말을 하는 중에도 두 가지 마음이 밀고 당기며 선택을 강요했다. 내가 어떤 곳에서 어떻게 사는지 아버지가 똑똑히 보길 바라는 마음과 행여 아버지가 거기에서 같이 살자고 할까 봐 무조건 거부하는 마음이었다. 외면하며 버티는 나를 물끄러미 쳐다보던 아버지가 앞장 섰다.

"일단 올라가기나 하자."

할 수 없이 비번을 누르고 계단을 올라갔다. 아버지는 소리 없이 뒤따랐다. 지은 지 오래된 삼 층짜리 건물은 외관이나 내부나 똑같이 허름해서 나처럼 극빈자가 아니고서는 입주를 꺼렸다. 선풍기 돌아가는 소리, 기침하는 소리, 방귀를 뀌거 나 코를 골거나 물을 마시거나, 뒤척이거나 숨 쉬는 소리까지 강제적으로 들어야 하는 상황이었으니까.

"넌 몇 호냐?"

대답 대신 나는 303호 방문을 열었다. 아버지는 나와 방을 번갈아 보더니 눈살을 찌푸렸다.

"이게 다 뭐냐? 이렇게 바리바리 쟁여놓고 살려면 대궐이 라도 비좁겠구먼."

배낭을 내려놓지도 않은 채 어중간하게 서서 아버지는 잔 소리부터 했다. 방이 좁아터졌든 말았든 생필품은 있어야 하 는 거고, 기왕에 살 거면 원 플러스 원 할인행사 할 때 사는 게 이익이니 미리 준비해둔 것뿐이었다.

"다 내가 벌어서 산 거니까 입도 떼지 마세요."

아버지는 딴청을 피웠다.

"이래서야 어디."

"그러니까 올라올 필요 없다고 했잖아요."

툴툴거리면서도 나는 아버지가 앉을 공간을 만들었다. 침대에 놓인 옷들을 책상 위 선풍기에 걸쳐놓고 바닥에 쌓아놓은 생필품은 복도에 내놨다. 아버지는 배낭을 내려놓고 침대 끄트머리에 앉았다. 우리는 비좁은 침대의 머리맡과 발치를 차지한 채 나란히 앉았다. 나는 아버지와 어깨가 닿지 않도록 애쓰면서 벽만 쳐다봤다. 마주 보지 않아도 되어서 내심 다행인 나와 달리 아버지는 자꾸 두리번거렸다. 아무리 둘러봐야 거기서 거기인 1.5평짜리 공간을 눈에 새기기라도 할 것처럼. 책상 위에 올려놓은 선풍기를 한참이나 쳐다보던 아버지가 헛기침을 했다.

"저걸, 모가지에다 저렇게 옷을 많이 걸쳐놓으면 무거워서 살 수가 있겠나. 그래도 고장 안 나고 용케 잘 버텼나 보네."

"진작 목이 꺾여 빌빌거리기만 한 걸요. 내다 버려야 하는데 귀찮아서……"

지독한 폭염을 같이 견뎌낼 때는 의지하며 미워하며 하루도 의식하지 않은 날이 없었던 선풍기였다. 오후 두시 방향으로 기울어진 머리를 흔들며 오로지 나만 쳐다보는 게 증오스러워 걷어차기도 했지만, 선풍기의 그 고된 노동이 없었더라면 나도 존재하지 못했을 거라는 말은 하지 않았다.

토요일 밤의 마트는 그 도시의 사람들이 죄다 몰려나온 것처럼 북적거렸다. 나도 덩달아 바빠졌다. 너덜거리는 몸과 마음을 추스르는 덴 일에 몰두하는 게 최고였다. 내 손은 기계처럼 움직였다. 적당한 양의 생육을 불판에 얹고 적절하게 불조절을 한 뒤 때맞춰 뒤집어주는 센스. 그중에서도 가장 중요한 건 뒤집는 타이밍이었다. 너무 자주 뒤집으면 육즙이 빠져나가버리고 미처 뒤집지 못하면 딱딱하게 눌어붙었다. 손님이 많이 몰리는 시간대엔 뒤집는 타이밍을 놓치기 일쑤였다. 재촉하는 손님들 앞에선 어쨌든 집게를 열심히 놀려야 했다. 손님들의 눈총으로 익어가는 고기는 맛이 없었지만 문제될 것도 없었다. 정말 맛있는 고기를 원해서 시식대 앞에 줄을 서는 게 아니라는 것쯤은 이미 서로 다 알고 있었다. 그들에게 시식 코너는 마트 순례의 선택 코스였을 뿐.

노릇하게 구워진 고기를 큼직하게 잘라서 불판 양쪽으로 밀어놓았다. 그러고 보니 손님에게 제공되는 시식용이 아닌 내 입맛에 딱 맞는 크기로 자르고 말았다. 배가 많이 고플 때 가끔 하던 짓이었다. 보는 눈이 없다면 당장 내 입으로 들어가야 할 고기였다. 다리 사이에 먹을 것을 끼우고 앙탈을 부리던 어린 시절처럼, 아무에게도 그걸 주고 싶지 않았다. 나는 급히 양념육 뚜껑을 열었다. 익은 고기 위에다 생육을 얹으며 딴청을 피웠다.

"조금만 기다려주세요."

기다리던 사람들의 표정이 구겨졌다. 대놓고 화를 내는 사람도 있었다.

"아니, 보소, 지금 그거 다 익은 거잖아? 익은 거 먼저 주면 되지, 꼴랑 고기 한 점 갖고 똥개 훈련시키나?"

나는 그저 기다려달라는 말만 반복했다. 내 눈치를 살피며 슬그머니 자리를 뜨는 사람들. 그들은 다시 돌아올 사람들이었다. 나는 느릿느릿 고기를 굽고 잘랐다. 눈총 맞아 엎어질 지경이라도 물러서기가 싫었다.

"맛있는 양념불고기, 시식하고 가세요, 두 근에 만 원, 오늘까지만 세일합니다."

내 호객 행위에 장단이라도 맞추듯 손님이 다가왔다.

"불고기 두 근 주세요."

선글라스를 낀 젊은 여자였다. 나는 갓 구운 불고기를 잘라 그녀에게 내밀었다. 보이지도 않는 그녀의 눈을 향해 웃으면서 말이다. 그녀는 시식 따윈 귀찮다는 듯 고개를 흔들었다. 비닐팩에 고기를 담아 저울에 올렸다. 두 근 달라 했으니 두 근 넘게. 정량으론 1,200그램이지만 100그램이나 200그램 정도 더 담아서. 그리고 언제나처럼 물었다.

"조금 많은데 그냥 드릴까요?"

"아니요."

선글라스로 가렸지만 그녀가 나를 쏘아보고 있다는 게 느껴졌다. 대부분의 손님들은 정량보다 많아도 그대로 주세요, 하고 넘어갔다. 상술이라는 걸 뻔히 알면서도 속아주는 마음 약한 사람이 더 많았기 때문에 네, 라는 대답이 당연한 줄 알

앉는데 이런 경우엔 저절로 긴장이 되었다. 두 번에 걸쳐 125 그램의 초과 분량을 덜어내었다. 찔끔찔끔 고기를 덜어내면서도 그걸 지켜보는 여자의 눈길을 의식한 나머지 비닐 팩을 놓치고 말았다. 양념이 묻어 지저분해진 비닐 팩을 새것으로 바꾸느라 또 시간이 지체되었다. 깔끔하고 빠른 일처리는 머릿속에만 있고 손이 따라주지 않았다. 함부로 취급하는 것처럼 보이지 않으려고 조심을 해도 덜어내고 바꾸는 과정에서 고기는 이미 초라한 몰골이 되어버렸다. 아니나 다를까 여자가 짜증을 내었다.

"이 일 처음 해요?"

"죄송합니다."

"죄송이고 뭐고, 그렇게 주물럭거린 고길 누가 먹고 싶겠어요? 됐어요."

여자가 휑하니 카트의 방향을 바꿨다.

"죄송해요 손님, 다른 걸로 넣어드릴게요."

여자는 내 사정 따위 거들떠보지도 않은 채 멀어졌다. 그런 와중에도 시식대의 불고기는 금세 동이 났다. 고기를 집어 먹은 녹말 이쑤시개를 아무 데나 던지고 가는 사람, 몇 점 남지 않은 고기를 한꺼번에 꽂아서 제 입으로 가져가는 사람, 먹을 고기가 없어서 시무룩한 표정으로 두리번거리는 사람들이 거의 동시에 오고 갔다. 내 머릿속에도 오만가지 생각이 스쳐 지나갔다. 오로지 나 자신의 노동만을 지렛대 삼아 삶을 꾸려

가기로 결심했던 날, 전생의 한순간처럼 까마득하기만 한 그 날을 애써 떠올리지만 자꾸 눈앞이 흐려졌다. 삶이란 늘 이렇게 애만 쓰다가 끝나버리도록 프로그래밍된 건 아닐까 하는 불안감이 엄습했다. 내가 이 생에서 쓸 수 있는 에너지의 총량은 얼마인지, 그중 얼마를 이미 써버렸는지, 너무 빨리 써버려서 어느 날 갑자기 아웃되어버릴지도 모른다는 두려움을 떨치기 어려웠다. 뜨거운 불판 앞에서 안절부절못하는 이 삶이나 병원 침대에서 마지막을 기다리는 아버지의 삶이나 별반 다를 게 없다는 자각은 끔찍했다. 머리를 세차게 흔들었다. 생각들이 나를 지배하지 못하도록, 오로지 여기 있는 나로서만 존재할 수 있도록 스스로를 격려해야 했다.

양념육을 꺼내 불판에 얹었다. 달콤하게 익어가는 고기 냄새가 향기로웠다. 맛있는 냄새를 맡은 사람들이 몰려들기 전에 먼저 익은 고기를 큼직하게 잘라 입에 넣었다. 그때였다.

"아줌마, 나도 고기!"

매일 밤마다 나타나던 그 꼬마였다. 나를 향해 손을 뻗은 채 소리 지르는 아이의 몸은 곧 카트 밖으로 튀어나올 듯 위태로웠다. 아이 아빠가 아이를 제지했다.

"조심해야지."

아이가 들은 척도 안 하고 카트 위에서 펄쩍펄쩍 뛰며 재촉했다.

"빨리빨리, 빨리 고기 줘!"

나는 아이를 빤히 쳐다보며 나머지 고기를 차례차례 입에 넣었다. 아이가 시식대 앞에 도착했을 땐 불판 위에 아무것도 남아 있지 않았다. 나는 아이를 향해 친절하게 웃으며 말했다.

"한 바퀴 더 돌고 와야겠네?"

아이가 떼를 쓰며 울었다.

"아빠, 내 고기, 나쁜 아줌마가 내 고기 다 먹었어!"

남자의 표정이 사나워졌다. 그는 우는 아이의 등을 후려갈기며 윽박질렀다.

"집에 고기가 없어? 집에선 안 처먹고 왜 만날 여기 와서 생떼를 쓰냐고 이 자식, 너 거지새끼야?"

아이는 망치로 얻어맞은 듯 울음을 뚝 그쳤다. 카트에 주저앉아 바들바들 떨면서도 아이의 눈길은 제 아버지의 얼굴과 손을 불안하게 따라다녔다. 나도 모르게 남자 쪽으로 한 발 다가갔다. 남자를 노려보는 나를 밀치며 미희 언니가 재빠르게 나섰다. 녹말 이쑤시개에 훈제 오리를 몇 점 끼워서 아이에게 다가갔다.

"자꾸 떼쓰니까 그렇지, 아빠 화나실 만도 하다. 이거 먹고 조금만 기다려."

남자가 아이의 손에서 고기를 빼앗아 바닥에 던져버렸다. 그러곤 손가락을 들어 똑바로 나를 가리켰다.

"너, 내일부터 여기서 일할 생각 하지 마. 클레임 넣을 거야, 확 잘라버리고 말 거라고 시발년아."

며칠 동안 방에서만 뒹굴었다. 먹을 게 아무것도 없었다. 편의점 가는 길에 산책로까지 걸어보기로 했다. 절개지의 옹벽에 무성하던 담쟁이는 볼품없이 말라붙었다. 시퍼렇게 독이 오른 채 옹벽을 기어오르던 여름의 그 담쟁이가 맞나 싶을 정도였다. 말라버린 겨울 담쟁이에 아버지가 겹쳐졌다.

아버지가 고시원으로 나를 찾아왔던 날, 우리는 근처 국밥집으로 갔다. 아버지는 국밥집이 마음에 들지 않은 모양이었다.

"딸이 돈 버는데, 나도 색다른 거 한번 먹어보고 싶네. 이런 데 말고 좋은 데 가서. 내가 돈 많이 벌면……"

주인아주머니가 우리 테이블을 흘깃거렸다. 나는 아버지를 윽박질렀다.

"주는 대로 드세요, 좀!"

소머리국밥엔 숟가락도 대지 않는 까만 얼굴의 아버지를 보며 나는 청포도 막걸리와 수육 한 접시를 추가로 주문했다. 아무 영양가도 없는 일에 돈이 새 나가는 것 같아 아까웠지만 어쩔 수 없었다. 돈을 그렇게 펑펑 쓰다간 원룸은커녕 아예 303호 고시원에 갇히게 될 거라는 압박감을 참으며 국밥 건더기를 건지고 있는데 아주머니가 말했다. 청포도 막걸리는 없고 그냥 막걸리만 있다고. 아버지가 냉큼 나섰다. 마트에서 사 오면 되지. 아주머니의 표정이 뜨악하게 변했다. 아버지를 몰아붙였다.

"왜 이렇게 진상을 부리세요, 진짜?"

"진상이 뭔데?"

태연하게 되묻는 아버지의 흙빛 입술이 메마르게 여닫혔다.

"지금 이렇게 유별 떠는 거, 그게 진상이라구요."

그러거나 말거나 아버지는 숟가락을 들지도 않았다. 너무 다그쳐서 마음이 상했는지도 몰랐다. 나는 테이블에 놓인 깻잎과 상추 바구니를 슬그머니 아버지 앞으로 밀어놓았다.

"좋아하시잖아요, 수육. 쌈이라도 좀 싸서 드세요."

아버지가 깻잎을 가만히 쳐다보더니 뜬금없이 물었다.

"홍이 너, 지난여름에 나한테 왔을 때 내가 준 채소, 그거 다 먹었냐?"

대답할 말이 생각나지 않았다. 도대체 그날 아버지는 무슨 생각으로 내 가방에다 고추와 깻잎과 상추를 바리바리 넣어줬을까. 그날 나는 깻잎 비닐하우스 단지를 벗어나자 말자 가방을 열고 커다란 비닐봉지를 꺼냈다. 깨끗하게 다듬어서 켜켜이 겹쳐놓은 깻잎과 상추, 고추와 방울토마토만 잔뜩 들어있었다. 내가 필요한 건 돈이었지 채소가 아니었다. 혹시나 어디, 아버지가 직접 주지 못한 돈을 그 안에 넣어뒀나 싶어서 깻잎과 상추를 갈피갈피 헤집어봤다. 구차한 희망이었다. 있을 리가 없다는 걸 인정하는 순간 나는 닥치는 대로 그것들을 쥐어뜯었다. 고추와 토마토도 부러뜨리고 으깼다. 모조리

뜯기고 짓이겨진 채소에서 홧홧한 냄새가 피어올랐다. 손도 얼얼했다. 진득하게 들러붙는 냄새에 진저리를 치며 나는 그 것들을 비닐봉지 째 길가 고랑에다 던져버렸다. 손에 잡히는 대로 책도 던져버렸다. 어차피 포기할 공부, 필요 없는 책이 었으니까.

내 안에서 깨어난 지옥을 아는지 모르는지 아버지는 잠자코 막걸리만 마셨다. 두 잔을 거푸 마신 아버지의 눈이 붉어졌다. 시커먼 얼굴에 희미한 등불이 켜진 것 같았다. 언제 꺼질지 모르는 위태로운 등불처럼 깜빡이는 아버지의 두 눈이 고요히 나를 응시했다.

"버렸지? 그래, 버려도 괜찮아. 그런 거야 쌔고 쌨으니까. 씨 뿌려서 키우면 금방 쑥쑥 자라거든 그런 것들은. 그런데 홍아? 꿈은 말이지, 꿈이란 건⋯⋯"

나는 씹고 있던 고기 건더기를 다 삼키지도 못한 채 벌떡 일어났다. 내 지옥의 문을 기어이 열어젖히는 아버지를 그 안에다 가두고 영원히 유폐시켜버리고 싶었다.

"꿈이라니? 대체 꿈이라니요? 어쩌라구요! 아버지 딸은 꿈만 꾸며 살 수 있는 인간이 아니라 입 달린 짐승으로 살아야 하는 거 진짜 모르겠어요? 됐고요, 앞으로 다시는 아버지 볼 일 없을 겁니다. 두 번 다시 엮일 일 없고, 죽어도 가지 않을 거니 그리 아시라고요!"

아버지는 죽지도 못하고 살지도 못한 채 병원에 누워 있다고 했다. 카페에서 만나 그간의 아버지 소식을 전하며 고모는 나를 빤히 쳐다봤다.

"너 참 지독하다. 그 애비에 그 자식 아니랄까 봐 어쩜 하는 짓이 그렇게 똑같은지. 내가 그만큼 연락을 했으면 사정이야 어떻든 왔어야지."

"그거 따지려고 여기까지 오신 거 아닐 거잖아요. 하실 말씀 있으면 빨리 하시고……"

고모의 눈빛에서 일렁거리는 분노와 경멸을 나는 오래 견딜 자신이 없었다. 거절하든 거절당하든 빨리 끝내고 싶었다. 고모는 가방에서 차곡차곡 접은 배낭을 꺼내 테이블 위에 올려놓았다. 아버지가 한 몸처럼 메고 다니던 배낭이었다.

"그 망할 놈이 이걸 옆에 걸어놓고 나란히 목을 맸다더라. 짊어진 것도 아니고 발치에 놓은 것도 아니고 세상에, 내가 나중에 그 소릴 전해 듣고 얼마나 기함을 했는지……"

"안 죽었으니 됐죠 뭐."

고모가 나와 배낭을 번갈아 보며 어깨를 떨었다. 내가, 혹은 아버지의 배낭이 달려들어 목이라도 조를까 봐 무서운 표정이었다.

"네 애비, 이날 이때껏 할머니 등골 빨아먹고 산 건 너도 알 거다. 애새끼 내버리고 간 년이나 지 새끼라면 어미 간이라도 파서 먹일 놈이나, 네 할머니한테는 죄다 원수지 뭐냐.

죽으려면 딸깍 죽든가, 다 죽어가면서도 저래 눈 부릅뜨고 누워서 모질이나 떨어대니 원."

고모가 입을 앙다물더니 말을 이었다.

"네 할머니도 산송장 다 됐다. 네 애비가 돈 내놓으라고 집구석 뒤집은 게 한두 번 아니지만 이번에는 정말로 할머니를 똑바로 겨누었다더라. 대출 받으러 가자고, 망치를 저놈의 배낭에 넣고 앞세우는데 다 늙은 할망구가 당할 재주가 있겠냐. 그길로 네 할머니, 정신 줄 놓아버렸다."

나는 멍하니 고모를 쳐다보았다. 할머니 같기도 하고 아버지 같기도 한 고모의 작고 마른 몸, 주름진 손등으로 연신 눈가를 훔치는 그 모습을 보면서 나는 내 안의 얼음 알갱이들이 슬며시 녹아내리는 걸 느꼈다. 그럼에도 그녀에게 닿고 싶지는 않았다. 손을 잡고 고모를 위로하는 대신 나는 테이블 위의 배낭을 끌어당겼다. 입구를 조이는 끈이 곧 끊어질 것처럼 너덜거렸다. 배낭 속에는 푸른색 비닐로 겹겹이 포장한 종이 가방과 흰색 봉투가 들어 있었다.

"죽자고 덤비는 놈을 누가 당하겠나. 뭐, 됐다. 할머니 유산 네 몫으로 미리 받은 거라 생각하고."

고모가 헛웃음을 지었다. 방금 전까지 그렇게 욕을 해대더니 어쩌라는 건지. 같이 따라 웃지도 못하고 나는 흰 봉투만 만지작거렸다.

"그 봉투, 뭔가 싶어서 내가 먼저 봤다. 너 시험공부 그만

둔 거냐?"

"네. 지난여름에요."

"왜?"

"고시원이 창문도 없고 에어컨도 없고, 생활비도 너무 부족하고 뭐, 시험이고 뭐고 그냥, 살 수가 없어서요."

"아니, 한 달에 백만 원씩 받아서 어디에 썼길래 생활비가 부족해? 그리고 요즘 고시원에 에어컨 없는 데도 있냐?"

"백만 원이라니 무슨 말씀이세요?"

"좀 됐지? 네 애비가 찾아와서 그러더라, 너 공무원 시켜야겠다고. 여기저기 알바나 다니는 걸 보니 꼭 자기 팔자 닮을 것 같아서 마음이 안 좋다나 어쩐다나. 평생 당하고 살아놓고도 네 할머니, 가진 돈 다 털어서 나한테 맡기고 그러시대, 한 달에 백만 원씩 꼭 보내주라고."

　고모는 커피를 마저 마시고 일어났다. 그리고는 복잡한 마음을 감추려는 듯 한참 뜸을 들였다. 그럴 필요 없었다. 나를 쳐다보는 고모의 표정은 아무것도 감추지 못했다. 고모의 눈길에 깊이 새겨진 경멸과 연민을 나는 고스란히 받아들였다. 애비 잡아먹은 나와 어미 잡아먹은 아버지, 할머니의 등에 빨대를 꽂은 아버지와 아버지의 등에 빨대를 꽂은 나, 등골 브레이커 듀엣은 입이 열 개라도 할 말이 없어야 마땅했기 때문에.

*

짐을 쌌다. 물건들을 분류해서 버릴 건 버리고 가져갈 건 챙겨야 했다. 이사 갈 곳은 지금의 고시원보다 훨씬 넓고 깨끗한 원룸이었다.

배낭에 들어 있던 아버지의 편지는 짤막했다.

살아지는 대로 살지 말고 살고 싶은 대로 살아라 홍아. 우리 진홍이, 너의 꿈을 응원한다.

세상에나. 그토록 오글거리는 내용의 글은 난생처음이었다. 고모가 헛웃음이 나올 만도 했다. 새삼 창피했다. 허세 만발은 아버지가 떨었는데 창피함은 내 몫이었다. 생각만으로도 몸이 저절로 움찔거려서 나는 짐 정리를 더 서둘렀다.

선풍기부터 복도에 내놔야 했다. 비척거리던 목이 완전히 꺾여 옷걸이 대용이 되어버린 지 오래되었다. 아버지 말마따나 너무 무거운 짐을 지워서인지도 몰랐다. 울적했다. 미안해하고 싶지 않은데 미안해서 더 그랬다. 그렇더라도 복도에서 목을 떨군 채 나를 지켜보고 있을 선풍기를 의식하는 건 싫었다. 선풍기를 들고 옥상으로 올라갔다.

책상 서랍을 활짝 열었다. 버리지 못하고 남은 문제집이며 오답 노트며 있는 대로 다 끄집어냈다. 한숨이 나왔다. 한때의 꿈, 그 흔적들을 다시 보는 것만으로도 가슴 한쪽이 아린다기보다 아버지의 꿈이 머릿속을 떠나지 않아서였다.

버릴지 말지는 이 고시원을 벗어나봐야 알겠고 우선은 정리부터 하고 볼 일이었다. 두리번거리는 내 눈에 들어온 것은 배낭이었다. 늙고 해진 아버지의 배낭을 열고 문제집과 노트를 담았다. 뭔 공부를 했다고 필기 노트는 이리 많은가 싶었다. 겉장만 훑으며 마구잡이로 배낭에 집어넣었다. 마침내 서랍이 비었다. 마지막으로 꺼낸 오답 노트와 요약 노트를 무릎에 펼쳐놓고 나는 번갈아, 찬찬히 살펴보았다.

봄날은 간다

팥밥이 자꾸 붉어지오. 아침 다르고 저녁 다르오. 보온밥솥에 가득 담긴 저 팥밥을 다 먹자면 며칠이 걸릴 것 같소. 쓸데없는 걱정 하나 늘었지 뭐요. 흰밥이라면 되든 안 되든 누룽지라도 만들어볼 엄두를 낼 텐데 붉게 말라가는 저 밥을 어찌해야 할지 나는 정말 모르겠소.

오늘 내 생일이라고 큰애와 작은애 식구들이 다녀갔소. 저 팥밥과 음식들은 애들이 다녀간 흔적이오. 늘 그랬듯, 오늘도 역시 마주 앉아 진득하니 얘기할 시간은 없었소. 애들은 각자 제 할 일만으로도 바쁜 듯했고 나는 다른 날보다 더 지루한 하루를 견디느라 몹시 우울했소. 인사 한번 하고 나면 어른 아이 할 것 없이 우두커니 서로 겉도는 시간. 책임과 의무가 앞장서는 만남이란 으레 그런 것 아니겠소. 와줘서 고맙구나. 그 말조차 나는 끝내 하지 못했소. 다정한 작별 인사 한마디 없이 애들을 보낸 뒤, 나 홀로 이렇게 저녁 식탁에 앉았구려.

여보, 이만큼 살고 보니 예순아홉이란 실로 어정쩡한 나이라는 걸 알겠소. 쉰아홉엔 당신이 나를 먼저 떠난다는 생각조차 해본 적 없고 또 이미 지난 일이니 들먹일 까닭이 없소. 그리고 혹시 일흔아홉, 여든아홉에 이승을 떠난다 한들 그 또한 크게 아까울 것 없는 몸 아니겠소. 어쨌든 나는 지금 예순아홉이오. 예순아홉이란 나이테가 새겨졌을망정 내 몸은 아직도 뜨겁고 펄펄하오. 나이 들면 말벗이 필요하다는 친구들, 난 그 친구들 말을 믿지 못하겠소. 나는 외로우면 외로울수록 여자의 몸이 더 간절해지오. 간절하게, 골똘히 그것만 생각하게 되는 날도 많았소. 아무리 그리워해봤자 나는 당신의 살결 한번 만져볼 수 없고, 당신 또한 내 털끝 하나 건드릴 수 없으니, 이미 없는 당신을 쳐다보고 살기엔 내 신세 너무 외롭고 처량하단 말이오.

요즘같이 봄볕 아른거리는 날, 어지러운 하늘을 물끄러미 쳐다보고 있으면 내 일생이 마치 매미 허물 같다는 생각이 드오. 지나온 삶은 매미가 되어 날아가고 감나무 아랫도리에 말라붙은 텅 빈 허물만이 내 것인 듯한 기분. 기다리지 않아도 봄은 오고 가고, 반갑잖은 밤도 꾸역꾸역 몰려오는데 종잡을 수 없이 아득한 그 시간들은 대체 어디에서 와서 어디로 간단 말이오. 식탁에 놓인 저 무심한 밥그릇에도 시간의 흔적은 뚜렷하오. 이제 팥밥은 그나마 온기도 잃고 싸늘하게 식어버렸소. 찰기와 물기를 잃어가며 볼품없이 색깔만 짙어지는 팥밥에 자꾸 내 모습이 겹쳐지오. 아침 다르고 저녁 다른 저 맛없는 팥밥처럼, 내 생의 저물녘 또한 말라붙고 쪼그라들어 죽을 날만 기다리는 꼴이 될까 나는 정말 두렵소. 그래, 당신과 함께 살았던 날들 떠올려서라도 이 막막함을 떨쳐보려고 내가 얼마나 애를 쓰며 살았겠소.

아이를 낳고 기르며 농사를 짓고, 더러 싸우고 화해했던 덤덤한 삶. 삶이 그러했으니 뭐 별다를 게 있었겠소만, 그중에서도 이불 속에서 속삭였던 어떤 얘기들, 당신 몸짓, 웃음소리만큼은 여전히 또렷하게 기억나오. 때론 위안이 되고 때론 슬픔이 되었던 그 기억들. 그러나 여보, 좀 더 세월이 흐르고 나니 알겠소. 늘 내 곁에 있을 것만 같던 당신의 숨소리, 살냄새, 살갗의 감촉마저 이제 떠날 준비를 한다는 걸, 아니, 내 속에서 점점 희미해져 그저 아득하기만 하다는 걸 말이오.

어젯밤, 잠 한숨 못 자고 끙끙댄 게 좋지 않았던가 보오. 며칠 내리 여름 날씨 같다고 야단들인데 갑자기 이렇게 춥고 떨리니 몸살이라도 치를까 걱정이오. 사서 하는 고생이라더니, 내가 꼭 그 지경이지 뭐요. 애들이 그 일에 대해서 이것저것 의논을 하면 뭐라고 대답할까, 집 안 말끔하게 정리하고 최소한의 절차만 치른다 해도 한 달은 후딱 갈 텐데 그때까지 어떻게 기다리나, 나 혼자 그렇게 북 치고 장구 치느라 어디 잠잘 시간이나 있었겠소. 따지고 보면 그 일에 무슨 별스러운 준비랄 게 있겠소. 그러나 그토록 마음 졸이며 날밤 새웠던 것과는 달리, 나는 막상 애들 앞에선 한마디도 못하고 말았소.

이럴 땐 나도 당신처럼 성격이 좀 시원시원하면 좋겠는데 그게 잘 안 되오. 풀어내면 아무것도 아닐 일을 꽁하니 품고 있다가 한꺼번에 터뜨린다며 당신이 나를 간장 종지라고 놀렸던 거, 내 이제야 말이지만 제일 듣기 싫은 말이 바로 그 간장 종지였소. 명색이 가장이고 사내인 나를 두고 좁아터진 간장 종지라니, 화를 내면 진짜 간장 종지가 될 것 같아 억지로 웃어넘겼지만 내 자존심 상한 건 말도 다 못하오. 그 뿐만도 아니오. 막내가 지나가는 말로, 아버지 소심한 건 에이형이라서 그렇고 엄마는 오형이라서 화끈하다고 한 적 있었는데, 그 뒤론 내가 뭘 조금만 잘못해도 간장 종지 피는 못 속인다며 당신, 애들 앞에서 예사로 공개방송을 해댔잖소.

어쨌거나 당신은 앞뒤 없이 솔직하고 괄괄한 데 비해 나는 좀 안으로 감도는 내성적 성격이라, 안팎이 바뀌었네 어쩌네 하는 것도 영 틀린 말은 아닌 듯하오. 내가 당신한테 짓눌려 숨도 못 쉬고 사는 줄 알았다고, 내 친구들도 하나같이 입을 모았으니 말이오. 하긴 남들이야 우리 속사정을 모르니 무슨 말인들 못하겠소. 그러나 내게 당신은 참 좋은 여자였소. 입은 험하고 거칠어도 나에 대한 마음 씀씀이는 한결같이 정성스러웠다는 걸 내 어찌 모르겠소. 진실로 대하면 통하게 되어 있고 통하고 나면 여한도 없음을, 나는 당신 만나 알게 되었다고 생각하오.

팥밥도 팥밥이려니와 저 남은 음식도 여간 문제가 아니오. 엘에이갈빈가 뭔가 하는 것부터, 생굴무침에다 시금치나물, 해파리냉채, 야채샐러드, 그 외 이름도 모르는 반찬이 수두룩하오. 대체 저 많은 걸 나더러 어쩌라고 두고 갔는지 참 기가 막히오. 딴에는 큰며느리, 경로당 내 친구들 불러 대접하려고 그리 넉넉하게 준비한 모양인데 내가 말렸소. 큰애가 제 안사람 정성을 들먹이며 서운하게 여겼지만 나 또한 내키지 않으니 끝내 모른 척할 수밖에 없었소. 사실 저 음식, 친구들 불러 한 끼 먹이면 말끔하게 해결될 일 아니겠소.

작년 내 생일 무렵, 큰애와 통화하면서 덮어놓고 손사래를 치던 당신 모습이 떠오르는구려. 늙은이들 얼굴 보러 그 먼 길 앞세우고 뒤따르고 올 거 없다. 느이 아버지 생일은 내가 미역국 끓여서 자시게 할 테니 걱정들 말고. 시간 넉넉한 날 택해서 연락하면 우리가 가마. 가서 며칠 묵을 테니 그리 알고 느이 아버지 입을 참한 옷이나 한 벌 준비하거라. 나 원. 기가 막힐 노릇이지 않소. 곁에 앉은 나는 바꿔주지도 않고 전화를 툭 끊어버리는 당신이 얼마나 얄밉던지. 오겠다는 자식들 가로막는 것도 이골이 난 듯 당신은 아주 내놓고 멋대로 굴었소.

보자 보자 하니 이젠 멀쩡한 사람을 송장 취급하누만. 옛날에, 선거 때마다 꼬박꼬박 박통 찍을 때, 내 그때부터 짐작이야 했지, 뭐든 지 맘대로 하는 못된 버릇은 죽어야 놓을랑가. 지금은 민주주의 세상이란 말이지. 나한테도 물어보고, 의논 맞출 생각은 안 하고, 왜 당신 맘대로 다 휘젓고 난리야 엉? 어찌나 부아가 치밀던지 내가 그렇게 좀 빈정거린 건 사실이오. 그래도 그렇지, 손가락에 불붙은 듯 길길이 솟구치는 당신을 보고 있으면 한심하고 어이없었소.

생일이다 뭐다 자식들 불러 잔치판 벌여봤자 깜짝 좋은 시간이야 하루지요 하루! 영감 하루 좋자고 자식들 돈 낭비, 시간 낭비, 몸 수고, 그 쓰잘데기 없는 짓을 그렇게나 하고 싶수? 그래, 내가 독재 정치 좀 했다 치고, 내 한 몸 잘 먹고 잘 살라고 그랬나? 뻔히 알면서 사람 복장 지르는 그놈의 뒤퉁스런 재주는 늙지도 않아요, 아, 내 말이 틀렸나 맞나, 대답 좀 해보라니깐!

내 서운한 심정을 다독이기는커녕 삿대질에, 날벼락에, 당신이 그렇게 윽박지르니 내가 무슨 대답을 할 수 있겠소. 그날 내 당신한테 종일 얼마나 시달렸는지 모르오. 당신이 울며불며 내게 퍼부은 악다구니, 고생담을 엮으면 아마 소설 한 권은 너끈히 될 것이오. 그날따라 당신이 유난히 떼쟁이처럼 굴었던 거, 돌이켜 생각하면 그때 당신은, 당신이 살아온 생 전부를, 가장 서러웠던 것부터 풀어낸 것이 아니었나 싶소.

견디다 못한 내가 텃밭으로 가면 텃밭으로 따라오고, 사랑채 아궁이에 불을 지피면 또 거기 와서 쭈그려 앉아 악을 쓰고, 뒷간에 가면 문 앞에 서서 기다리고……

울다가 잠이 든 당신을 눕혀놓고 내가 늦은 저녁을 차렸지 않겠소. 저녁 먹고 자라며 내가 어깨를 흔들자 당신은 못 이긴 채 일어나 앉았소. 허허. 빗과 손거울을 당신 앞으로 밀어놓던 나는 비실비실 웃고 말았소. 잔뜩 부은 당신 얼굴은 마치 늙은 호박 같았고 숱 적은 파마머리는 엉키고 짓눌려 꼴이 말이 아니었소. 뭘 구경났다고 웃냐며 당신이 먼저 내 옆구릴 쥐어박았지요. 그때부터 우리는 툭툭 치고받으며 웃고 울다가, 허겁지겁 밥 한 그릇 다 비운 뒤 잠자리에 들었잖소. 엊그제 일처럼 선연하건만 이미 한참 지난 일이오.

오늘 애들 보내고 나니, 당신이 왜 그렇게 애들을 못 오게 했던가 조금은 알 것 같소. 내 생일 선물인 봄옷 한 벌도 그렇고, 음식 장만 비용도 꽤 만만찮았을 거란 생각이 들어 내내 마음이 편치 않았소. 내가 애들에게 줄 거라곤 쌀 한 포대와 텃밭에서 키운 삼동추밖에 없어서 괜히 미안했소. 당신이 있었다면 쑥, 냉이, 벼룩나물 등 봄나물 한 보따리와 갖가지 양념, 자갈치에서 사다 나른 생선까지 자동차 트렁크가 그득하도록 실어줬을 텐데…… 큰애는 그런 내 속내를 아는지 모르는지 운전석에 앉아서까지 잔소리를 합디다. 보일러에서 잡음이 들리면 지체하지 말고 서비스센터에 전화하고, 옥매트를 꼭 사용할 것, 그리고 몸이 뻐근하다 싶으면 따끈한 홍삼차를 한잔 마시라는 둥, 무슨 걱정이 그렇게 늘어졌는지, 나는 알았노라고 건성 고개를 끄덕였소. 내가 애들에게 더 줄게 없어 미안한 것처럼, 큰애도 문간에 우두커니 서 있는 나를 두고 떠나는 심정이 편치 않아 그랬을 거요. 나는 홀로 남은 서러움보다, 솔직히 큰애에 대한 섭섭함이 더 컸소. 내가 정말 필요한 게 뭔지 빤히 알면서도, 정작 듣고 싶은 얘기는 한마디도 하지 않고 떠난 큰애가 괘씸하더란 말이오.

자식은 자식이고 나는 나지, 걸핏하면 그렇게 읊어대는 두영이 말이 오늘따라 자꾸 생각이 납디다. 내 자식이 모자라서 그렇다는 게 아니고 어차피 우리는 살아가는 길이 다르다, 그 말이거든. 자식을 두고 효자니 불효자니 떠들지 말고, 그럴 힘 있으면 구경 한번 더 다니는 게 낫다, 그 말이지. 두영이의 그 말에 자식도 자식 나름이라고 반박하거나 코웃음 치는 이들도 더러 있긴 하오. 그러나 지나고 보면 두영이가 틀린 경우는 별로 없었소. 나도 그에게 몇 번 핀잔을 들었잖소. 내가 너무 자식들 눈치를 본다고, 그리 살아봐야 남는 건 후회뿐이라니 원.

당신은 경로당 내 친구 중에서 두영이가 가장 점잖더라고 했잖소. 그런데 그건 정말 아니오. 그 친구, 여자 앞에서는 그렇게 얌전해도 우리끼리 있으면 온갖 음담패설을 주도하오.

홀아비 생활 십 년이면 아랫도리로 갈 양기가 입으로 다 모이니 말로라도 그걸 제때 풀어줘야 한다나 어쩐다나. 아무튼 텔레비전에서 본 것인지 어디서 주워들은 소린지 그 친군 대체 모르는 것이 없었소.

얼마 전에도 그런 일이 있었소. 항상 일찍 나오던 두영이가 정오가 되도록 경로당엘 나타나지 않는 거요. 자식들이 왔거나 몸이 아프거나, 대개의 경우 이유야 둘 중 하나겠지만 늘 보던 이가 안 보이면 경로당 분위기는 괜히 가라앉고 좀 쓸쓸해지기 마련이오. 그쯤 되면 해장술을 홀짝 마신 누구는 슬슬 생트집이 나오고, 이혼한 아들의 치다꺼리에 진이 빠진 누구는 애꿎은 며느리 원망 끝이 없고, 촌구석에 처박혀 한평생 늙은 이유가 못난 대통령 때문이라고 거품 무는 누구까지, 그야말로 한통속이 되어 와글와글 끓어오르기 시작하오.

그러거나 말거나 대충 라면으로 점심을 때운 뒤 설거지를 하고 있는데 두영이가 나타났소. 피곤한 기색이 역력해 보여 몸살인가 감긴가, 약은 먹었나 정도로 인사를 하고는 더 묻지 않았소. 나는 하던 설거지만 계속했소. 순번을 정해놓고 하는 거지만 다들 죽어라 하기 싫어하는 게 설거지라 으레 내 차지가 되어버린 걸 어떡하오.

수저를 헹궈 통에 담는데 갑자기 누군가가 천장이라도 뚫을 듯 웃어젖히는 소리가 들리지 뭐요. 깜짝 놀라 돌아보니 몇몇이 두영이를 둘러싸고 있었소. 두영이 꼬락서니라니. 눈

을 지그시 감고 앉은 두영이가 제 사타구니를 슬슬 쓰다듬으
며 끙끙대고 있지 않겠소. 축 처진 몰골로 기어들더니 그새
정신이 오락가락하냐며 여기저기 난리도 아니었소. 어딜 가
나 그냥 지나치지 못하는 놈 한둘은 꼭 있는 법. 그중 한 친구
가 두영이의 엉덩이를 슬쩍 밀며 껄껄거렸소. 다 쪼그라든 번
데기 붙잡고 폼이나 잡지 말고 아예 까라 까. 말이 떨어지기
무섭게 두영이가 벌떡 일어서며 맞받았소. 진짜 까볼까? 다
들 어찌나 요란하게 웃어대는지 경로당이 통째로 들썩거릴
지경이었소. 봐서 쓸 만하면 여자 붙여준다는 놈이 없나, 사
진이라도 한 장 박아야 된다고 난리를 치는 놈이 없나, 그 와
중에도 두영이는 태연하게 허리띠를 풀고 바지를 내렸소.

　장난삼아 그러다 말겠지 싶었는데 웬걸. 그는 발치에 흘러
내린 바지를 훌쩍 걷어차곤 떡 버티고 서서 좌중을 둘러보는
거요. 맞장 뜰 놈 있으면 나와 보란 듯 씩 웃는데 영화배우를
하라고 해도 하겠습디다. 어이, 이럴 때 시인이 나서서 한 수
읊어야지, 이 좋은 그림 보고 그냥 넘어갈 수 있나? 자칭 시
인입네 떠벌리길 좋아하는 친구가 하나 있는데, 어느 놈이 그
친구 등을 밀며 소리를 질렀소. 할 수 없다는 듯 느릿느릿 일
어난 그 친구, 두영이를 지그시 쏘아보며 신지 뭔지 제법 심
각하게 읊조리기 시작하는 거요.

　땟국물 흐르는 저 팬티 아래 앙상한 두 다리, 안 봐도 알겠
네 그대의 가운뎃다리, 숨어서도 등천하는 이 지린내, 훌쩍

떼어 던지려거든 조심조심하소, 재수 없는 개 지나가다 벼락 맞을지 모르니.

우린 모두 뒤집어질 듯 웃고 떠들었소. 단번에 두영이를 주저앉힌 시인 친구는 제 흥에 겨워 소주를 사고, 구경꾼들은 돈을 모아 탕수육을 시켰소. 술판이 거나해지고 구석에 고꾸라져 잠든 놈이 생길 즈음 두영이더러 왜 늦었냐고 물었소. 내 묻는 말에 그는 웃음을 머금더니 얼굴까지 붉어졌소. 텔레비전에서 얼핏 봤는데 어떤 영화에 출연한 배우들이 자신보다 더 늙은 영감과 할망구더라는 거요. 쭈그렁바가지 늙은이들이 주인공으로 나오는 영화가 뭐 어쨌다는 것인지 궁금해 죽겠는데 그는 계속 딴소리만 늘어놓았소. 허구한 날 촌구석 경로당에 처박혀 있다간 여자 구경도 못할 터. 지금이라도 어디 노인대학에 동반 입학하자며 나를 넌지시 쳐다보는데 농담은 아닌 것 같았소. 솔깃한 마음도 없지 않았으나 이내 고개를 젓고 말았소. 내 가슴에 심어놓은 한 여자가 떠올라서 말이오.

여자 얘기는 연한 갈비 살점 뜯듯 맛있어서 여간해선 안 질리오. 홀아비든 아니든 다 똑같소. 당신이 살아 있었더라면 내 여태까지 한 얘기만으로도 머리카락 한 올 남아나지 않았을 거라, 생각만으로도 그런 낭패가 없소만, 허허. 아무튼 앉은자리에서 온 동네 여자들 품평회가 시작되고 두루 정보 교환을 하다 보면 해 저무는 줄도 모르오. 늙으나 젊으나 과부나 유부녀나 중구난방 경로당 늙은이들 입초시에 오르내리는 여자들이야 그런 사실을 어찌 알겠소. 두영이 말처럼 입이라도 온전하니 그렇게 풀고 사는 것이긴 해도 생각하면 참 슬픈 일 아니겠소. 아무리 그래봤자 여자에 기갈 들린 한탄임을 저도 알고 나도 알고 우리 모두 다 알고 있으니 말이오.

보일러를 켰는데도 왜 이렇게 썰렁한지 모르겠소. 식탁 의자에 앉아도 엉덩이가 배기고 바닥에 앉자니 처량한 기분이 들어 내키지 않소. 이래저래 맘이 편치 않아 그런지 뭔가 목구멍을 틀어막은 듯 밥이 넘어가질 않소. 농사꾼이 농사철에 종일 빈둥거리고선 밥이 안 넘어가느니, 잠이 오질 않으니 따윈 차마 할 소리가 아니오. 당신 없이 삼천 평 농사 어떻게 짓냐며, 큰애가 제 친구 용수에게 한 해 농사를 미루었을 때, 나는 크게 반대하지 않았소. 당신 허무하게 가는 거 보고 나니 아득바득 살아봐야 소용없다 싶었고, 일찌감치 농사에서 손 뗀 친구들 경로당 나들이나 하는 게 내심 부럽기도 해서 그랬소. 막상 내 처지가 그리되니 하릴없이 마냥 노는 게 그리 좋은 것만도 아니오.

요즘은 종일 경로당에서 지낼 때가 많소. 희떠운 농담과 가벼운 시비 때문에 늘 왁자한 곳이지만 정말 그곳마저 없었다면 내 어찌 살아야 할지 참으로 막막했을 것이오. 당신이 그렇게도 타박하던 경로당 친구들이 나는 좋소. 늙어빠진 영감

들이 종일 음담패설이나 지껄이고 그것도 모자라 자식들 주머니 긁어 횟집이니 고깃집이니 사흘이 멀다 하고 몰려다니는 꼴 보기 싫다며 당신, 싸잡아 오죽 나를 몰아붙였소. 이젠 경로당에서 잔다고 해도 등 떠밀 사람 없지만, 거기서도 가끔은 쓸쓸하고 괴롭소. 마당에 컴컴한 어둠이 들어차도록 남아 있는 친구들은 집에 가도 반겨줄 이 없는 홀아비가 대부분이오. 마지막까지 남은 우리들은 서로 비껴 앉아 묵묵히 담배를 피우거나 찬물 사발을 들이켠 뒤 변변한 인사도 없이 헤어지기 일쑤라오.

그래, 요즘은 일부러 오며 가며 우리 감자밭도 둘러보오. 용수가 감자 농사 하나는 정말 잘 지었소. 감자밭은 하루가 다르게 시퍼렇게 변하고, 게다가 올핸 시세까지 무척 좋다 하오. 작년만 해도 당신과 내가 저물도록 일하던 밭인데, 그 밭 부쳐 용수 손해 볼 걱정 안 해도 되니 잘되었지 뭐요. 솔직히 돈 계산이 앞설라치면 쓰라린 마음도 크오. 어찌 되었든 내년에는 절반이라도 내가 농사를 지었으면 싶소. 시세가 올해만 같아도 바짝 한철 고생해서 그만한 목돈 만질 일이 또 어디 있겠소.

차린 음식은 이리 많은데 도무지 입에 넣고 싶은 것이 없소. 한 젓가락 먹어보니 대체로 미끌미끌하고 들큰하오. 어느 음식이든 한번 비위 거슬리면 밥숟가락 놓아야 하는 성질머리가 도질까 무섭소. 애들 맘 상할까 봐 내색은 안 했지만 당

신이 차려주던 밥상이 그리워서 아침상을 받으며 좀 울적했
소. 당신이 있었더라면 다 제쳐두고라도 참조기 두어 마리와
명란은 밥상에 꼭 올렸을 거요. 신선한 명란을 사겠다고 당신
은 곧잘 그 먼 자갈치시장까지 다녀오지 않았소. 그러곤 땀도
덜 닦은 채 갖은양념을 만들어 명란을 버무리고, 그걸 따끈한
밥 한 그릇과 내놓았지 않소.

옛날 생각을 하니 그나마 없던 입맛마저 뚝 떨어져 정말 숟
가락을 놓아야 할 것 같소. 먹다 먹다 다 못 먹은 이 팥밥은
상스럽게 붉기만 했지 찰기도 적은데다 맛도 지지리 없소. 큰
며느리는 대체 손이, 그 똑똑한 입을 따라가지 못하는 것 같
소. 허허. 당신한테 웬 고자질인지 모르겠소. 간장과 먹더라
도 제때 먹는 밥이 보약이라고 생각하는 내가 큰며느리 트집
잡아 음식 투정이나 하다니 원. 입맛이 없어서 자꾸 옛 맛이
그리운지 모르겠소. 이 붉은 팥밥을 가만히 보고 있으면, 강
낭콩을 드문드문 섞고 찹쌀을 넉넉하게 넣어서 지은 찰밥이
더욱 먹고 싶어지지 뭐요. 연한 팥죽색의 윤기 자르르한 찰
밥. 그 찰밥을 한 숟갈 옹골차게 떠서 입에 넣으면 혀를 찰싹
감아 도는 촉촉하고 쫄깃한 맛이, 그야말로 일품이었소.

내게 그 찰밥의 맛은, 세상에 부러울 것 없는 완전한 충족
감, 편안함, 그런 것이 아니었나 싶소. 그런 날은 내 밥숟갈
너머, 땀 흘리며 밥 먹는 당신이 유독 보기 좋더란 말이오. 그
좋은 순간, 내가 가장 중요하게 여겼던 것이 뭔지 당신 혹시

알고 있었소? 어떡하면 그 만족스러운 상태를 잘 유지해서 이불 속으로 들어갈까, 오로지 그 생각뿐이었소. 당신 피곤하다며 먼저 돌아누울까 봐 발 주물러, 어깨 두드려, 듣기 싫은 소리 안 해, 나는 정성껏, 천천히, 당신 스스로 열릴 때까지 기다렸소.

젊을 땐 선뜻 몸 열어주지 않는 당신이 어찌나 밉던지. 그래, 더러 우격다짐으로 밀어붙이기도 했소. 거부하는 여자 뉘어놓고 그 짓 하기만큼 싫은 일이 또 어디 있겠소만, 그렇게라도 해야 직성이 풀리는 내 몸뚱이의 요구가 더 다급하니 어쩔 수 없었소. 그런 어느 날인가 당신 몸속으로 들어가는 것만으로도 힘이 들어 쓰라리고 아픈데 뜬금없이 코 고는 소리가 들리지 않겠소. 그 소리는 내게 천둥소리나 다름없었소. 코를 골며 자고 있는 당신을 내려다보니 화도 나고 울고 싶고, 정말이지 살아서 뭐 하나 그런 기분이 들지 뭐겠소. 어쨌든 혼자선 아무리 애써봐야 소용없다는 걸 나는 그날 확실히 알게 되었소.

어쩌면 그전엔 내 욕망의 충족에만 급급하느라 참아야 할 이유도 없었고, 참지 않아도 된다는 생각을 더 많이 했던 것 같소. 물론 내가 변한 이유는 한 가지 더 있소. 당신이 밤일을 두고 워낙에 툴툴대니까 내 나름대로 당신한테 적응하려고 애썼던 것도 사실이오. 똑같이 들일하고 와서 밥 짓고 설거지하고 빨래며 청소 다 하자면 밤을 새도 모자랄 판인데, 저는 쉴 것 다 쉬고 뒹굴다가 지쳐 눈도 못 뜨는 여자 붙들고 빚쟁이처럼 덤벼? 그런 인간, 어디가 좋아서 얼씨구나 날 잡아 잡수소 할까. 허허. 내 당신한테 그 소리를 아마 수백 번도 넘게 들었을 거요. 이젠 당신 그런 잔소리마저 그립지만 그땐 참 어지간했소. 오죽하면 동네에 소문이 다 났을까. 운암댁 설거지하면 운암 양반 마늘 까고, 운암댁 빨래하면 운암 양반 마당 쓸더라는 우스개 말이오.

뚜껑이 있는 것은 닫고 없는 것은 랩으로 싸서 냉장고에 넣자니 이제 빈 공간도 없소. 볼 때마다 저걸 다 어쩌나 싶고, 설거지며 뭐며 공연히 일거리만 늘어난 게 짜증스럽소. 당신이 보았더라면 또 좁쌀영감이니 간장 종지니 하고 놀렸겠지만 말이오. 이것도 천성이라 어쩔 도리가 없소. 말이야 바른 말로 당신은 솜씨는 좋은 반면 워낙 덜렁이였잖소. 그래, 걸핏하면 윗목에 상 밀어놓고 텔레비전에 넋을 빼고 앉았으니 보다 못해 내가 치운 적도 꽤 많았소. 당신 들으면 헛소리라고 몰아붙일지 모르겠지만, 빗자루를 들어도 내가 많이 들었고 걸레질을 해도 내가 더 많이 한 것 같구려. 허허.

큰일났소. 방바닥에 등을 붙여도 소용없고 텔레비전을 켜놔도 소용없소. 혼자 저녁 먹으며 당신과의 옛일을 떠올릴 땐 그렇게라도 해서 맘 좀 추스를까 싶었는데 도무지 소용이 없소. 불을 끄고 누웠다가 할 수 없이 다시 일어났소. 이제 겨우 아홉 시요. 약을 한 첩 먹었더니 춥고 떨리진 않는데 감각은 더 예민해진 것 같소. 몸속의 피란 피는 다 아랫도리로 내려가 출렁거리는지 중심 잡기도 힘드오. 한번 들쑤셔진 마음은 좀체 가라앉을 기미도 없고 덩달아 이 몸뚱이마저 안절부절못하니 내 오늘 밤을 어찌 지내야 할지 막막할 뿐이오.

숨만 쉰다고 살아지는 게 아니다. 그 또한 두영이가 입에 달고 다니는 말이오. 맞는 말이오. 그 친구 오래전에 상처하고 갈 바 없이 흔들릴 때, 대체 왜 그런가 싶었소. 그 얌전한 친구가 앉으나 서나 여자 얘기를 하지 않나, 걸핏하면 홍등가 찾아다닌 얘기를 늘어놓질 않나, 의지가 그렇게 약해 어디에 쓸까 싶어 못내 딱할 지경이었소. 심지어 동호 니는 좋겠다, 니 마누라 육덕 좋고 젊어서 밥 안 먹어도 배부르겠네, 따위의 소리를 예사로 주워섬겨 내가 발끈 성질을 부린 적도 있었소. 그랬던 내가, 요즘은 그 친구 심정을 헤아리고 자시고 할 것도 없이 그냥 훤히 알겠단 말이오. 말을 하지 않아서 그렇지, 나도 두영이 못잖다는 생각이 드오. 오늘처럼 이렇게, 이 염치없는 몸뚱이가 보채고 들면 여보, 나는 정말 여자 없인 도저히 못 살 것 같소.

내 맘속에도 한 여자가 있다고 하면 당신 서운할까 모르겠소. 미안하오. 당신이 그립지만 내가 무슨 재주로 그 먼 곳의 당신을 불러오겠소. 그러니 정말 미안하오. 특히 밤이 올까 무섭소. 밥 한 숟갈 물에 말아 넘기고 나면 적막강산이 따로

없소. 초저녁에 깜빡 자고 나면 기나긴 밤 허우룩한 심사 달
랠 길 없으니 때론 내가 사람인지 귀신인지 분간할 수 없소.
밤새도록 바람 소리 벗 삼아 뒤척이고 나면 삭신이 쑤셔 멀쩡
한 사지가 오그라드는데, 그런 밤이 어디 하루 이틀이겠소.
비참하기 이를 데 없는 날들이었소. 다독다독 이불 덮어줄 손
길, 곤지랑곤지랑 잔소리하면서도 등 쓸어줄 부드러운 손길,
쓰지 않으면 고장 날 물건이라며 은근히 바지춤 잡아당기는,
나는 여자의 그런 손길이 미치도록 그립단 말이오.

  여보, 당신 친구 유천댁 말이오. 언젠가 내가 당신한테 유
천댁이 찾아왔더란 얘기 한 적 있소만, 그때 당신은 농담 말
라며 웃어넘겼소. 그래서 나도 대충 얼버무리고 말았는데 사
실은 농담이 아니었소. 당신 큰며느리 해산바라지 가고 없을
때 일이었소. 나는 사랑방에서 텔레비전을 보고 있었소. 아마
아홉시가 넘었던가, 자야지 싶어 이불을 펴는데 유천댁이 찾
아왔지 뭐요. 당신 있을 때야 무람없이 드나드는 사이라 그러
려니 해도 그날은 좀 이상합디다. 당신 없는 줄 뻔히 알면서,
그녀는 아랫목에 발을 디밀고선 갈 생각을 않는 것이오. 날씨
가 더 추워진다느니, 늙으면 제일 먼저 달아나는 게 잠이라느
니, 한마디씩 건네면서도 나는 앉은자리가 바늘방석처럼 불
편했소. 게다가 당신과 내가 걸핏하면 이불 속에서 주거니 받
거니 했던 말까지 자꾸 생각나지 뭐겠소.

  당신이 나를 싫다 하니 아무래도 유천댁이나 찾아가야겠다

고, 내가 그런 농담을 좀 많이 했었소. 가보소, 늙은 영감 얼씨구나 좋다 할랑가, 몽둥이찜질이 기다릴랑가. 영감 없이 혼자 산다고 멋대로 넘보는 그 심보부터 좀 뜯어고치소. 고치려면 매타작이 제격인데 오늘 맛 좀 볼라우? 당신은 내 허벅지를 찰싹찰싹 때리며 곧잘 그렇게 받아쳤소. 그날 밤 유천댁을 그냥 보낸 게 요즘 들어 가끔씩 후회될 때도 있소. 그러나 그땐 정말 아니었소. 내가 사랑한 여자는 정말이지 당신뿐이었소. 내가 당신을 사랑하지 않았다면, 제 발로 찾아온 여자, 그 여자를 갖고 싶은 욕망을 누르기가 어디 쉬웠겠는가 말이오.

지난날을 생각하니 당신이 더 그립소. 지난봄, 온 동네 사람들 관광버스 대절해서 벚꽃 구경 갔을 때는 더더욱 잊혀지지 않소. 나이 들수록 붉은색이 좋아진다며 당신은 꽃분홍 웃옷을 새로 장만해서 입고 갔잖소. 그러고 보니 당신만 그랬던 게 아니오. 거의 모든 아낙들이 알록달록 차려입었는데, 그 모습이 마치 만발한 꽃들 웅성웅성 걸어 다니는 것처럼 환해 보였소. 아쉽게도 꽃놀이 나서기엔 그리 좋은 날씨가 아니었소. 황사주의보가 내려진 가운데 때아닌 돌개바람까지 몰아쳤소. 누런 바람에 휘감겨 진저리치는 꽃들이 몹시 안쓰러웠소. 그래도 다행인 것은 꽃등에나 벌을 만나지 못한 꽃들은 필사적으로 버티며 수분(受粉)의 시간을 기다린다고 하더니, 역시나 그 모진 바람 속에서도 떨어지는 꽃잎은 그리 많지 않았지 뭐요.

그런데 여보, 당신 그때 왜 그랬소? 그 머리 하얗게 센 노파와 같이 울었던 것 말이오. 아름드리 산벚나무 밑에 주저앉아 꽃그늘 휘저으며 울던 그 노파를 본 순간, 정말이지 나는 가슴이 철렁 내려앉았소. 아니, 그 노파를 뚫어지게 쳐다보던 당신 때문에 마음 더 섬뜩했는지도 모르오. 그 노파, 일행이 있는지 없는지, 천지간에 홀로 남은 사람처럼 목 놓아 울다가 웃다가 흥얼흥얼 노래까지 불렀지요. 구경꾼은 모여드는데 어이없게도 당신이 그 노파 곁에 쭈그리고 앉아 눈물을 흘립디다. 그때의 당신은 내가 한 번도 본 적 없는, 전혀 다른 모습의 여인 같았소. 바람이 노파의 파뿌리 같은 머리카락을 헝클어뜨리고 한 무더기 붉은 진달래 같은 당신도 마구 흔들던 것을, 시도 때도 없이 떠오르는 그 장면을 차마 나는 잊을 수 없소.

그날 찍은 사진이라곤 딱 한 장, 지금 내가 보고 있는 이것뿐이오. 찍기 싫다는 걸 억지로 잡아당겨서인지 사진 속의 당신 표정은 잔뜩 굳어 있소. 뭔가를 노려보는 듯한 눈빛과 곧 허물어질 것처럼 벌어진 입술이 묘하게 대조를 이뤄, 볼 때마다 가슴 아픈 사진이오. 당신은 저 한 장의 사진에 갇혀 오질 않고, 눈만 뜨면 닥치는 이 하루하루는 내게 너무 길기만 하오.

유천댁에 대해서 내가 구체적으로 생각한 지는 두어 달 정도 됐나 보오. 당신 가고 난 후 동네 아낙들, 주로 당신 친구들이 번갈아 우리 집에 드나들었소. 대부분 근 삼십 년을 한동네에서 같이 살며 늙어가는 처지라 피붙이처럼 살가운 이들 아니겠소. 반찬을 만들어 오는 사람도 있고 별미를 들고 오는 사람도 있고 청소까지 해주고 가는 사람도 있었소. 아마 당신과 친했던 그네들끼리 무슨 의논이 있었던 모양이오. 하지만 나는, 그네들이 수시로 드나드는 게 여간 불편하지 않았소. 먹는 것이나 입는 것, 내 앉은자리 정리만큼은 내 손으로 하는 게 당연한데 적게나마 그네들 신세를 진다는 게 마땅찮았소. 나는 그네들이 와도 할 일이 없게끔 청소며 끼니 장만에 무척 신경을 썼소. 물론 입성도 당신 있을 때보다 더 깔끔하게 하고 다니려 노력했소. 내가 그다지 반가워하지 않는다는 걸 알자 그네들 발길이 자연스레 뜸해졌소. 유천댁은 달랐소. 내가 묵묵히 대하거나 말거나 개의치 않고 여전히 드나들었소. 보통 음식을 집에서 다 만들어 갖고 오는데 유천댁은 좀 유별났소. 부침개는 반죽만 해서 온다든지, 레인지에 바로 올리면 되도록 찌개 거리를 돌솥에 담아 온다든지, 늘 그런 식이었소. 그녀는 태연하게 우리 집 주방에서 음식을 만들어 식탁 위에 놓아두곤 온다 간다 말도 없이 사라지는 날이 많았소.

그런 언제부턴가 나는 그녀에게 고맙다는 말도, 일상적인 안부도 묻지 않을 만큼 데면데면하게 굴게 되었소. 무슨 생각을 하는지 골똘한 표정으로 음식을 만드는 그녀 쪽으로 자꾸 눈길이 쏠리는데, 나는 그걸 내색하기 싫었던 거요. 언젠가 그녀가 인절미를 만들었다며 가져왔소. 식탁 위에 두고 가랬더니 그녀가 나를 물끄러미 쳐다보지 않겠소. 한참 그렇게 쳐다보고 섰던 그녀가 한마디 툭 던졌소. 새삼스레 내외하요? 나는 대답하지 않았소. 그 후 그녀는 우리 집에 발을 끊었소.

얼마 전에 애들 불러 그 일, 내 재혼 얘기를 슬며시 꺼냈을 때도 사실은 유천댁을 염두에 뒀기 때문이오. 그녀야 내 이런 의중을 까맣게 모를 것이오. 애들이 내 생각을 이해하고 따라준다면 그때 내 마음을 전해도 늦지 않으리라 생각했소. 그런데 오늘, 큰애의 태도를 보니 그게 아닌 것 같고 나 또한 유천댁을 향한 마음이 생각보다 더 각별했다는 걸 새삼 깨닫게 되었소.

당신 있을 때도 그랬지만 큰애는 올 때마다 여기저기 꼼꼼하게 챙기는 버릇이 있잖소. 아니나 다를까 오늘도 그랬소. 내가 반찬 그릇을 일일이 랩으로 싸서 냉장고에 넣어둔 걸 보고 큰애가 제 안사람에게 뭐라 하는 것 같았소. 큰며느리는 그 당장 농협 마트로 달려갔던가 보오. 뚜껑 달린 반찬통 몇 개와 일회용 고무장갑, 낯간지럽도록 화사한 꽃무늬 실내화까지 사다 날랐지 뭐요.

그런데 문제는 그놈의 실내화였소. 분홍 바탕에 찔레꽃인지 뭔지 오종종 수놓인 실내용 슬리퍼를 보자 나는 괜스레 얼굴이 화끈거리며 몸이 달아올랐소. 그걸 보는 순간 하필이면 유천댁의 쌍긋 웃는 얼굴이 떠오를 게 뭐요. 그 실내화를 신을 사람은 유천댁 밖에 없다는 생각이 굳어지면서, 나는 미뤄

왔던 어떤 결정을 내릴 때가 되었다는 걸 알게 되었소. 막연한 예감을 뛰어넘는 확실한 느낌이랄까. 그리고 그 느낌은 언젠가 꼭 한 번, 유천댁의 자그맣고 통통한 발을 만져본 것 같은 야릇한 설렘으로 이어졌소. 그 이상스러운 느낌, 설렘이 너무나 생생해서 나는 잠시 내 두 손을 뚫어지게 들여다보아야만 했소. 우습구려. 눈으로 만져본 그녀의 발이 내 손바닥에 새겨져 있을 리도 없었을 터. 그럼에도 나는 자꾸만 그녀의 발을 어루만지고 싶어 두 손을 둘 데가 없었소. 기우는 햇살과 맑은 냇물 속에서 뽀얗게 일렁이던 유천댁의 발…… 걷어 올린 종아리 아래 소복한 발등과 동그란 뒤꿈치, 가래떡처럼 희고 매끈한 발가락. 그녀의 발목을 비껴 흐르느라 섬세하게 물결 지던 냇물의 반짝임까지 마치 엊그제의 일인 듯 환하게 떠오르지 뭐겠소.

따지자면 벌써 이십 년도 더 지난 일이오. 그해 유월이었던가, 감자를 캔 뒤 앞서거니 뒤서거니 냇가로 몰려가 씻을 때였던가 보오. 남정네들은 묵묵히 발을 씻고 얼굴을 훔치는데 여인네들은 냇물에 발만 담근 채 곧잘 웃음보를 터뜨리며 능장을 부렸소. 남정네들이 간간이 거들며 힐끔거리면 싱싱한 웃음보는 더욱 요란해져 저물녘의 냇가, 숨 가쁘게 뒤채며 술렁이기까지 하지 않았소. 그러나 나는 웃음소리 환하게 쏟아내던 여인네들보다 유천댁만 오래오래 쳐다보았소. 말없이 얼굴을 씻고 발을 씻는 그녀의 웅크린 등과 햇빛을 반사하는 빛나는 종아리, 머뭇거리는 하얀 발에서 눈을 뗄 수 없었던 거요. 가슴이 다 먹먹해졌소. 당신을 포함한 다른 여인네들이 건강하고 당당한 해바라기 같았다면 홀로 선 유천댁은 어쩐지 찔레꽃을 보는 듯한 느낌이었소.

어쩌면 그녀의 처지를 잘 알고 있던 내 지레짐작이 작용한 감정이었을지도 모르오. 홀로된 여자라면 마땅히 그래야만 할 것 같은, 일종의 처연함이랄까, 나는 은연중 그녀에게서 그런 분위기를 기대했는지도 모르겠소. 어쨌든 그녀, 남편을 여읜 지 일 년도 채 못 된 때였으니 외롭고 캄캄한 심정이었던 건 사실이었을 거요. 당신을 보내고 창졸간에 홀아비가 된 지금의 내 처지와 그때의 그녀, 하나 다르지 않았을 거란 말이오. 그러거나 말거나 여보, 그때 잠시 내 마음이 붙들고 놓지 않았던 유천댁의 발을 나는 정말이지 까맣게 잊고 살았소. 그런데 꽃무늬 실내화를 보는 순간, 까마득한 시간을 거슬러 그녀의 발이 생각났고, 생각나자마자 어찌나 애틋해지는지, 나 자신도 정말 깜짝 놀랄 지경이었소.

사실은 당신보다 큰애에게 유천댁 얘길 먼저 하고 싶었소. 그런데 큰애가 기회를 줘야지 말이오. 멀쩡한 전자레인지를 닦는다고 난리, 자질구레한 것들 넣어두는 서랍을 뒤집고 냉동실까지 정리하느라 제풀에 동동거리기만 하니, 눈이라도 마주쳐야 무슨 얘기를 할 텐데 일부러 나를 피하는 것 같았소. 내가 언제 주방 청소 걱정한 것도 아니고, 그쯤은 나도 알

아서 잘하는 줄 설마 큰애가 모를 리 있겠소. 내가 정작 필요
한 건 쓸고 닦고 챙기고 그런 게 아니잖소. 그 사실을 누구보
다도 제 녀석이 잘 알고 있으리라 믿었던 나는 허탈했소. 큰
애의 뒤통수만 쳐다보다가 저문 하루, 생일은 무슨 얼어 죽을
놈의 생일이라는 거요.

느이 엄마 빈자리를 못 견디겠다. 아무래도 여자를 들여야
겠다. 일전에 애들 불러놓고 그렇게 말을 꺼냈을 때 내 생각
을 좀 더 단호하게 전하지 못한 게 은근히 후회됩디다. 내가
그쯤 언질을 던졌으면 나머진 저들이 좀 알아서 물어봐주고
추진해도 좋으련만 어느 놈도 아예 그 일은 들먹이지 않으니
나 혼자 실컷 애태운 꼴이지 뭐요.

이번에 막내는 오지 않았소. 단단히 토라진 모양이오. 그
녀석, 나한테 섭섭해서 그럴 것이오. 막내는 아직도 당신 얘
기만 나오면 고개를 숙이거나 말을 잇지 못하오. 내가 재혼
문제를 꺼냈던 그날, 녀석이 어찌나 매몰차게 굴던지 자식이
라도 정말 정나미가 뚝 떨어집디다. 아버지 아들이라는 게 수
치스러워요. 도대체 엄마…… 가신 지 얼마나 됐다고, 여자
를 들이다니요. 자식들 모아놓고 그게 지금 할 소립니까? 그
렇게 금슬 좋았던 것도 이제 보니 다 가식이었군요, 가식이었
단 말입니다! 나는 변명도 해명도 하지 않았소. 다만 슬프고
답답했을 뿐이오.

당신이 대답해보오. 내가 정말 죄인이오? 여자를 그리워하

는 내 몸 나도 어쩔 수 없는데 그게 그렇게 나쁘오? 가식이라니. 자식에게 그런 소리 들을 땐 나도 정말 뼈가 아팠소. 난 당신에게 뭘 속여본 적이 거의 없소. 여자라곤 당신밖에 몰랐고 이제 당신이 내 곁에 없으니 견디기 힘들다는 것이 뭐가 어떻단 말이오. 내 오죽 답답하고 외로웠으면 마루 끝에서 알짱거리는 옆집 강아지를 다 쓰다듬어봤겠소. 당신도 알다시피 나야말로 짐승이라면 질색을 하지 않았소. 언젠가 당신 꽁무니를 따라다니는 강아지를 걷어찼다가 대판 싸워 저녁까지 굶은 적도 있었잖소. 그런 내가, 이젠 살아 있는 아무것에나 마음 비비고 몸 비빌 궁리를 하다니. 여보, 나도 정말 내가 살아 있다는 걸 느끼고 싶소. 살비듬만 늘어가는 내 몸에서 물기가 다 빠져나가기 전에 따뜻한 여자의 몸을 흠뻑 느끼고 싶단 말이오.

얼마 전부터 마당 귀퉁이의 박태기나무가 꽃을 활짝 피웠소. 제 속에 품고 있던 자주색 불꽃 일제히 터뜨린 모양이오. 뜨겁고 총총한 발열의 흔적 어찌나 치열한지 열꽃 핀 가지마다 봄 햇살 놀라 미끄러지는 것 같았소. 동네 어귀의 늙은 느티나무도 연둣빛 어린잎들 키우느라 한결 젊어진 듯 생기 넘치는데, 나는 이 좋은 봄날 무엇으로 살아 있음을 증명해야 한단 말이오. 어제는 텃밭을 매러 나갔다가, 내 신세 하도 한심해서 호미를 던져버렸소. 소리쟁이는 벌써 내 무릎만큼이나 자랐고 황새냉이, 꽃다지, 민들레가 드문드문 밭을 점령하는 중이었소. 삼동추 빼곡하게 자란 곳 빼고는 묵힌 티가 역력한데도 야생의 봄기운으로 들썩거리는 텃밭은 얼마나 싱싱한지. 텃밭이 싱싱하면 할수록 거기 선 나는 한 그루 고사목처럼 처량하기만 할 뿐, 봄이 코앞에서 아장거려도 내게 무슨 소용 있을까 싶어 만사 귀찮았소.

엎치락뒤치락한 지 두 시간도 넘었나 보오. 마음이 복대기니 약도 잘 듣지 않소. 다시 열이 오르고 갑갑해지오. 견디다 못해 바깥에 나가 바람이라도 좀 쐴까 하는데 전화가 왔소. 두영이오. 참, 큰애도 연락이 왔소. 잘 도착했으니 걱정 말라고 하면서 자꾸 머뭇거리는 큰애에게 푹 쉬라고 이르곤 내 먼저 전화를 끊었소.

놀러 와도 되냐고 묻는 두영이에게 몸이 좀 신통찮다고 얼버무렸더니 그 친구, 대뜸 웃어젖힙디다. 새삼스레 봄을 앓는 게 수상하다는 둥, 보아하니 여자 아니면 고치기 힘든 병에 걸렸다는 둥 저 혼자 한참을 시시덕거렸소. 마음에 드는 여자 있으면 먼저 업어다놓고 뒤를 수습해야지, 방구들 지고 백날 궁리해봐야 무슨 묘안이 있나, 하면서 연방 놀리기까지 했소. 며칠 전에 내가 유천댁 얘기를 슬그머니 흘린 걸 귀담아들었던 모양이오. 혼자 실컷 떠들고 나서 두영이가 물었소. 애들 다녀갔냐고. 그래, 그렇다고 대답했지요. 그제야 그는 목소리를 바로잡으며 내 생일이 이맘때였던 게 기억난다고 했소.

어느 해였던가, 당신이 내 생일이라고 음식을 만들어 경로 당에 가져간 적 있었잖소. 두영이는 그때 먹은 잡채 맛을 잊지 못한다며 걸핏하면 들먹이곤 했소. 하긴 나도 은근히 주책을 떨었을 만큼 당신 솜씨가 좋았던 건 사실이오.

그때 그 잡채는 맛도 맛이려니와 보기에 하도 좋아서 나는 먹지 않아도 배가 부를 지경이었소. 오들도들 잘 볶은 연갈색 당면, 붉은 당근, 푸른 시금치, 희고 노란 달걀지단, 고기와 버섯과 어묵, 그렇게 갖가지 고명을 넣고 정성껏 버무렸으니 얼마나 먹음직스러웠겠소. 이 당근이란 놈 고운 색깔 좀 보게, 나도 농사꾼이지만 캄캄한 땅속에서 어떻게 이런 붉고 환한 뿌리가 영글었나 신통하기도 하지. 그리고 이 뭉툭하고 허연 새버섯인가 뭔가는 볼 때마다 영 거시기하더니 가늘게 썰어서 그런가 아주 딴판이네. 보자, 그러고 보니 잡채에 들어가는 재료가 참 많기도 하구먼. 이거 보통 정성으로 만드는 음식이 아니야. 아따, 팔불출, 할망구 자랑 또 나온다. 말 안 해도 다 알고 있으니 입 다물고 한 젓가락이라도 많이 먹어두는 게 남는 거지. 잡채 해서 갖다 바쳤더니 어느 능구렁이가 다 먹고 그래, 영감은 서지도 않느냐고, 너거 할망구 긁어대면 뭐라고 할래? 괜히 우리까지 욕 듣게 만들지 말고 어서 먹기나 하라니까. 허허. 내놓고 자랑을 늘어놓던 나는 냅다 들이미는 두영이의 지청구에 그만 입을 다물고 말았지 않겠소.

내일 아침에 두영이가 오겠다고 하오. 엉겁결에 저 많은 음식을 어찌해야 할지 모르겠다고 푸념했더니 냅다 화를 내지 뭐요. 팥밥이고 뭐고 싹쓸이해서 경로당에 다 가져갈 거니 손도 대지 말라며 으름장을 놓았소. 또 뭐라고 한 줄 아오? 그 여자 만나려면 어서 불 끄라고, 그래야 꿈속에서라도 안아볼 거 아니냐고. 홀아비 사정 과부가 안다더니, 그 친구 내 맘을 훤히 읽고 있었던가 보오. 어쨌든 기분이 한결 좋아졌소.

오늘 내가 당신한테 좀 심하게 주책을 떨었지만 어쩌겠소. 살다 보니 이렇게 갈팡질팡할 때도 있구려. 당신 걸핏하면 그랬잖소. 서방 포함해 아들 넷 키우느라 등 휘는데 그중 나이 많은 놈이 가장 밉상꾸러기라고. 밤마다 엉겨붙는 그 힘 농사에 쏟았으면 운암들 다 사고도 남았겠다 하면서. 그래, 늙은 아들이 아직도 힘이 남아돌아 이렇게 밉상을 떨어 미안하오. 평생 당신 치마폭에서 벗어나본 적 없으니 나도 이젠 좀 달리 살아보는 것도 괜찮지 않겠소. 당신한테 다 털어놓고 나니 한결 홀가분해졌소. 봄이 가기 전에, 하루라도 더 늙기 전에, 아니 당장 내일이라도 유천댁을 찾아갈까 하오. 이렇게 잠 못 이루고 앓다간 밤새 폭삭 늙어버릴까 봐 이젠 그것마저 걱정이오.

안 되겠소. 내일 유천댁 만나려면 이 푸석푸석한 얼굴부터 어떻게 좀 매만져야 할 것 같소. 사실 큰애가 사다 준 봄옷도 내가 입기엔 너무 환한 것 같아 걱정이오. 누렇게 맥 풀린 이 얼굴엔 도무지 어울릴 것 같지 않으니 말이오. 당장 세수부터 해야겠소. 로션이라도 미리 발라두면 아무려나 지금보다는 낫지 않을까 싶소. 죽을 때가 되면 안 하던 짓을 한다던데, 허허. 이 밤중에 세수라니. 여보, 아무래도 내가 병 한번 오지게 든 것 같구려.

나중에

때 아닌 겨울비가 잦았다. 산간 지방에는 폭설이 내려서 비닐하우스가 무너졌다는 소식이 연방 들렸다. 나는 사무실 문을 열고 환기를 시킨 뒤 전기난로를 켰다. 유리창에 빼곡히 붙은 부동산 매물 광고지들이 습기를 머금어 후줄근했다.

날씨 탓인지 다들 출근이 늦었다. 고객용 테이블에 널린 신문과 지도첩을 정리하고 우산꽂이는 출입문 옆에다가 놓았다. 텅 빈 우산꽂이를 보자 아파트 쓰레기통에 버리고 온 내 우산이 생각났다. 집에 있는 마지막 우산이라는 말만 듣지 않았어도 나는 그 낡은 우산을 버리지 않았을지도 모른다.

요즘 들어 어머니는 '마지막'이라는 말을 자주 했다. 생활비라곤 한 푼도 없고, 연체된 대출금 이자 때문에 가압류 통지서까지 받은 데다, 전화와 가스, 수도도 언제 끊길지 모르니 마지막이라는 말을 입에 달고 산다 해도 무리는 아니었다. 형편이 그 지경인데도 아버지는 꼬박꼬박 담배를 사러 나갔다. 내가 남들보다 일찍 출근하고 일요일마다 사무실에 나오는 이유는 아버지가 보기 싫어서였다. 어머니라고 다르지도 않았다. 오늘도 어머니는 출근하는 나를 붙들고 쭈뼛쭈뼛 말을 붙였다.

—정말 마지막인데, 혹시……?

어머니가 무슨 말을 할지 뻔히 알면서도 나는 시치미를 떼었다.

—혹시 뭐?

어머니는 눈을 내리깔며 목소리를 낮추었다.

—돈 가진 거 있으면……

짜증이 확 솟구쳤다. 부모라는 사람들이 번갈아가며 돈 내놓으라고 짓조르는 이 상황을 나는 도무지 이해할 수 없었고 이해하기도 싫었다. 어머니를 물끄러미 쳐다봤다. 어머니의 몸피는 날이 갈수록 쪼그라드는지 들고 있는 빗자루를 타고 어디라도 날아오를 듯 가벼워 보였다. 어머니는 내 시선을 피해 공연히 아버지의 방만 쏘아보았다. 보나 마나 한바탕 부부 싸움이 벌어질 터였다. 나는 일 초라도 빨리 집을 벗어나고 싶었지만 내놓을 돈이 없었다.

—어디다 쓰려고요?

내가 퉁명스럽게 되묻자 어머니는 궁색한 듯 얼버무렸다.

—누가 소개해서 일자리 알아보러 가는데 차비도 없고……

듣던 중 반가운 소리였다. 일자리를 구해보겠다는 말은 어머니에게서 처음 들었기 때문이다. 그렇다곤 해도 나 역시 돈이 없었다. 월급이라고 받아봤자 복학 등록금도 모아야 하고 생활비까지 대야 하니 여유는커녕 겨우 버티는 중이었다. 뾰족한 방법이 없었다. '나중에' 통장을 헐어야 했다. 나중에 데이트를 하거나 영화를 보거나 책을 사야 할 때를 대비해서 성과급을 조금 모아놓은 통장이었다. 그걸 어머니 앞에 내밀었다.

—잠시 빌려주는 거니까 월급 받으면 갚으세요.

어머니는 선뜻 받지 못하고 거실 구석에 놓인 파키라만 뚫어지게 쳐다보았다. 파키라는 누렇게 시든 잎을 매달고 있었다. 손바닥 같은 푸른 잎을 싱싱하게 펼치고 있을 땐 꽤 보기 좋았는데, 아버지에게 몇 번 걷어채어 뿌리가 드러나고부터 눈에 띄게 생기를 잃어가는 중이었다.


다른 때보다도 늦게 출근한 소장은 대뜸 전 부장부터 찾았다. 시내 근교의 꽤 쓸 만한 물건을 하나 구했다는 것이다. 소장은 전 부장 앞에다가 지적도를 펼쳤다.

—오는 길에 군청 들러서 떼어 왔으니 한번 봐. 지난번에 상업지구나 근교 토지 사겠다고 오억 들고 다니던 사람한테 전화부터 넣고. 도로까지 물고 있겠다 모양도 이만하면 임자

찾는 거 어렵지 않겠지?

—준공업지역이라 괜찮긴 하지만 당장 승산은 없잖아요. 못 해도 오 년은 묻어둘 각오를 해야 하는데 덩치가 너무 크지 않아요? 분필해서 팔겠다면 몰라도.

—크든 작든 물건 임자는 아무도 모르는 법이야. 일단 투자 가치는 확실하니까 한번 던져보는 거지.

소장과 전 부장의 의논이 끝나갈 즈음에 첫 손님이 왔다. 몫도 안 좋은 화장품 가게를 정리하면서 턱없이 많은 권리금을 요구하던 여자였다. 소장이 공연히 밖을 내다보며 구시렁거렸다.

—실연당한 영혼들이 전부 하늘로 올라가서 우나, 뭔 비가 이렇게 구질구질 내리는지 원.

—가을 내내 가물다가 겨울비라도 자주 내려서 다행이라던데요?

우산을 접던 여자가 눈을 말똥하게 치켜뜨며 대꾸했다.

—그거야 농사꾼 입장이고, 우리 직원이 전봇대 부동산 열심히 차려놓았는데 날씨가 다 망쳐버리니 하는 말이잖아요.

소장이 여자와 나를 번갈아 쳐다보며 너스레를 떨었다. 아침마다 귀에 못이 박이도록 들은 소리를 또 들어야 할 것 같아 나는 슬그머니 일어났다. 소장은 이 도시의 수많은 전봇대를 어떻게 활용하느냐에 따라 부동산 사업의 성패가 갈린다고 주장했다. 광고지를 붙이되 기발하고 자극적인 문구를 활용해 눈길을 끌고, 어떤 놈이 떼면 다시 붙이고, 전화를 받으면 거기가 어디든 득달같이 달려 나가 끝장을 볼 때까지 절대로 물고 놓아주지 말 것을 강조했다. 언젠가 일장 연설을 하던 소장에게 내가 되물었다.

　—우리가 갭니까, 물고 늘어지게?

　소장이 게거품을 품으며 달려들었다. 그 일로 나는 사흘 동안 그 일대 전봇대란 전봇대는 다 훑어야 했다. 소장이 수시로 주변을 돌며 웰빙부동산 광고지를 확인했던 그 사흘 동안 내가 붙인 종이가 아마 한 아름은 되지 싶었다. 보다 못한 전 부장이 소장을 말렸다. 요즘 같은 온라인 시대에 누가 전봇대 광고를 하냐고. 그래봤자 요지부동이었다.

　—어이, 전봇대 종씨, 저기 좀 봐, 우리 사무실 앞 전봇대에 다른 부동산 광고지가 떡하니 붙은 게 벌써 하루가 지났어. 저거나 빨리 떼시지, 엉?

　기다렸단 듯이 소장은 전 부장까지 닦달했다. 사정이 그러하니 전봇대에 관해서라면 우리는 서로 눈치를 보며 입을 다물었다.

　소장의 너스레를 피해 밖으로 나오긴 했으나 딱히 할 일이 없었다. 배만 고팠다. 오늘도 아침을 거르고 나왔다. 먹기 싫어서 거른 게 아니라 늘 똑같은 국과 반찬뿐이니 보기만 해도 먼저 질려서이다. 뭇국 아니면 배춧국, 무생채 아니면 배춧잎 부침개, 배추김치, 무김치. 겨울 내내 변하지 않는 그 메뉴 때문에 무와 배추만 봐도 넌덜머리가 날 지경이었다. 김밥이라도 한 줄 사 먹을까 하는데 민 실장의 차가 들어왔다. 차에서 내리는 그녀의 얼굴이 푸석했다. 또 부부 싸움을 벌인 모양이었다. 그녀의 남편은 공부를 더 하겠다며 논술학원 강사 자리를 떨치고 나왔다고 한다. 회식 자리에서 술이라도 마시고 나면 그녀는 우리에게 묻고 또 물었다. 안 그래요? 명퇴도 아니고 강퇴도 아니고 자퇴라니, 이 먹고살기 힘든 시대에 말이나 되는 소리예요? 말이 되든 안 되든 그녀의 남편이 꿈을 좇아 사는 사람인 것만큼은 확실했다. 젊으나 늙으나 그놈의 같잖은 꿈이 문제였다.

아직 오지 않은 시간, 미래를 준비하는 사람들도 갖가지 유형이 있을 것이다. 오지 않은 그 시간을 위해 현재를 완전히 저당 잡힌 사람도 있을 것이고, 현재에 충실한 것이 미래를 대비하는 것이라 믿는 사람들도 있을 것이며, 현재의 도피처로 미래를 선택하는 사람도 있을 것이다. 아버지는 미래를 위해 현재를 저당 잡힌 사람이었다.

아버지와 나는 한집에 살면서도 마주칠 일이 거의 없었다. 나는 일찍 출근하고 늦게 퇴근했으며 아버지는 일주일에 한두 번씩 내 방문을 열고 손만 내밀었다. 여태껏 내 손에서 아버지 손으로 건너간 담뱃값의 액수도 만만찮았다. 덕분에 나는 친구들로부터 '나중에'라는 별명을 얻었다. 돈이 없어서 친구를 만날 수도 없고 영화를 볼 수도 없고 담배도 끊어야 하는 생활. 살아내야 할 현실 앞에서 꿈이니 희망이니 하는 말들은 입에 담기조차 부끄러운 사치라는 걸 나는 아버지를 통해서 일찌감치 알아버렸다.

오랜만에 회식을 했다. 우리는 사무실 옆 식당에서 돌솥밥 정식을 먹었다. 소주 한 병을 시켰지만 다들 고개를 흔들었다. 썰렁했다. 회복되지 않는 경기만큼이나 답답한 분위기 때문인지 술도 남고 밥도 남았다. 밥을 푸고 남은 누룽지에 숭늉을 부어 그것만 훌훌 들이킨 소장이 먼저 일어났다. 이어전 부장이 풀죽은 어깨를 수그리고 떠났다.

식당에서 나오니 꽤 추웠다. 살갗에 닿는 공기가 매섭고도 차가웠다. 집으로 들어가기가 싫었다. 혼자 다시 사무실로 갔다. 마주치기만 해도 짜증스러운 부모의 얼굴을 보니 전봇대 광고지 작업을 하는 것이 훨씬 나았다.

요즘은 세입자들을 유인하기가 만만찮았다. 보증금 얼마에 월세 얼마 따위의 기본 정보로 눈길을 끌기엔 어림없었다. 햇볕이 잘 드는 집이라든지, 구조가 예쁜 집이라든지, 이른바 풀 옵션이라서 몸만 들어와 살면 된다든지 뭔가 수요자의 구미를 당길 수 있는 산뜻한 홍보 문구가 필요했다. 거기다 최고급 옵션처럼 꼭 따라붙어야 하는 문구가 있는데, 그 문구는 바로 다른 곳보다 싸게 내놓았다는 점을 강조해야 하는 것이다. 적당한 범위 안에서 매번 바꿔야 하는 홍보 문구 때문에 나는 골치를 앓았다. 그래도 여태까지 똑같은 문구를 계속 쓰진 않았다. 그것은 내 나름의 영업 전략이었다. 남들과 다른 광고지를 만들기 위해 노력하는 것은 수요자를 겨냥해서 일 수도 있지만 동업자를 견제하기 위한 방편이기도 했다. 광고지는 생명이 지극히 짧아서, 빠르면 한 시간도 못 되어 쓰레기통으로 직행하든지 다른 광고지를 덧입어 지워지기 마련이었다. 부동산 소개업자들은 다른 사람이 붙인 것을 떼버리거나 그 위에다 자신의 것을 덧씌우는 방법을 썼기 때문이다. 나 역시 마찬가지였다. 시시껄렁한 광고지일수록 내 것을 덧붙이기가 더 편했다.

한창 작업을 하고 있는데 휴대폰이 울렸다. 친구 민수였다.

—어디야?

—사무실이지 어디긴.

—이 불쌍한 새끼, 알바에 청춘을 바치고 나중에 나중에 하다가 오지게 후회할 걸? 공부면 공부, 일이면 일, 뒈지게 한우물만 파는 거, 그거 병이다 너. 이 새끼, 당장 나와서 형님한테 술이나 한잔 사라 인마.

—시끄럽고, 알바 자리 찾는다더니 어떻게 됐어?

—아 몰라. 막상 구하려니 쉽지 않네? 야, 나도 너처럼 부동산 쪽으로 한번 알아볼까?

—완전 개고생인데? 생초보 새끼 데려다가 월급 줄 사장도 없겠지만.

―하긴 내가 너처럼 악바리도 아니고. 등록금 생각하니 진짜 골 때리네. 그렇다고 뭐, 복학해서 졸업장 받는다고 보장되는 것도 없으니.

　―이 새끼, 그걸 이제 알았냐? 이 형님도 등록금 만드느라 허리 휘니 밥 사라 술 사라 그따위 헛소리 지껄이지 마라, 알겠냐?

　등록금 걱정 없이 학교 다니는 친구들을 부러워하며 우리는 통화를 끝냈다. 나나 민수나 아버지에게 쌓인 불만이 커서였다.

　내가 마지막 휴가를 보내고 귀대하던 날이었다. 아버지는 나를 붙들어 앉혔다. 아파트 울타리에 노란 개나리와 붉은 명자꽃이 앞서거니 뒤서거니 어우러지던 봄날의 오후였다. 아버지는 몇 권의 책을 내 앞으로 밀어놓으며 수줍게 웃었다. 주택관리사 시험 대비 1·2차 기본서 다섯 권이었다. 그 책의 용도를 짐작할 수 없었던 나는 아버지와 책을 번갈아 쳐다보았다. 멀뚱멀뚱 헤매는 내 눈길을 단단히 붙들어 매듯 아버지의 목소리는 힘차고 또렷했다.

　―내 꿈을 포기할 수 없어서 선택한 결정이니 너도 협조해주면 좋겠어.

　나는 우두커니 책 표지만 들여다봤다. 아버지에게도 꿈이 있다는 사실이 생경했고, 오십을 훌쩍 넘은 나이에 자격증 시험이 가당키나 한가 싶어서였다. 어영부영 끌고 다니던 개인택시를 팔아치운다고 했을 때 알아봤어야 했다.

그날 내 앞에서 풀어놓은 아버지의 꿈은 구구절절한 사연까지 덧칠되어 하염없이 길어졌다. 대부분 귓등으로 흘려들었다. 하지만 반복되고 강조되는 어떤 말, 이를테면 '협조'라든가 '자식 노릇'이라는 말에는 유독 신경이 쓰였다. 아버지가 어떤 선택을 하든 내가 상관할 바 아니나 협조를 부탁한다는 말은 몹시 거슬렸다. 제대를 하면 복학을 해야 하는데 준비된 등록금이 있을 리 없었다. 복학을 미루고 바짝 벌어도 등록금을 마련할까 말까 한 자식에게 협조를 부탁하다니. 휴가를 나왔지만 친구들 만나러 갈 형편도 못 되어 집구석에만 처박혀 있다가 귀대하는 자식에게 협조는 무슨 놈의 협조를 바라는지 나는 아버지가 짜증스러워 쳐다보기조차 싫었다.

그 와중에 어머니까지 설레발을 떨었다. 집구석에 돈이라곤 씨가 말랐는데 저놈의 책은 무슨 돈으로 샀는지 모르겠다는 원망이 쏟아졌다. 앙심으로 똘똘 뭉친 어머니의 푸념은 아버지를 겨냥했으나 나도 귀가 있으니 듣지 않을 수 없었다. 부부가 아주 질세라 자식 골탕 먹이려고 작정한 것 같았다. 따지고 보면 어머니도 아버지를 그렇게 비아냥거릴 처지가 못 되었다. 휴가 나온 아들에게 외식은커녕 닭 한 마리 삶아 먹일 형편도 못 된다며 서러워하지만 정작 돈벌이엔 관심도 없는 사람이었다. 민수 어머니는 간병인 일을 하면서도 아들 용돈은 꼬박꼬박 챙겨준다던데 내 어머니는 입으로만 서러워

할 뿐이었다.

우리 집 형편이 그렇게 되기 이삼 년 전부터 아버지는 일을 제대로 하지 않았다. 늦게 나가서 일찍 들어왔다. 그때부터 아버지의 가슴에 꿈이 깃들기 시작해서, 그 꿈을 보살피고 키우느라 그랬는지 모르겠으나 수입은 갈수록 줄어들었다. 수입과 지출의 불균형은 시간이 지날수록 심각해졌다. 생활비에 쪼들린 어머니는 돈벌이를 나가는 대신 스물다섯 평 아파트를 저당 잡혀 대출을 받았다. 야금야금 빌린 돈이 아파트 시세의 70퍼센트를 상회하자 더 이상의 대출은 무리였다. 매달 대출금 이자까지 갚아야 해서, 수입만으론 다달이 지출해야 하는 이자와 각종 공과금을 대기에도 빠듯했다. 형편이 그 지경인데도 늦게 나가고 일찍 들어오는 아버지의 생활은 변함없었다. 아버지는 오로지 자신의 꿈만 생각했는지도 몰랐다. 그렇지 않다면, 고개도 들지 않고 딴생각에 빠져 있는 나를 향해 무슨 할 말이 그렇게 많았겠느냐 말이다.

—그러니까 노후 대책……

지금 생각하면 쓴웃음이 나지만 나는 그때 어머니가 고마웠다. 어머니가 청소기를 들고 나타나지 않았다면 얼마나 더 오래 아버지 앞에 붙들려 있었을지 모른다. 아버지의 노후 대책은 시끄럽게 굴러가는 청소기의 소음에 묻혀버렸다. 어머니는 청소기를 끌고 아버지와 나 사이를 우악스레 가로질렀다. 청소기가 책 무더기를 타 넘자 책장이 마구 펄럭거렸다.

아버지의 꿈이 먼지처럼 흩날리든 말든 나로선 관심 밖의 일
이었으나 귀대하는 발걸음이 무거웠던 것 또한 사실이었다.

오늘은 새벽부터 아버지와 맞닥뜨렸다. 순전히 어머니 때
문이었다. 어머니는 전에 없이 부지런을 떨었다. 오랜만에 아
버지의 방문도 활짝 열어젖혔다. 담배를 피우고 있던 아버지
는 뭉크의 화집에서 걸어 나온 듯 커다랗게 입을 벌리고 나를
쳐다보았다. 아버지 얼굴은 이상할 정도로 흐릿하게 보였고
자욱한 연기가 방의 주인 같았다. 어머니는 재떨이를 비우다
말고 코를 막았다. 매캐한 담배 냄새, 지린내와 고린내, 정체
를 알 수 없는 갖가지 냄새들이 아버지의 방에서 슬금슬금 기
어 나왔다. 새벽부터 청소한다고 난리를 피우는 어머니도, 우
두커니 눈만 굴리는 아버지도 어쩌면 그렇게 한통속으로 처
량한지 못마땅하기 그지없었다. 출근하기엔 너무 이른 시간
이었으나 집을 벗어나려면 어디로든 나가야 했다. 씻고 나오
니 어머니와 아버지가 식탁에 앉아 있었다. 별일이란 생각이
들었다. 어머니가 밥 먹고 가라며 나를 붙잡았다.
　쇠고기 미역국은 정말 오랜만이었다. 밥도 팥밥이었다. 어
머니 얼굴에 웃음기가 어려 있었다. 쇠고기 미역국보다 더 오
랜만에 보는 미소였다.
　―오늘 우리 아들 생일인데, 음력 날짜라 기억 못하지? 그
리고 좋은 소식! 엄마 일 구했다, 모텔 청소 자리.

새벽부터 설친 이유를 듣고 나니 밥맛이 떨어졌다. 말없이 국만 비우고 집을 나왔다. 광고지를 돌리든, 식당 주방에서 설거지를 하든, 리어카 구해서 폐지를 줍든, 자기 입에 들어가는 밥은 자기가 벌어서 해결하라고 어머니에게 소리 질렀던 것이 자꾸 생각났다. 그렇다고 모텔 청소라니. 쉽게 구한 일자리라서 자꾸 미심쩍은 마음이 들었다.

　광고지를 붙이고 돌아온 지 두 시간도 안 되었는데 전화가 왔다. 관천동 이층 주택 전세 물건을 찾는 전화였다. 남자는 성급했다.
　—여기, 전봇대에 붙은 대로 맞지요?
　—전단지 내용 그대로구요. 집을 한번 보시겠어요?
　—시세보다 너무 싸니까 이상한 집인가 싶기도 하고, 이사는 언제든지 우리 마음대로 해도 되는 거 맞지요?
　—네. 내용 그대로 다 맞으니까 시간 괜찮으시면 지금 바로 보셔도 됩니다.
　고물 트럭을 탄 남자가 득달같이 달려왔다. 트럭 짐칸엔 다발로 묶은 무와 배추, 파 등속이 차곡차곡 쟁여져 있었다. 미심쩍어하며 전화를 하던 것과는 달리 그는 시원시원했다. 집을 보자마자 단박 마음에 든다고 했다. 다루기 좋은 유형의 손님이었다. 주인이 돈에 구애받는 사람이 아니라서 전세금도 빚으로 생각해 싸게 내놓은 거라며 그의 기분을 맞췄다.

물론 등기부등본도 보여줬다. 남자는 그 자리에서 이사 날짜를 잡고 계약금을 내놓았다. 시세보다 싸서 하자 있는 집일까 싶었는데 막상 보니까 남향인데다 깨끗해서 횡재한 기분이라며 좋아했다. 지하 셋방을 전전하다가 처음으로 지상의 방을 갖게 되어서 기쁘다며, 검지로 연신 코밑을 쓸어대는 남자의 점퍼 자락이 묵은 때에 절어 번들거렸다.

오후에는 한가했다. 계약도 한 건 했고, 광고지도 붙일 만큼 붙여서 모처럼 컴퓨터 앞에 앉아서 여유롭게 쉬어도 괜찮은 날이었다. 내친김에 어머니가 일하러 간다고 했던 모텔이 어디에 있는지, 시설은 어떤지 인터넷으로 검색하고 있는데 전 부장이 내 어깨를 툭 쳤다.

—그 모텔에 데리고 갈 사람이라도 생겼어?

—나중에, 생기겠죠.

—넌 나중에가 아예 입에 붙었다. 애인도 나중에 만들고, 영화도 나중에 보고, 술도 나중에 마시고, 도대체 그 나중이 언제야?

—글쎄요, 하여튼 나중에……

대답이야 그렇게 했지만 울적했다. 전 부장의 말마따나 그 나중이 언제일지는 나도 모른다. 몸살이라도 날 것처럼 으슬으슬 추웠다. 겨울비가 그치고 기온이 뚝 떨어지니 다들 난로 주변에서 오글거렸다. 외근을 나가려던 민 실장도 커피를 든 채 망설이고 전 부장은 시무룩한 표정으로 줄곧 바깥만 내다

보고 있었다.

그때 찬바람을 일으키며 소장이 들어왔다. 오늘 대박 터뜨리면 근사한 곳에 가서 회식하자며 큰소리를 치더니 나갈 때의 표정과는 딴판이라서 우리는 서로 눈치를 보았다. 소장은 자리에 앉자마자 다짜고짜 매물 대장을 집어 들고 전 부장을 불렀다.

—백 사장 상가주택 잔금은?

—안 그래도 그게…… 매수자 쪽에 사정이 생겼어요. 그쪽도 시골 땅을 팔아서 이 건물을 샀는데 땅 산 사람이 잔금을 차일피일 미루나 봐요. 어쩝니까. 이건 돈이 말하는 건데, 한 군데서 터지면 그냥 줄줄이 다 꼬여버리니까.

—그 이유가 다야?

—백 사장이 아직 외부 마감을 덜 해서 매수자한테 잔금 내놓으라고 강력하게 밀어붙일 처지도 못 되고.

소장은 마땅찮아 죽겠다는 표정으로 듣고 있다가 대뜸 물었다.

—며칠 전, 어제, 그리고 오늘 아침 출근하자마자, 매수자한테 잔금 날짜, 시간, 확인했어 안 했어? 그리고 현장 돌아보고 확인했어 안 했어?

—그야……

—일을 그따위로 헐렁하게 처리하면 될 일도 안 된다고 입이 닳도록 얘기했잖아. 그렇게 말을 해도 안 들어먹으면 도대

체 어쩌겠다는 말이야! 이 판에서는 수수료 받아 내 손에 쥐어야 끝나는 거지 막말로 언제 어느 놈이 깨자고 나올지 모른다고 하지 않았어? 그러게 내가 중도금 건너가면 바로 중개 수수료부터 챙기라고 했어 안 했어?

입이 붙어버린 듯 전 부장이 가만히 있자 소장은 목소리를 약간 누그러뜨렸다.

—기왕에 그릇된 일이고 말야, 매수자한테 계약대로 하자고 엄포라도 단단히 놓지 그랬어? 그래야 다음 날짜까지 찍소리 못하고 돈을 만들어내지.

—그렇게 다짐을 받긴 했는데, 이 사람들이 약속을……

—이런 태평하고는. 그러니까 한 시간에 한 번씩 전화를 돌리랬잖아. 전화통 불나면 자기들도 생각이 있을 거 아냐. 그러니까 이 업은 말이지, 무조건 발로 뛰는 게 남는 거고, 남는 만큼 버는 거고, 버는 만큼 삶의 질이 달라진다는 거 아니겠어? 전 부장이라고 만날 고물차 타란 법 없잖아. 답게 말야, 좀 사내답게 말야, 어디 가서 돈 있고 정신 나간 여편네나 하나 끌어오든지!

소장의 목소리가 슬금슬금 커지더니 얼굴이 벌겋게 달아올랐다. 업무 체크가 아니고 인신공격이었다. 누가 봐도 명백한 화풀이였다. 전 부장의 표정이 싸늘하게 굳었다.

—오늘 그 예쁘고 돈 많은 손님이랑 계약하러 간다더니 깨졌나 봐요? 손에 쥔 떡도 놓쳤으면서 나한테 이러면 안 되죠.

—내가 놓친 거야 그게? 계약금 입금하겠다고 나가놓곤 딴 데 가서 도장 찍는 년이 나쁜 거지. 그년이 작정하고 날 속인 거잖아!

—그러니까, 손님한테 속았든 말든 왜 나한테 화풀이를 하냐 이거죠. 잔금 펑크 나면 당장 힘든 건 나예요 나!

—그만들 하세요.

민 실장이 가로막고 나섰다. 전 부장이 먼저 자리로 가서 앉았고 소장은 담배를 피워 물었다. 전 부장은 우두커니 앉아 컴퓨터 모니터에 시선을 고정시키고 있었다. 오늘 잔금 치르고 중개수수료를 받으면 아이들 고기나 좀 먹이고 나머지는 휴대폰 조립 공장에 다니며 고생하는 마누라에게 몽땅 쥐여 줄 거라며 들떠 있더니 퇴근하는 발걸음이 얼마나 무거울까 싶었다.

—그래서 지금 맞았다는 겁니까, 안 맞았다는 겁니까?

—맞은 거나 마찬가지라고 했잖아요.

—아, 진짜 이 아주머니가 사람 염장 지르기로 작정했나 보네.

파출소 마당까지 새어 나오는 실랑이에 어머니의 목소리가 섞여 있었다. 아버지를 폭행죄로 신고한 사람이 어머니라고, 내게 전화를 한 경찰관은 몇 번이나 강조했었다. 망할, 나도 모르게 어금니를 꽉 깨물었다.

경찰관이 전화를 했을 때 나는 다세대주택의 원룸 세입자와 까다로운 상담을 하고 있었다. 보증금 삼백만 원에 월세 삼십오만 원의 원룸에 입주하면서 세입자는 근저당 설정을 요구했다. 그런 예는 드물었다. 매매가가 오억은 좋이 넘을 주택을 담보로 일억 정도 융자가 있다고 해서 세입자가 불이익을 당할 경우는 거의 없었다. 확정일자를 받아서 살아도 근저당 설정을 한 것이나 다름없고, 만약의 경우 문제가 생긴다 하더라도 소액보증금 최우선 변제에 해당되는 경우라서 세입자가 걱정할 일은 아니었다. 설득하는 시간이 길어질수록 세입자의 의심은 외려 깊어갔다.

세입자의 의심 많은 눈초리와 취조하듯 다그치는 경찰관의 전화 사이에서 나는 안절부절못했다. 경찰관은 내 신원을 확인하자마자 파출소로 호출했다. 언젠가는 벌어질 일이라고 짐작했지만 막상 당하고 보니 황당했다. 사무실엔 나 혼자뿐이었다. 세입자는 여전히 단호했다. 보증금이 많든 적든 세입자의 권리가 관행보다 우선이라고 주장했다. 쥐뿔만 한 보증금 떼먹힐까 봐 오금이 저리면 꺼져버리라고 소리칠 뻔했다.

어머니는 나를 보더니 고개를 돌렸다. 허옇게 갈라진 입술에서 피가 배어 나왔다. 헝클어진 머리를 급하게 수습했던지 목덜미에 늘어진 머리카락이 지저분했다. 핀으로 고정한 파마머리 군데군데에 밥알이 붙어 있었다. 오늘은 밥그릇을 날린 모양이었다. 부부 싸움이 막판으로 치달으면 아버지는 손에 잡히는 대로 집어 던졌다. 물건을 집어 던지는 것도 성에 차지 않으면 주먹으로 벽을 꽝꽝 쥐어박기도 했다. 스티로폼을 덧댄 벽 곳곳에 움푹하게 파인 자국이 생겨났다. 어머니의 비명은 불에 데기라도 한 것처럼 뜨겁고 민망했다. 나는 김을 내뿜는 난로 위의 양은 주전자를 보며 경찰관과 마주 앉았다.

—김인자 씨가 모친 맞지요?

—네.

—아, 말이죠. 모친께서 부친 오해관 씨를 폭행죄로 신고해서 우리가 출동을 했거든요. 남의 가정사에 경찰이 끼어들어 이래라 저래라 하는 것도 우습고, 웬만하면 두 분께서 잘 타협하시라고 말씀드렸는데 모친이 자꾸 딴소리를 하셔서.

경찰관의 정황 설명이 아니라도 뻔히 짐작할 수 있는 스토리였다. 좁아터진 방과 담배와 한 몸이 되어 살던 아버지. 일을 이 지경으로 만들어놓고 어디로 가버렸는지 궁금했다.

—아버지는요?

—경찰이 풀어줬는지, 어디로 내뺐는지, 아까부터 코빼기도 안 보인다.

대답하는 어머니의 목소리에 독기가 서렸다. 경찰관이 어머니의 말을 이었다.

—화장실 간다는데 우리가 거기까지 따라갈 순 없잖아요. 아주머니도 다친 데 없고, 아저씨도 사람이 순해 보이던데 어지간하면……

말끝을 흐리는 경찰관을 향해 어머니가 목소리를 높였다.

—폭행당했다고요 폭행! 내 말 왜 무시해요? 당신들 같은 남자라고 편들어서 그러는 줄 내가 모를 것 같아?

—이 아주머니 말씀 좀 함부로 하신다. 아들 앞이라고 큰 소리치고 싶은 모양인데, 막말로 맞고 사는 여자들 한둘인 줄 알아요? 다 자식 생각하고 남편 앞길 생각해서 참는 거지 신고는 무슨.

한심해 죽겠다는 표정으로 어머니를 훑어본 경찰관이 나에게 시선을 고정시켰다. 남의 자식과 남편을 걱정하는 그의 태도에 공감을 바라는 눈치였다. 내가 말했다.

—신고를 하든 말든 제대로 처리만 해주면 되지 피해자에게 훈계까지 할 필요는 없잖습니까?

—뭐야, 지금 나한테 시비? 나이 그만하면 세상 돌아가는 물정 빤할 텐데, 모친 달래서 데려갈 생각은 않고 꼬박꼬박 따져서 어쩌겠다는 거요?

경찰관의 목소리에 짜증이 실렸다. 책상 서랍을 쾅쾅 여닫던 경찰관이 담배와 라이터를 들고 밖으로 나갔다. 난로가 벌겋게 달아올라 실내 온도가 한꺼번에 몇 도나 올라간 것처럼 느껴졌다. 압력을 견디지 못한 주전자 뚜껑이 금방이라도 솟구쳐 오를 듯 덜컹거렸다. 나는 불끈 쥔 주먹으로 책상을 짚으며 일어섰다. 어머니가 쓰러질 듯 앞을 가로막으며 나를 올려다보았다. 피 맺힌 어머니의 입술이 떨렸다.

―누울 자리 봐가면서 발을 뻗어야지, 여기가 어디라고. 어서 집에 가자.

　현관에 들어서자마자 어머니는 주저앉았다. 멱살잡이라도 당한 것처럼 숨을 몰아쉬는 어머니를 안방에 들이고 집안을 둘러보았다. 난장판이었다. 발치에 걸리는 파키라도 허옇게 밥을 덮어쓰고 있었다. 파키라를 베란다로 옮겼다. 몇 번씩이나 화분이 깨어지고 뿌리가 뽑힌 채로도 질기게 살아남은 나무는, 그저 살아만 있었다. 줄기는 이미 성장을 멈췄고 잎사귀는 누렇게 변해 손만 대도 툭툭 떨어져버렸다. 밥풀을 털고 시든 잎도 죄다 떼어냈다. 껑충한 키에 초라한 밑동이 드러났다. 한 몸처럼 배배 꼬인 두 그루의 나무를 보고 있으니 마치 내 치부가 드러난 듯 민망하고 불편했다. 그렇다고 나무에게 화풀이를 할 수는 없었다. 화풀이는커녕 같은 화분에 뿌리를 내리고 줄기를 엮은 채 때론 밀어내고 때론 끌어당기며 여태 살아왔으니, 앞으로도 그렇게나마 어울려 살아가기를 바라는 마음이 커졌다. 파키라 밑동이 흠뻑 젖도록 물을 주고 나자 문득 어머니가 걱정되었다.

　안방은 고요했다. 그 잘하는 악다구니라도 퍼붓거나 하다 못해 아버지의 방문이라도 걷어찰 것이지 왜 조용한가 싶어서 오히려 신경이 쓰였다. 내가 들어가자 어머니는 돌아누우며 얼굴을 가렸다. 그 모습을 보니 질책도 위로도 하고 싶지

않았다. 그냥 목이 막혔다. 따뜻한 물 한 잔을 어머니의 머리
맡에 내려놓고 간신히 목소리를 가다듬었다.

　—내 돈 갚아야지 엄마. 내일부터 출근이라며?

　대답 대신 어머니는 이불을 머리끝까지 뒤집어썼다. 자꾸
만 이불이 들썩거렸다. 방문을 닫고 나왔다. 이불이 우는 꼴
은 정말이지 보기 싫었다.

걸어 다니는 섬

손님 없는 시간이니 잠시 쉬어요, 하는 것과 그렇게 버티고
서 있는 게 특기냐고 묻는 것은 의미와 의도가 분명히 다르
다. 버티고 서 있다는 표현으로 봐서 사장은 지금 내가 몹시
부담스럽거나 언짢은 모양이다. 오늘은 정말이지 나도 사장
의 눈길이 부담스럽다. 몇 번이나 곁눈질을 하던 사장이 한숨
을 내쉬며 내 에이프런 끝을 잡아당긴다.

"미호 씨, 바닥 내려앉겠어. 좀 앉아 봐요."

배를 끌어당기며 나는 멈칫 뒤로 물러선다. 내가 서서 버티
건 앉아서 뭉개건 무슨 상관이란 말인가. 어차피 손님도 없고
각자 알아서 쉬면 되는데. 누군 앉기 싫어 서서 버티나. 남의
속을 모르면 함부로 긁지 말고 가만히 있어주는 게 예의다. 마

음 같아선 나도 편안하게 다리 뻗고 앉아서 쉬고 싶다. 권할 때 모른 척 앉아버릴까, 앉아도 될까, 망설이게 된단 말이다.

사장의 눈을 피해 슬쩍 한번 배를 쓰다듬자 더 열받는다. 헐렁하게 두른 에이프런 위로도 두둑이 만져지는 뱃살의 두께. 내가 서서 버티는 이유는 딱 하나, 겹겹으로 불거지는 이 공포의 뱃살을 어떻게 앉아서 견딘단 말인가.

태연한 척 웃으며 버티고 있자니 재수 없는 인간들만 자꾸 생각난다. 우두커니 서 있네, 어쩌네 지금 저렇게 간섭이 늘어진 사장, 텔레비전 볼 때 멍청하게 앉아 있지 말고 제자리걸음이라도 하라며 소리 지르는 하 여사, 얼마 되지도 않는 용돈을 내밀며 아껴 써라, 그 말밖에 할 줄 모르는 노준태 씨. 그따위들만 줄줄이 입력된 내 머릿속도 한심하기 그지없다. 지겹다. 특별할 것도 뭣도 없는 졸라 따분한 내 인생.

북상 중인 태풍의 영향인지 오전부터 내내 비가 내린다. 그래서인지 손님이 너무 없다. 대학로에 있는 '알리칸토'의 테이블 열 개는 대략 한 시간째 모두 비어 있다. 주방 아줌마는 어느 구석에서 졸고 있는지 보이지 않는다. 길 건너 우리은행, 깜 미용실, 봄 카페 앞에도 행인이 뚝 끊겼다. 방학인데다 비까지 내리니 매상이 평소의 절반도 안 된다며 사장은 시름겨워했다. 허리띠 안으로 단정하게 넣어 입던 셔츠 자락이 후줄근하게 빠져나온 것도 모르고 사장은 하염없이 밖을 내다보고 있다. 지나가는 누구라도 멱살 잡고 끌어들여 빈 테이블에 앉히고 싶은 것일까. 어쩌면 그는 옆집 '분식몰'의 금고 여닫는 소리에 귀 기울이느라 미간을 찡그리고 있는지도 몰랐다.

걸핏하면 사장은 '분식몰'에서 우리 손님까지 몰아간다고 투덜대지만 그건 좀 억지스럽다. 스파게티나 리조토를 먹으러 왔다가 갑자기 떡볶이가 당기는 경우가 영 없지는 않겠지만. 오늘 같은 날은 '분식몰'도 손님이 없기는 마찬가지일 텐데 사장은 공연히 나를 재촉한다. 하다 하다 옆 가게 염탐까지 시킬 건 또 뭐람. 실실 웃고 있으니 자존심도 없는 줄 아는가. 딱 잘라 거절하지 않으면 두고두고 사장의 염탐꾼 노릇을 해야 할지도 모른다.

"사장님이 보고 오시면 되잖아요?"

목을 쭉 빼서 분식몰 출입구를 살피던 사장이 못마땅한 듯나를 쳐다본다. 말투마저 깐깐하게 변한다.

"손님 없을 때 청소라도 제대로 좀 해놔야지, 유리창이고 바닥이고 깨끗한 맛이 없잖아. 그리고 미호 씨, 손님 앞에 음식 내놓을 때 주문한 메뉴, 꼭 한 번 확인하면서 내라고 했는데, 아까처럼 그렇게 뚱하니 밀어놓기만 하면 그 손님, 우리 가게 다시 오고 싶겠어요?"

비가 와서 매상이 떨어져도 내 탓이고, '분식몰'보다 손님이 적은 것도 내 탓이란 말이지. 큰소리로 메뉴 복창하지 않아서 손님 떨어진다니 나중에는 나 때문에 가게 말아먹었다는 소리까지 나오겠군. 어디까지나 내 마음의 소리일 뿐. 창 너머 은행나무만 쳐다본다. 사장은 몇 마디 더 보태다가 입을 다문다. 이쯤 되면 마무리는 내 몫이다. 엎드리자. 기왕에 엎 드릴 거면 아주 납작 엎드려서 뒤탈도 예방하고.

"열심히 할게요, 사장님!"

사장이 얼굴을 붉히며 돌아선다. 내 엎드린 등을 그가 쓱 밟 고 지나가는 느낌. 내가 나를 외면했을 때의 고약한 느낌과도 비슷하다. 작정하고 엎드렸는데도 등뼈 어디쯤이 뻐근하다.

쪼잔하고 치사한 인간. 겪으면 겪을수록 밥맛인 저 인간과 계속 일을 해야 하나 말아야 하나. 마음이 오락가락하니 이상 하게 손이 허전하다. 내 방에 혼자 있을 햄스터 생각이 난다. 내 손가락을 갉작거리며 빤히 쳐다보던 녀석의 까만 눈. 만져 질 듯 생생한 따뜻한 체온. 녀석을 떠올리자 문득 손바닥이 간지럽다. 나는 마치 녀석을 감싸듯이 두 손을 맞잡은 채 시 계를 쳐다본다. 그때 젊은 여자 둘이 우산을 털며 들어선다.

"어서 오세요."

저절로 공손해지는 내 목소리. 두 손을 배 위에 가지런히 얹고 허리 숙이는 짓도 해보니 별것 아니다. 사장이 침 튀기 며 반복하던 손님맞이 에티켓 따윈 까맣게 잊었는데도 이런 멋진 자세가 나오다니. 나도 모르게 몸과 마음이 완벽하게 일 치하는 순간.

*

빗발이 굵어지면서 바람 또한 거세진다. 비에 젖은 은행나무를 바람이 휘감는다. 가게는 또 텅 빈다. 주방 아줌마의 핸드폰이 울린다. 어디? 거기? 언제? 알았어. 그녀의 통화는 간단명료하다. 친구 셋만 모여도 나이트로 직행한다는 그녀. 시시하게 노래방에서 죽치는 짓은 싫다고 한다. 대뜸 하 여사 생각이 난다. 누군 계모임이다, 뭐다 해서 나이트도 가고 노래방도 자주 간다는데 그녀는 도대체 외출이란 걸 모른다. 전화질로 하루를 잡아먹거나 나만 보면 잡아먹겠다고 으르렁대니 그 인생도 참 한심 지경이 따로 없다. 솔직히 주방 아줌마 사생활 따위에 내가 무슨 관심이 있겠는가. 내 관심사는 하 여사, 그녀도 주방 아줌마처럼 제발 좀 밖으로 나돌길 바랄 뿐이다. 죽을 둥 살 둥 일을 하거나 친구들과 어울려 식당 순례를 하거나, 하다못해 나이트를 가건 고스톱을 치건, 제발 좀 집에서 나가주면 좋으련만.

왼쪽 엉덩이가 부르르 떨린다. 친구 신아다. 자기 친구 셋과 '알리칸토'에서 저녁 먹기로 약속했으니 나중에 보자고 한다. 젠장. 내가 언제 우리 가게 매상 올려달라고 부탁이라도 했나. 나랑 무슨 상관이 있다고 여기까지 몰려온다고 난리들인지. 나는 그들과 마주치는 게 싫다. 신아의 날씬한 몸매도 거북스럽고 예쁜 얼굴은 더더욱 부담스럽다. 신아만 보면 부쩍 심해지는 하 여사의 착한 몸매 타령이 생각나서 더더욱.
그뿐만 아니다. 내가 아르바이트 구했다고 했을 때의 하 여사
반응도 못지않다. 그날 하 여사는 대뜸 내 아래위를 훑어보며
말했다.

"누가 널 써주긴 한대? 섬을?"

망할. 저 여자와 나는 틀림없이 전생의 빚 때문에 만난 걸
거야. 보통 부모가 빚쟁이고 자식은 받을 게 많다는데, 저 여
자 설치는 거 보면 아무래도 내가 빚쟁인 게 틀림없어. 나는
혼자서 투덜거리고 혼자서 체념했다. 의기투합해서 하 여사
를 욕할 언니나 오빠, 동생이라도 있다면 얼마나 좋을까만 천
지간에 달랑 나 혼자니 어쩔 도리가 없다.

그 문제도 정말 생각하면 할수록 화딱지가 치민다. 하 여사
는 무슨 배짱으로 나 하나만 낳고 버텼는지 모르겠다.

"아들이든 딸이든 셋은 되어야지."

말이 없는 노준태 씨도 그 문제에서만큼은 의사 표현이 명
확하다. 물론 그의 모친이 하 여사를 상대로 아들 타령을 실
컷 늘어놓은 뒤라 모친 비위 맞추느라 그랬는지 몰라도. 하지
만 나는 그의 말이 진심일 거라 생각한다. 왜 그런 생각을 하
냐면 노준태 씨 태도 때문이다. 셋은커녕 달랑 하나뿐인 딸이
면 얼마나 귀할 것인가. 그러나 귀히 여겨 마땅할 나를 쳐다
보는 그의 눈길은 언제 봐도 썰렁하기 그지없었다. 조용히 먹
고 자고 출근하는 노준태 씨. 나는 그의 규칙적인 일상에 잠

깐씩 끼어들어 꾸벅 인사하는 존재, 그 외엔 아무것도 아닌 것 같았으니까.

어쨌든 노준태 씨 모친 다녀간 날이면 우리 집은 전쟁터가 된다. 나도 어디서 주워들은 말이지만 사십이면 불혹이라던데, 그것처럼 새빨간 거짓말도 없지 싶다. 오십을 바라보는 노준태 씨와 하 여사를 관찰한 끝에 내가 내린 결론은 그렇다. 그들은 아직도 애를 더 낳니 마니 팽팽하게 맞서고 싸움질을 한다. 불혹은 무슨 불혹. 불혹까지는 아니더라도 주제 파악이나 제대로들 하면 누가 뭐랄까. 하긴 노망이 나도 같이 났으니 자기들이야 그렇다 치고 정작 외로운 건 나다. 누군가의 자매나 남매가 될 권리를 마음대로 박탈한 죄, 그렇게 명백한 죄를 저지르고도 뻔뻔스럽기 그지없는 하 여사를 보고 있으면 인과응보란 것이 정말 있기는 있나 싶다.

부처님도 하느님도 하 여사의 죄를 가만 덮어두고 계시니 나라도 떠들 수밖에. 얼마 전에도 나는 신아에게 하 여사에 대한 불평을 늘어놓았다가 외려 서먹한 적이 있었다. 신아는 도무지 이해할 수 없다는 듯 나를 빤히 쳐다보며 물었다.

"넌 어떻게 엄마한테 찍소리 못하고 사냐?"

찍소리 못하는 나보다 더 멍청한 질문을 하는 신아가 우스워 나는 대답을 삼켰다. 사실 할 말도 없다. 신아도 나처럼 외동딸이지만 집안에서의 위치는 서로 많이 달랐으니까. 신아 엄마는 신아 없이는 못 산다며 일찌감치 주변에 선포했다고 한다. 복도 많지, 간섭이면 어떻고 집착이면 어떤가. 나는 한 번도 그런 관심과 대우를 받아본 적이 없어서 신아가 부러웠다. 하긴 신아는 찡그려도 예쁘고 화를 내도 귀엽다. 하 여사의 말마따나 몸매 또한 오죽 착한가. 그럼 내 뚱뚱한 몸은 나쁜 몸맨지 무서운 몸맨지 정확하게 짚어나 주시지, 약만 올리지 말고.

"얘, 기왕 맘먹고 시작한 아르바이트, 너도 신아처럼 착한 몸매 한번 만들어봐. 오죽 좋아? 돈도 벌고 살도 빼고."

걸어 다니는 섬을 누가 써주겠냐 빈정거리는 것도 모자라 조롱에 가까운 희망 고문도 서슴지 않는 하 여사. 일하러 간다는 딸에게 그게 어디 할 말인가. 어디에 내놔도 낯이 서는 미끈한 딸년을 원해. 차라리 그렇게 말하는 게 정직하지, 착한 몸매는 무슨 얼어 죽을.

"미호 씨, 좀 있다가 온다는 친구 말고, 아는 선후배도 많을 거 같은데?"

"없는데요?"

"아니, 있으면 데려오라고, 내가 아주 특별 서비스를 해줄 테니까."

뻔뻔함이 드러나는 사장의 얼굴. 쌩트집에서 갑자기 친절 모드로 바뀐 말투마저 역겹다. 병 주고 약 주면서 어르고 달래는 수법이 하 여사와 어쩌면 저리 똑같을까. 친구니 선후배니 매상 올려줄 사람 파악하려고? 내가 호구인 줄 아나. 친구들 불러 모으고 하 여사를 대동한다고 한들 시급 외에 더 줄 것도 아니면서.

그러잖아도 하 여사, 엊그제부터 별의별 걸 다 묻는다. 가게의 하루 매상은 얼마나 되는지, 가장 인기 있는 메뉴는 뭐고, 피클 맛은 괜찮은가 따위. 도대체 하 여사가 그걸 알아야 할 이유가 없다. 나는 끝까지 입을 다물었다.

"그 아비에 그 새끼 아니랄까 봐, 입은 됐다 뭐에 쓰나, 지겨운 인종들!"

제풀에 나가떨어진 하 여사가 노준태 씨와 나를 싸잡아 욕을 하건 말건 못 들은 척 방으로 들어가 문을 잠가버리면 그만이다. 최선을 다한 방어야말로 최상의 공격일 터. 말이 되는지 모르겠다만, 노준태 씨처럼 패서라도 하 여사를 이길 자신 있다면 모를까, 대체 내가 그녀를 상대로 방어 말고 할 게 또 뭐 있겠는가.

희한하게도 하 여사는 싸우는 걸 두려워하지 않았다. 나는 그녀가 싸움을 즐기는 건 아닐까 싶은 생각도 들었다. 하 여사와 노준태 씨가 싸우는 걸 내 방에서 가만히 듣고 있으면 마치 곁에서 보듯 선명하게 그려진다. 싸울수록 입장이 불리해지는 쪽은 언제나 노준태 씨다. 그리고 그의 참을성에 따라 전투는 속도전 혹은 장기전으로 발전한다. 발단이 무엇이든 하 여사는 결국 자신이 유리한 쪽으로 싸움을 끌고 가는 재주가 탁월했다. 매번 하 여사의 일방통행으로 치러지는 말싸움을 엿듣노라면 하품 날 때가 많다. 차라리 왈가왈부가 낫다. 그건 그래도 떠드는 양이나 속도가 서로 균형이 맞을 때의 얘기니까. 그러니 노준태 씨로선 가슴만 쥐어뜯을 뿐. 에이 씨바, 아가리에 따발총 달았나. 반복해서 들리는 노준태 씨의 말이라곤 그게 전부다. 하 여사의 째질 듯한 목소리가 맞받는다. 너랑 입 섞어 말하기도 싫다 개새끼야! 뚜껑 열린 노준태 씨. 그때부터 주먹질이 시작된다. 커다란 주먹이 퍽퍽 내지르는 소리와, 주먹 같은 건 지나가는 고물 장수도 거들떠보지 않는다는 듯 악착같이 제 주장을 펴는 하 여사의 악다구니가 서로 밀고 당기는 밤.

육탄전이 얼마나 치열했는가는 이튿날 아침에 보면 안다. 검붉은 멍투성이 몸을 흔들며 독기를 뿜는 하 여사. 그런 날은 노준태 씨의 피해도 만만찮다. 팔뚝을 물어뜯길 때도 있고 오래 쓴 도마의 칼자국 같은 상처를 얼굴이며 목에 새기고 나타났으니. 한심했다. 노준태 씨야 그렇다 치고 하 여사 말이다. 저러고도 또 소신이니 나발이니 들고 나와 나만 괴롭히겠지.

"너도 다음에 남자 생기면 씩씩하게 대들어야 한다 응? 죽느냐 사느냐의 문제야 이건."

영양가 없이 부르짖는 자주독립도 모자라 소신껏 맞아 죽으란 말인가 뭔가. 그따위 개뼈다귀 같은 소신도 소신이라면 할 수 없지. 웬만큼 웃기는 소리라야 그러려니 하지, 맞고 사는 게 무슨 자랑이라고. 악착같이 대들어서 골병들도록 두들

겨 맞으란 소신을 강요하다니. 시킨다고 들을까. 말릴 일도
아니고 말리고 싶지도 않은 그녀의 자주독립과 소신에 일방
적으로 당하고 골병드는 동거인이 나란 사실만큼은 분명하
다. 일상적인 폭력에 노출된 집에서 자란 사람은 커서 자신도
모르게 상대방의 폭력을 유도하게 된다던가. 그럼 나는? 물
을 것도 걱정할 것도 없다. 패고 살면 살았지 맞고 살지는 않
을 거니까.

　신아가 오기 전에 테이블과 의자를 한 번 더 깨끗이 닦았
다. 내 가게는 아니지만 신아 일당에게 이런저런 흉잡히는 건
싫다. 흰색 테이블에 떨어뜨린 김치 국물은 행주로 닦아도 얼
룩이 지워지지 않는다. 매직블록을 꺼내 얼룩을 닦고 의자의
손때 묻은 부분도 쓱쓱 문지른다. 신기하게 말끔해진다. 청소
는 힘들고 귀찮다는 생각만 했는데 막상 해보니 꼭 그렇지만
도 않다. 내 손으로 닦아 깨끗해진 테이블과 의자를 쳐다보자
은근히 기분 째진다. 까매진 매직블록을 물로 헹군 뒤 더 닦
을 곳이 있나 없나 두리번거린다. 줄곧 나를 쳐다보고 있었던
듯 사장이 피식 웃으며 거든다.
　"앞으로 잘해보자고 몇 마디 한 걸, 이렇게 부지런을 떨면
내가 좀 민망하잖아."
　"그러게요, 진짜 우리 하 여사가 이걸 봐야 하는데."
　"하 여사가 누구야? 미호 씨 어머니?"

"뭐, 그렇다고 할 수 있죠."

"무슨 대답이 그래?"

"자기가 낳았다고 하긴 하는데, 마주치면 못 잡아먹어 안달이니 믿을 수가 없어서. 피가 틀려 그런가? 아빠랑 나는 A형, 하 여사는 O형이거든요. 언젠가 별것도 아닌 일로 열나게 얻어터진 뒤, 당신 계모지? 유전자 검사 한번 해봅시다, 하고 대들었다가 구두숟가락으로 맞아 죽을 뻔했거든요."

하 여사 흉보느라 깜빡 들떠서 사장과 나란히 유리창을 닦고 있는 것도 잊었다. 사장은 하 여사가 계몬지 아닌지의 여부는 까맣게 잊은 듯, '알리칸토'를 거쳐 간 종업원들의 품평회를 여느라 잔뜩 열을 올린다. 험담 일색인 그의 평가에 따르면 뭐니 뭐니 해도 꼴불견 일순위는 눈치 없고 게으른 주제에 남의 말은 콧등으로도 안 듣는 애들이라고. 그런 애들은 궁둥이를 걷어차서 옆집 '분식몰'로 날려버리고 싶단다. 듣고 보니 떨떠름하다. 기분도 나쁘고 찔리는 데도 있지만 까짓 참으면 그만이다. 굼벵이도 기는 재주가 있고 말똥구리도 구르는 재주가 있다는데 나라고 해서 재주 한 가지쯤 없을까. 어떤 비난을 받더라도 묵묵히 참고 견디는 재주, 그게 나의 미덕이라면 미덕이고 무기라면 무기다. 타고난 재주인지 훈련된 미덕인지 막강한 체력에서 나오는 여윤지 그건 나도 모른다.

참을성이 나이의 많고 적음과 아무 상관없다는 걸 나는 하 여사를 통해 알았다. 그녀는 사십대다. 산전수전 다 겪으면서 저축해둔 참을성의 두께가 천지간을 메운다 해도 놀랄 일이 아닐 터. 그녀가 나 몰래 참을성을 숨겨두고 쓰는 데가 따로 있는지 몰라도 대체 그런 것을 염두에 두고 사는지조차 의심스럽다. 말을 참나, 싸우기를 참나, 미운 자식 열심히 갈구는 걸 참기를 하나. 하긴, 그녀가 참지 않고 외쳐대는 자주독립 덕분에 내 참을성은 더 단련되었다는 건 알겠다.

자주독립의 기준이야말로 사람마다 다 다르다. 내 친구 중에는 남자와 화장발에 목숨 거는 애가 있는데 엠티 가서 우연히 그 애가 화장하는 모습을 보게 되었다. 제대로 화장을 한다는 건 산 넘어 산의 험난한 노정이어서 나는 벌어진 입을 다물 수 없었다. 아이라인을 그리고 뷰러로 속눈썹 컬을 살린 뒤 마스카라를 칠해가며 굳히는 작업. 나는 그 참을성 있는 작업을 지켜보고 나서 메이크업에 대한 내 생각을 바꿨다. 고도의 집중력과 시간을 투자해서 얻어지는 것이 화장발이면 어떻고 멋진 남자면 어떤가. 수다쟁이로만 알았던 그 친구가 은근히 존경스러운 순간이었다.

그 친구만큼의 집중력을 필요로 하는 건 아니지만 나도 내 인생의 자주독립을 위해 안간힘을 다하고는 있다. 겨우 아르바이트하면서 버티는 게 자주독립이냐고 물으면 한 대 갈겨주고 싶다. 나도 한때는 편의점 알바에게도 프로 정신이 필요하다며 짤고 까분 적 있었다. 입으로 하는 자주독립과 몸으로 때워야 하는 자주독립의 차이를 모를 때였다. 그러니까 내 말은, 해보지도 않고 입만 나불거리는 하 여사와 같은 부류의 인간들, 그들만큼은 제발 자주독립에 대해서 입 좀 다물어줬으면 좋겠다는 뜻이다.

생각해보라. 자기 손으로 십 원 한 장 벌어본 적 없는 사람이 입에 달고 사는 소리가 자주독립이라면 그건 말짱 공염불이다. 입으로 읊어대는 자주독립, 자기나 열심히 할 것이지 왜 나까지 볶아치고 메치고 들쑤셔서 피곤하게 만드는지 모르겠다. 이제야 그럭저럭 적응하고 살지만 지난날을 생각하면 정말이지 눈물이 앞을 가린다.

거짓말이 아니고 어릴 때 나는 내 이름이 진짜 자주독립인 줄 알았다. 아, 이름 생각하니 또 열 받는다. 마땅한 증거는 없지만 내 진짜 이름 노미호로 미루어보건대 나는 하 여사의 원치 않은 아이였을 가능성이 크다. 육탄전을 불사하는 하 여사와 노준태 씨의 불협화음도 그렇고, 무엇보다 그녀는 비운의 로미오와 줄리엣을, 환상으로 남은 자신의 러브를 생각하고 또 생각했을 것 같다. 내 출생으로 하 여사의 러브스토리가 끝장날 운명이었다면 노미호는, 그 운명의 장난에 더없이 잘 어울리는 이름이다. 흘러간 사랑 노미호, 그 옛사랑을 부르기 싫어서 하 여사는 오로지 자주독립만 외쳐댔는지도.

어릴 때부터 나는 하 여사의 자주독립에 맞춰 뭐든 혼자서 했다. 열 살이 되기 전부터 나는 목욕도 혼자 하고 머리도 혼자 빗었다. 내 가슴이 언제 봉긋해졌는지, 생리 때면 다리 사이가 짓물러 얼마나 고통스러웠는지 하 여사는 알려고도 하지 않았다. 브래지어며 위생 팬티도 사달라고 말하지 않으면 알아서 챙겨줄 때가 없었다. 나는 필요한 걸 요구할 때 말고는 그녀 곁에 얼씬거리지 않았다.

네가 알아서 해.

매사 무 자르듯 하던 하 여사도 가끔씩 변덕을 부리긴 했다. 내가 몹시 아프거나, 아니면 자신이 아프거나, 부부 싸움을 마빡 터지게 했거나, 술에 취했거나. 그럴 땐 괜히 내 이마를 만지고 궁둥이를 쓰다듬으며 귀찮게 했다. 참 말하기 뭣하지만 그냥 서럽고, 울고 싶고, 그녀 품에 안겨 잠들고 싶은 심정과는 달리 나는 하 여사 손을 내 몸에서 슬그머니 떼어냈다. 내 몸은 이미 낯설어진 그녀의 손길을 거부했다. 다정함과 부드러움과 따스한 기억에서 너무 멀어진 내 몸은 어색하게 굳어질 뿐, 기뻐할 줄 몰랐다. 나는 점점 움츠러들었다. 혼자 있는 것과 외로움의 차이를 구별하지 못한 나는 나 자신이 습기 밴 천장 구석에 피어난 곰팡이 같다는 생각이 들었다. 내 몸 곳곳에 자리 잡은 곰팡이의 흔적. 종아리와 허벅지가 희끗희끗 트는 것을 시작으로 뱃살이 접히고 어깨가 둥글어졌다. 식욕은 시간이 지날수록 더 맹렬해졌다. 간식으로 라면 두 개와 바게트 한 개를 먹고도 돌아앉으면 초콜릿 쿠키와 아이스크림 생각이 간절했다. 냉장고를 통째로 삼켜도 시원찮을 만큼 종일 먹을 것만 생각하는 날도 많았다. 하 여사는 눈을 부라리며 내 밥그릇을 빼앗았고 배고파서 잠들지 못한 나는 벽을 등지고 울었다. 내 몸은 점점 부풀었다. 통통한 단계를 지나, 뚱뚱한 시절을 거쳐, 언제부턴가 나는 하 여사 말대로 걸어 다니는 섬이 되어버렸다.

*

노준태 씨가 현관문을 여는 소리, 하 여사가 문을 닫고 보조 열쇠를 채우는 소리, 그 사이에 완강하게 버티고 있는 침묵. 냉장고 문 여닫는 소리, 슬리퍼 끄는 소리, 낮은 한숨 소리, 하 여사가 방문 닫는 소리. 눈을 뜨자 예민하게 감지되던 소리들이 사라진다. 이불을 덮지 않고 구부려서 잔 탓인지 어깨와 목덜미가 아프다. 온몸이 눅눅한 냉기에 절여진 듯 무겁고 피곤하다. 맑은 공기를 마시면 좀 나을까 싶어 억지로 일어나 창문을 연다. 창문 밑에 꼬불쳐둔 꽁초가 수북하다. 하 여사가 보기 전에 그것부터 처리해야 한다. 나는 꽁초를 우유팩에 담아 바지 주머니에 넣고 밖으로 나간다. 거실은 깨끗하다. 싸운 흔적은 어디에도 없다. 어젯밤에도 그들은 철저하게 육탄전을 고수했다는 증거다. 그들은 전화기를 집어 던진다든지, 화분을 걷어차는 따위의 비겁한 짓은 절대로 하지 않는다. 너무나 태연하게 제자리를 꿰차고 있는 물건들이 얄미웠다. 모조리 걷어차서 부숴버리고 싶은 심술이 내 안에서 무력

무럭 피어난다. 다용도실로 나간다. 쓰레기봉투에 우유팩을 깊숙이 밀어 넣는데 뒤에서 하 여사의 목소리가 날아온다.

"씻어서 거꾸로 세워놓으라고 했잖아!"

왼손으로 옆구리를 받친 하 여사가 엉거주춤 서 있다. 긴 머리카락을 틀어 올려 핀으로 고정시킨 그녀의 얼굴이 희다 못해 창백하다. 연푸른 기운이 감도는 얼굴빛이며 예민하게 쏘아보는 눈빛이 예사롭지 않게 번쩍인다. 뭐라고 대꾸를 했다간 백발백중 폭발로 이어질 상황이다. 젠장맞을. 정말 미치겠다. 이 재수 없는 하루를 또 어떻게 견디나. 은근히 노준태씨가 원망스러웠다. 패려거든 아예 다리를 부러뜨려 방 안에 눕혀놓거나, 입을 완벽하게 뭉개놓을 것이지, 어중간하게 건드려서 왜 나만 골병들게 만드는가 말이다. 저렇게 어중간한 상태, 잔뜩 독이 올라 생생한 얼굴일 때는 어젯밤의 몸싸움이 그리 치명적이지 않았다는 증거다. 밤중에 그들이 육탄전을 벌이는 세세한 이유 따윈 굳이 알고 싶지도 않고, 설령 짐작이 된다고 해도 내가 뭘 어쩔 것인가.

밤새도록 싸우고도 무슨 기운이 남아서 저렇게 생생한지, 단숨에 내 어깨를 타고 앉을 듯한 하 여사의 무게가 느껴진다. 나도 같이 확 돌아버릴까. 까짓 거, 사고치는 인간이 따로 있나, 저지르고 볼 일이지. 마음속으론 별별 생각을 다 하면서도 나는 입을 굳게 다문다. 내 불행은 그녀와 동거를 시작한, 그러니까 내가 그녀 몸속에 둥지를 튼 순간부터 시작되었으니 새삼스러울 것도 없다. 어차피 그녀는 호락호락 물러서지 않을 것이고 그렇다면 내가 취해야 할 태도도 이미 정해졌다. 참는 것. 해서, 지금부터 나는 입이 없다.

"도대체 뭘 하나 제대로 하는 게 없어. 그리고 저 방, 방, 방! 짐승 우리 같은 저놈의 방구석 좀 보라구! 모조리 끌어다가 확 불 싸지르기 전에 당장 치워!"

하 여사, 제풀에 숨이 넘어간다. 우유팩에서 시작해 곧장 내 영역에 대한 간섭으로 직진, 단숨에 히스테리의 꼭짓점으로 치닫는다. 나는 재빨리 방문을 가로막는다. 문을 제대로 닫지 않은 건 내 실수다. 그나마 햄스터를 들키지 않아서 다행이다. 얼른 방문을 닫고 한숨 돌리니 뜬금없이 초등학교 때 생각이 났다. 병아리를 안고 아파트 문 앞에 쪼그려 앉아 졸았던 거며, 내 방에 몰래 숨겨놓은 토끼를 하 여사에게 들켜 손바닥에 불이 났던 일.

그보다 더 어렸을 때였던가. 하 여사를 졸라서 딱 한 번 집에서 병아리를 키운 적이 있었다. 혼자 놀고 혼자 잤던 나는 병아리의 보드랍고 따스한 털과 만져질 듯한 숨결이 너무 좋았다. 내 발소리만 듣고도 삐약삐약 마중을 나오는 나만의 병아리. 그러나 병아리는 얼마 못 살고 죽었다. 내 서랍 속에 병아리를 묻었다. 며칠 지나지 않아 병아리의 주검은 냄새를 풍기기 시작했다. 하 여사는 질겁했고 나는 그런 그녀가 무서워 울었다. 그녀가 으박질렀다. 한 번만 더 병아리든 토끼든 생명 있는 것을 데려오면 나부터 쫓아낼 거라고.

대학생이 되어서도 나는 몰래 햄스터를 샀다. 내 방에서 자고 있는 저 녀석은 세 번째로 들여온 햄스터다. 저 녀석, 처음엔 웅크리고 자더니 언제부턴가 발랑 뒤집고 잔다. 영락없는 사람 행세다. 자고 있는 햄스터를 깨워 손바닥에 올려놓는다. 녀석의 분홍빛 발톱이 내 손등을 긁는다. 문밖에선 하 여사의 빤한 레퍼토리가 계속된다. 재탕, 삼탕, 도대체 몇 탕까지 갈 작정인가. 입에 녹음기를 달지 않고서는 저럴 수 없다. 짐승 우리 좀 치워라, 목욕탕 깨끗이 써라, 다림질한 옷 아무데나 구겨 박지 마라, 속옷과 겉옷 넣는 서랍 구분할 줄도 모르나, 사람 좀 살자, 그놈의 방구석만 생각하면 자다가도 벌떡 일어난다, 누가 볼까 무섭네, 내 체면이 말이 아니다. 그렇겠지. 결론은 늘 하 여사의 구겨진 체면이 문제였다. 특히 노준태 씨 모친, 즉 내 할머니나 삼촌네 식구들이 온다는 전화를 받으면 하 여사의 히스테리는 절정에 달했다. 하긴 할머니도 여간 심술궂지 않았다. 아들만 둘 둔 숙모를 보란 듯이 대동하고, 천방지축 촐싹거리는 사촌들을 오냐오냐 감싸고도니 하 여사, 그 성질에 눈앞이 어지러울 건 안 봐도 비디오다.

지겹다. 방학이 빨리 끝났으면 좋겠다. 개학하면 아르바이트 시간을 줄여야겠지만 그만둘 생각은 없다. '알리칸토' 사장은 어제저녁의 그 일 때문에 몹시 화가 났을 것이다. 신아 친구라는 년, 세상에 무슨 그런 년이 다 있나. 북어같이 비쩍 마른 데다 개구리처럼 툭 튀어나온 눈을 휘둥그렇게 뜨고 앉은 꼴이 공연히 밉살맞던 터였다. 미운 인간이 예쁜 짓 하는 꼴 봤나. 아니나 다를까, 그 밉상 때문에 내 참을성은 바닥이 드러났다. 주문한 메뉴가 어떠니 저떠니 트집을 잡던 그년의 표정이며 말까지 생생하게 다 기억할 수 있다.

저기요, 새우크림스파게티에 새우 들어가는 거 맞죠? 네. 어머, 그거 까서 넣는 거예요, 그냥 넣는 거예요? 우리 가게에선 깐 새우 안 씁니다. 중하 세 마리 들어가죠. 어떡해, 난 새우 못 까는데, 껍질 좀 까서 주면 안 될까요? 새우는 익어야 껍질이 벗겨지는데요. 어머 어떡해, 나 저 메뉴 취소할까 봐. 조리하는 중이니 그냥 드시죠. 어머 왜 이래, 새우 까다가 손가락이라도 찔리면 댁이 책임질 것도 아니면서, 정말 왜 이렇게 딱딱하고 불친절하죠, 손님한테? 그런 손님 필요 없으니 조용히 나가, 육갑 떨지 말고. 어머머머, 이 돼지 같은 년이 어따 대고 욕이야?

그년의 목이라도 비틀어버릴 걸. 후회해봐야 소용없다. 어제는 정말 그럴 여유가 없었다. 사장이 달려와서 다짜고짜 그년한테 싹싹 빌었다. 나는 신아에게 이끌려 은행나무 밑으로 갔다. 신아의 말이 귀에 들어오지 않았다. 땀에 젖어 축축한 내 몸이 터질 듯 부풀어 올랐다. 착한 몸매 앞이라서 더 그랬다. 숨을 가다듬으며 힘껏 배를 끌어당겼다. 젖은 나무껍질을 문지르는 신아의 가느다란 손가락에서 눈을 떼지 않으며.

신아 일행이 저녁을 먹고 갔는지 그냥 갔는지 나는 모른다. 사장은 물론 신아의 전화도 받지 않았으니 그 뒷일이야 모르고 알고 싶지도 않다. 까짓, 그만두면 되지, 거기 아니면 일자리 없을까 봐. 이 정도 체력이면 못해낼 일이 뭐 있겠나. 그건 그렇고 신아 친구 년, 그년도 정말 골 때린다. 자기가 무슨 공주라고, 공주병 말기를 넘어 사망 직전이다. 그 어리벙벙하게 생긴 신아 남친도 그렇지, 내 얼굴과 배를 번갈아 쳐다보며 키득거릴 때 한 방 날려줄 걸 그랬다. 아무튼 두고들 보라지. 자주독립, 소신으로 뭉친 노미호, 한다면 한다.

무거운 다리를 억지로 들어 올려 하늘자전거를 탄다. 침대가 기침하듯 쿨럭거린다. 간단한 스트레칭은 그나마 좀 수월한데 하늘자전거는 오십 개만 해도 다리가 녹아내릴 것만 같다. 땀을 흘리며 사지를 뻗고 누웠으니 아이스크림이랑 카페라테 생각이 간절하다. 홈쇼핑 채널에서 꽃게장 광고를 하는지 싱싱하고 달콤한 꽃게살이 어쩌구저쩌구 하는 소리가 들린다. 하 여사가 아직도 거실에 있다는 증거다.

밖에서 하 여사가 눈을 뒤집고 넘어가건 말건 나는 모르겠다. 나도 당장 넘어가게 생겼다. 갇혀 있자니 진짜 답답하고 짜증난다. 그녀가 지칠 때까지 입 다물고, 귀 닫아야 하는 내 신세의 처량함이란. 문제는 바짝 독이 오른 저 상태론 종일 떠들어도 지치지 않을 것임을 나는 잘 알고 있다. 그렇다고 해서 지금의 내 불행을 과장하고 싶지는 않다. 비탄에 빠져 뭉갤 시간이 있으면 이 재수 없는 하루를 어떻게 견딜까 궁리하는 편이 훨씬 낫다.

갈증을 참고 일어나 컴퓨터를 켠다. 책과 옷과 방석이 뒤엉켜 책상 밑을 점령하고 있다. 대충 걷어내고 나니 발치에서 또 뭔가 거치적거린다. 핸드폰 충전기, 드라이어의 줄이 마구 꼬여 침대 밑으로 기어들기 직전이다. 발 디딜 틈도 없어 일일이 피해 다니자니 귀찮기 짝이 없다. 대충 발로 밀어서 공간을 확보한 뒤 의자를 당긴다.

다이어트 카페에 올라온 글을 읽었다. 폭식을 한 뒤 살찔 것이 두려워 게워내기를 반복했는데 어느 날 보니 얼큰이가 되어 있더라, 습관성 구토의 후유증에 관한 얘기다. 목에서 피가 나고 머리도 아프며 시력까지 나빠져 다이어트는 고사하고 건강하기라도 했으면 좋겠다는 하소연. 효과적인 다이어트 방법, 요요 방지법, 그런 경험담의 조회수는 거의 폭발적이다.

다이어트 경험자들의 기록을 보면 대부분 나보다 체중이 가볍다. 그럼에도 다이어트에 대한 그들의 집념은 지독하다. 그들에 비하면 나는 감량 의지마저 의심스러웠다. 어쩌면 내겐 살을 빼야 할 구체적인 이유가 없었는지도 모른다. 착한 몸매 타령을 하는 하 여사의 눈길이 못마땅해서? 그따위 이유는 너무 막연하고 너절하다. 하다못해 예쁜 탱크톱과 수영복을 꼭 입겠다거나, 뚱뚱해서 싫다며 떠난 남자 친구에게 멋지게 복수하리라는, 뭐, 그런 강렬한 동기가 얼마간 작용해야 될 것 아닌가. 그러나 나는 아무것도 간절하지 않다. 결심 확고한 그들과 내가 다른 점은 체중의 문제가 아니라 간절함의 문제다.

"이 망할 년, 문 열어, 안 열어?"

하 여사의 욕설과 발길질이 내 방문을 사정없이 두드린다. 그녀가 주로 구사하는 기본 메뉴인 망할 년을 비롯해 미친 년, 돌대가리도 가끔 출몰한다. 하 여사, 그렇게 나를 들들 볶지 말고 차라리 꼴깍 잡아 잡숫지. 다음 생엔 발랑 뒤집고 누운 저 햄스터 뱃속으로 기어들면 들었지 당신과는 인연 없이 살고 싶어. 나는 햄스터를 쳐다보며 담배를 피우고 또 피운다. 그래도 누가, 저 방문 앞의 하 여사를 아무도 모르게 거두어서 강물에 빠뜨려버렸으면 좋겠다. 팔다리에 무거운 돌덩이를 매달고 푸르죽죽한 입에 재갈도 물려야 할 것이다. 입만 살아서 강물 위를 동동 떠다니며 나를 향해 저주를 퍼붓거나 잔소리를 해댄다면 그 괴로움을 어찌 견디겠는가. 내 아무리 억세게 좋은 운명을 타고났다고 해도, 참고 또 참아서 머잖아 눈앞이 환히 열리는 날이 올 것이라 해도, 지금 당장은 아프고 괴롭다. 내가 하 여사에게 바라는 게 있다면 내 인내심의 한계를 시험하지 말라는 거다. 그녀가 나를 물어뜯을 때,

피할 수 있음에도 가만히 물어뜯기고 있는 이유. 설마하니 그 이유를 내 방식대로 설명해야 하는 불상사가 없기를. 그러나 그녀는 요즘 들어 너무 자주 내 인내심의 한계를 시험한다.

베란다 쪽 창문 밖에 하 여사의 얼굴이 둥실 떠오른다. 데리고 놀던 햄스터를 떨어뜨릴 만큼 놀란 나는 그녀를 멀거니 쳐다본다. 당장 문 열지 않으면 죽인다고 설치는 그녀. 햄스터와 나는 졸지에 맞아 죽게 생겼다. 머피의 법칙에 걸려들었나. 진짜 왜 이렇게 꼬이는지 모르겠다. 나는 창문을 잠그고 롤스크린을 끝까지 내려버린다. 버티고 참는 것의 이력으로 치자면 하 여사보다 내가 훨씬 윗길이다. 그것도 다 내공을 쌓아야 가능한 일이고 지독한 훈련을 거친 뒤에야 얻어지는 것이니 세상에 공짜는 없는 법.

"네년 하는 짓거리가 사람 열둘은 잡겠다. 오냐, 네가 죽든지 내가 죽든지 오늘 아주 끝장을 보고 말자."

맙소사. 말이 끝나기가 무섭게 방문이 벌컥 열린다. 예비 열쇠 꾸러미를 쩔렁거리며 하 여사가 문 앞에 버티고 선다. 열린 방문으로 꾸물꾸물 담배 연기가 기어나간다. 내장이 터진 생선처럼 문지방에 걸터앉은 내 옷가지들. 담뱃불이 손바닥 안에서 타들어간다. 따갑고 쓰라리다. 참을성이고 뭐고 거덜 났다. 이제야말로 하 여사가 그토록 강조한, 진정한 자주 독립의 진수를 보여줘야 할 때다. 위기를 기회로 바꿀 수 있는 자만이 마지막 승자가 된다고 하지 않던가.

"내 방에 들어오지 마! 나가, 나가!"

나는 쥐고 있던 꽁초를 힘껏 날린다. 꽁초는 정확하게 그녀의 가슴에 명중한다. 몇 줌 되지도 않을 것 같은 하 여사의 몸피가 어찌나 대수롭잖게 보이는지 지금까지 내가 왜 그렇게 참고 살았나 가소로울 지경이다. 푸르죽죽한 하 여사 얼굴이 시커멓게 굳어진다. 벌어진 입은 곧 허물어질 동굴처럼 서서히 요동치며 씰룩거린다. 동굴 깊숙한 곳에서 신음이 터져 나온다.

"이게, 이게 진짜!"

주먹을 앞세운 채 하 여사를 노려본다. 밖으로 풀려나가지 못한 힘들이 내 주먹을 흔들며 아우성친다. 주춤거리던 하 여사가 주저앉는다. 나는 간신히 몸을 움직여 방문을 닫는다. 게임 오버인가, 이제 시작인가. 간절한 건 담배뿐이다. 떨리는 손으로 라이터의 점화 버튼을 눌렀지만 자꾸 미끈거린다. 버튼을 누르는 엄지손가락 끝마디는 물기 머금은 스펀지처럼 축축하게 구겨진다. 붙박이장 거울에 비친 내 얼굴은 붉었고 물컹한 두부 같은 뱃살이 숨 가쁘게 오르내린다.

그냥 걷는다. 마땅히 갈 데도 없다. 혹시 몰라서 '알리칸토' 사장에게 전화를 했으나 내 예상대로였다. 그만두란다. 비는 여전히 추적추적. 걸치고 나온 고동색 카디건에서 희미하게 햄스터 냄새가 난다. 어깨를 추어올려 팔뚝 깊숙이 코를 묻는다. 비에 젖은 머리 냄새와 비릿한 지린내가 섞인 것 같은, 같이 있을 땐 몰랐던 햄스터의 냄새를 들이마시자 눈물이 솟구칠 것만 같다. 그래도 내가 누군가. 자주독립과 소신의 노미호가 지금 보도블록을 내려다보며 울고 다니게 생겼나. 나는 우산을 빳빳이 치켜들고 성큼성큼 걸음을 뗀다.

걷다가 처음 눈에 띄는 편의점에 들어가서 삼각김밥을 먹어야지. 그리고 또 걷다가 처음 눈에 띄는 영화관으로 들어가야지. 로맨스든 코미디든 호러든 상관하지 않을 거야. 가능하다면 나 혼자서 보는 게 좋고, 한 커플 정도는 뒷줄에서 끌어안고 있어도 괜찮아. 그렇더라도 기다리는 게 낫겠지. 상영시간이 임박하도록 관객이 없는 영화를 골라야 하니까. 앞의 좌석 등받이엔 내 카디건을 앉히고 노란 우산에겐 옆 좌석을 줘야지. 내 카디건과 우산과 함께 보는 영화, 외롭지 않을 거야.

사람들은 어떨 때 예감을 믿나. 이상하게도 나는 지금 예감이 안 좋다. 하 여사가 독을 품고 있는 집으로는 죽어도 가기 싫다. 하 여사의 문자메시지가 계속 뜬다. 무슨 꿍꿍이로 빨리 들어오라고 재촉하는지. 노준태 씨는 내가 정식으로 가출 선언을 해도 묵묵히 출근하고 퇴근할 수 있을까. 월급 받아서 먹고사는 일이 이번 생에 태어난 유일한 목적 같은 사람. 밉지도 좋지도 않은 노준태 씨. 내가 지금 집에 가야 할 이유가 있다면 햄스터뿐이다. 따뜻한 햄스터의 체온이 그립다. 그리운 쪽으로 이끌리는 걸음. 아파트 엘리베이터의 문이 닫히자 뭔가 돌이킬 수 없는, 막연한 예감이 자꾸만 뒤통수를 잡아당긴다.

하 여사는 언제 그런 일이 있었냐는 듯 말끔한 얼굴이다. 노준태 씨는 퇴근 전이다. 내 방은 내가 나갈 때 그대로인 것 같다. 햄스터부터 찾는다. 없다. 플라스틱 집에도, 놀이터 삼아 놀던 티슈 뭉치 속에도, 침대 밑으로 책상 밑으로 다 휘젓고 찾았지만 햄스터는 자취도 없다. 섬뜩한 예감이 등줄기를 훑는다. 거실로 뛰어나가 소리 지른다.

"내 햄스터 어디 둔 거야!"

나를 쏘아보는 하 여사의 얼음 같은 표정. 무서웠다. 그래도 내가 누군가. 울지 않기 위해 눈을 부릅뜨고 입술을 깨문다. 잘못했다고 빌면 햄스터를 돌려줄지도 모르지만 나는 잘못한 게 없다. 서로 노려보며 얼마나 그렇게 서 있었을까. 차갑던 하 여사의 표정이 캄캄하게 일그러진다. 그녀가 별안간 몸을 돌려 냉장고 문을 연다. 냉동실에서 꺼낸 비닐봉지 하나. 내 발치에 돌멩이처럼 뚝 떨어지는 햄스터.

"미쳤어, 이 시발년이!"

꽁꽁 언 햄스터를 감싼 채 터져 나오는 욕설과 구역질. 돌진하는 나에게 달려들어 뺨을 후려치는 하 여사. 나도 단숨에 덤벼들어 그녀의 긴 머리카락을 휘어잡고 흔든다. 방어든 공격이든 상관없다. 불쌍한 햄스터의 영혼이 내 어깨를 타고 앉아 조종하는 대로 움직일 뿐. 정신을 차리고 보니 내 앞의 하

여사는 너덜너덜한 걸레 같다. 걸레 뭉치에서 푸념이 흘러나
온다.

"독한 년. 내가 낳아도 더럽게 낳았지. 실컷 키워놨더니 꼴
에, 어디 부를 데 없어서 에미 앞에서 자주독립 만세를 불러,
이 돌대가리 망할 년아……"

햄스터를 손수건에 싸서 작은 상자에 넣고 책상에 올려둔
다. 비가 그치길 기다린다. 북상 중이라던 태풍은 어디쯤 오고
있는지 지나갔는지. 베란다 난간을 토닥토닥 두드리는 빗소리
가 여전하다. 하 여사는 아직도 거실에 있다. 불도 켜지 않은
컴컴한 거실 구석에 쭈그리고 앉아 나한테 복수할 기회를 엿
보는 건지도. 한심하다. 기세등등, 위풍당당, 천하의 하 여사
꼴이 저게 뭐람. 나는 속으로 한껏 비웃으며 거실 등을 켠다.
화들짝 놀란 하 여사가 손으로 얼굴을 가리며 안방으로 들어
간다. 나를 비껴가는 좁다란 어깨. 헝클어진 머리카락을 길게
늘어뜨린 그녀의 뒷모습이 낯설다. 낯설고 처량한 그녀가 어
색해서 나는 주방과 베란다를 돌며 차례차례 불을 켠다. 그럼
에도 캄캄하게 깊어지는 정적. 주변의 공기마저 점점 희박해
진다. 숨이 막힌다. 내 방으로도 가지 못하고 안방을 들여다보
지도 못한 채, 아무 데로도 갈 수 없는 저녁이 깊어진다.

알로마더

내 엄마는 열 살이었다.

엄마는 이제 서른여덟 살이 되었고 나도 이제 서른네 살이
되었다.

*

지하철 하단역은 약속 장소와 가까웠다. 나는 하단역 1번
출구에서 서연을 기다렸다. 에스컬레이터에 실려 오르내리는
사람들을 무심히 쳐다보고 있는데 계단 끝에서 누가 자꾸 손
짓을 했다. 살구를 파는 노인이었다. 노인은 잘 늙은 살구나
무처럼 우람하면서도 오만한 모습으로 연주황색 살구와 행인

을 번갈아 쳐다보고 있었다. 소쿠리마다 가득 담아서 파는 게 살구라기보다 노인의 자부심인 것처럼 느껴졌다. 내가 다가가자 그는 거뭇거뭇 주근깨가 박힌 살구 한 알을 내밀었다.

첫물 따온 거라 꿀이요 꿀.

올해 처음 보는 살구였다. 반으로 쪼개니 씨가 깔끔하게 떨어져 나왔다. 노르스름한 과육에서 달콤한 향기가 피어올랐다. 내가 자주 바르는 틴트의 향처럼 익숙한 단내였다. 입술을 맞물었다. 틴트 향이 코끝으로 스며들었다. 맞문 입술을 부비고 핥으며 나는 쪼갠 살구를 소쿠리 위에 내려놓았다.

두 소쿠리 주세요.

먹어봐야 맛을 알지, 다 익은 거 따서 금방 물러지니 쌔빠지게 먹어야 할 거요.

노인은 두 개의 봉지에 덤까지 골고루 넣어 내밀면서도 거절당한 사람처럼 화가 난 표정이었다. 거칠거칠한 눈빛에서 느껴지는 성깔을 못 본 체하며 일어섰다. 아니나 다를까 노인의 참견이 뒤따랐다. 먹다 남거든 버리지 말고 잼이라도 만들라고. 지나친 염려였다. 서연은 살구를 좋아했다. 서연이 아버지도 그랬다. 땅에 떨어진 풋살구 하나도 허투루 버리지 않았다. 술을 담그거나 장아찌를 만들어 먹었다. 살구뿐만 아니었다. 그는 감자 한 알, 완두 한 꼬투리도 귀하게 여기는 사람이었다.

살구를 백팩에 넣고 들어보니 묵직했다. 너무 많이 샀다고 서연이 잔소리를 할 것 같았다. 빨리 잔소리를 듣고 싶어서 마음이 사뭇 들떴다. 어디쯤 온 거냐고 메시지를 보냈다. 답이 없었다. 밤새 그녀에게 또 무슨 일이 있었던 걸까. 어젯밤의 통화가 생각나서 찜찜한 기분이 들었다. 자정이 가까운 시간이었고 그런 시간에 서연이 먼저 전화를 하는 경우는 좀처럼 없었다. 조급한 마음에 나는 전화를 받자마자 서연이 어머니의 안부부터 물었다.

아주머니 많이 안 좋으셔?

안 좋아. 자고 나면 여긴 어디? 나는 누구? 그러시는 건 똑같은데 이젠 화장실도 혼자 못 가시네.

연세도 많지 않은데 왜 그렇게 갑자기 기력이 떨어지신 걸까. 그 정도면 누나 혼자서 감당하기도 힘들고, 시설에 모시는 것도 한번 생각해봐.

진심이었다. 내 위로에도 아무렇지 않은 척 통화를 이어가던 서연이 주저앉듯 한숨을 쉬었다.

사실은 장기요양보험 신청하긴 했는데…… 그런다고 이 지겨운 상황이 끝날 것 같지도 않아. 매일 다른 지옥 버전에서 허우적거리는 것 같고. 그런데 오늘은 문득 이 모든 상황이 참 익숙하다 싶지 뭐야. 왜 그럴까 생각해보니, 내가 이미 오래전에 살아봤던, 내가 만든 지옥을 다시 살고 있구나 싶더라고.

그건 아니지. 누나 잘못 없어. 상황이 그럴 뿐인데 뭐. 나도 겪어봤잖아. 아버지랑 며칠 같이 있었는데도 난 도저히 못 살 겠더라. 못 견디겠더라고 진짜. 그래도 언젠가는 끝이 날 거 니까 누나도 잘 버텨.

한동안 말없이 부스럭거리는 소리만 들렸다. 어머니랑 같 이 밥 먹기 싫어서 밤마다 배달 음식을 시킨다더니 뭘 먹고 있는 중인지도 몰랐다. 얼마 뒤에 서연이 다시 말을 이었다.

있잖아 수로야? 나는 버티라는 말이 제일 듣기 싫어. 다 죽 어가는 사람한테도 힘내세요, 버티세요, 말하고 다 죽어가는 사람한테 시달려서 먼저 죽게 된 사람한테도 버티라고만 하 는 거.

아니, 난……

알아. 나라도 너처럼 말할 수밖에 없겠지. 그런데, 나 요즘 들어 진짜 궁금한 게 있어 수로야. 만약 지금 내 곁에 있는 사 람이 엄마가 아니고 아빠였다면, 아빠가 살아서 엄마처럼 저 렇게 망가지는 과정을 보여준다면, 그래도 지금처럼 이렇게 진저리치며 싫기만 했을까?

서연의 목소리가 잦아들었다. 대답을 바라는 질문이 아니 었다. 처음 꺼내는 아저씨 얘기가 먹먹했다. 서연의 아버지, 내 아저씨. 잊고 살면서도 잊어본 적 없는, 어느 한 시절 나를 먹이고 재우고 업어준 그에 대해서 나는 아무 말도 할 수 없 었다. 그리움의 심지가 닳고 해져 흔적만 남을 만큼의 시간이 흐르는 동안 나도 서연도 그에 대한 마음을 서로 내보인 적이

한 번도 없었다는 게 새삼스러웠다.

아빠 돌아가셨을 때, 왜 엄마가 아니고 아빠냐고, 엄마가 먼저 죽지 않아서 아빠가 죽어버린 거라고, 나는 진심으로 그렇게 믿었거든. 다시 그때로 돌아가면……

듣고 있자니 아련하면서도 서먹했다. 오래 참은 사연이라 한없이 늘어지고 진득거려서 더욱 그랬다. 습기 가득한 서연의 목소리가 이어지자 슬그머니 하품이 나왔다. 없는 습기를 쥐어짜서라도 그녀에게 공명하고 싶은 마음까진 생기지 않았다. 서연은 점점 먼 과거로 거슬러 올랐다. 나로선 가늠조차 어려운 농도의 그리움과 울음을 거느린 어리광이었다. 아저씨는 더 이상 생각나지 않았다. 그저 지루했다. 몰래 하품을 하면서도 서연의 젖은 목소리와 숨소리는 달콤했다. 살구나무 아래에 누워 의사 놀이를 하던 어린 서연이만 자꾸 떠올랐다. 내가 재촉했다.

그러지 말고 누나, 우리 내일 만나서 얘기할까? 내일 나와, 누나 좋아하는 생선회 사줄게.


코앞에 다가온 서연을 나는 얼른 알아보지 못했다. 내 앞에 선 그녀는 몇 달 사이에 많이 변해버렸다. 갸름하던 이목구비가 두툼해졌고 색조 화장까지 너무 진해서였다. 당황한 내가 한 걸음 물러났다가 손을 내밀었다.

뭐야? 딴사람인 줄 알았잖아.

서연이 내 손을 눈으로 밀어내며 대답했다.

왠지 나오기 싫더라니. 그런 말 듣고도 오냐오냐 할 기분 아니니 말조심 좀 해줘.

만나자마자 타박이었다. 멀뚱하게 내뻗은 손을 거둬들이며 나는 어설프게 웃기만 했다. 어젯밤 통화를 끝낼 때의 달콤한 분위기와는 너무 달라서 말을 붙이기가 힘들었다. 우리는 말 없이 약속 장소를 향해 걸었다. 나란히 걷던 서연이 조금씩 뒤처졌다. 나도 살구가 든 백팩이 점점 무겁게 느껴졌다. 우리는 서로 뒤돌아설 기회를 엿보는 사람처럼 슬금슬금 앞으로 나아갔다.


우린 이제 끝이야.

포구의 끝자락에 붙은 횟집에 앉자마자 서연은 그 말만 하고 입을 다물었다. 선언이고 시위였다. 내가 자신을 단박 알아보지 못해서 화가 난 게 분명했다. 그렇긴 하나 밑반찬이 다 세팅되기도 전에 닦달을 시작하다니. 피곤했다. 당장이라도 일어서고 싶은 마음을 추스르며 나는 사방을 둘러보았다.

통유리창 너머, 나지막한 담을 얼싸안듯 무화과나무 한 쌍이 시원하게 잎을 펼치고 있었다. 널따란 잎사귀 사이로 봉긋한 열매들이 갸웃갸웃 고개를 내미는 중이었다.

서연의 옛집에는 웬만한 과실수가 다 있었다. 너른 대지에 기와를 얹은 위채와 사랑채가 기역 자로 자리 잡은 안마당에는 감나무와 배나무가 있었고 텃밭으로 이어지는 뒷마당 구석구석에 살구나무와 무화과나무, 대추나무와 포도나무가 있었다. 우리 집은 서연의 집에 딸린 별채로 보일 만큼 작았다. 마당이랄 것도 없었다. 서연의 집 뒤란에 빌붙어 텃밭으로 이어지는 좁다란 길이 마당이고 대문이었다. 두 집을 구분하는 건 키 작은 탱자나무 울타리였다. 군데군데 훤하게 뚫린 탱자나무 아랫도리는 아이들만 허용했다. 애어른 가려가며 울타리 구실을 하던 탱자나무도 제 맘대로 경계를 넘나드는 무화과나무는 어쩌지 못했다. 우람한 가지를 펼쳐 우리 집으로 넘어온 무화과는 주인이 따로 없었다. 그건 다 내 것이었다.

완전히 익어서 저절로 벌어진 무화과의 단맛은 묘한 중독성이 있었다. 덜 익은 건 싱겁고 떫었다. 그래도 따먹었다. 연분홍으로 물든 속살만 조금 파먹고 버렸다. 서연은 진액이 묻어 끈적거리는 내 손가락만 봐도 내가 한 짓을 알았다. 먹지도 않을 걸 따서 버린다고 내 손등을 때렸다. 혼나는 게 일상이던 시절이었다. 그 무렵의 나는 하루에도 몇 번씩 서연에게 혼이 났다. 숟가락을 똑바로 잡지 않는다고 혼이 나고 흘러내리는 콧물을 닦지 않는다고 혼이 나고 개를 발로 찼다고 혼이 나고 말을 해야 할 때 울기부터 한다고 혼이 나고……

그럼에도 우리는 눈만 뜨면 붙어 다녔다. 내가 따라다녔다. 악착같이 매달려 따라다녔다. 서연의 가느다란 팔뚝에 멍이 생기고 손톱자국이 생겨도 나는 절대로 그 팔을 놓지 않았

다. 누가 우리를 떼어놓기라도 하면 기절할 듯 울었다. 네 살
짜리 내겐 우는 것만이 힘이었다. 서연이 학교에 갈 때도 따
라갔다. 서연은 나를 교실 복도에 가만히 앉아 있으라고 했
다. 나는 두 다리를 뻗고 앉아 무릎에 책을 놓고 구경했다. 글
씨는 모르니 그림만 봤다. 전교생이 백 명도 안 되는 학교에
서 나는 곧 유명해졌다. 내 별명은 서연이 새끼였다. 쉬는 시
간이 되면 전교생이 몰려나와 서연이 새끼 한번 업어보자며
난리를 쳤다. 서로 업겠다고 들이대는 등에 얹혀서도 내 눈길
은 서연을 따라다녔다. 서연이 역시 마찬가지였다. 고학년 아
이들이 나를 함부로 만지고 뽀뽀를 할까 봐 감시했다. 하지만
어린 감시자의 눈치를 보는 아이들은 없었다. 쉬는 시간마다
내 뺨은 침과 먼지로 얼룩덜룩해졌다. 그때마다 서연은 물에
적신 손수건으로 내 얼굴을 뽀독뽀독 닦아냈다. 뾰로통하게
삐친 제 얼굴과 손등에 얼마만큼 많은 얼룩이 묻어 있는지는
전혀 알지 못한 채로.

　앨범 갈피에서 바래가는 오래된 사진처럼 들춰보지 않으면
존재하지 않는 묵은 기억의 덩어리를 굴리며 나는 말없이 서
연을 살폈다. 그녀는 간간이 눈을 치뜨며 무화과나무를 응시
했다. 길고 무거워 보이는 인조 속눈썹이 그녀의 눈동자를 커
튼처럼 가리고 있었다. 쌍꺼풀 없는 얇은 눈두덩이 감당하기
엔 버거워 보이는 속눈썹이었다.

　서연은 눈의 크기에 비해 눈동자가 유난히 크고 검었다. 어

릴 땐 그게 이상해서 물어본 적도 있었다. 누난 왜 흰자위가 없어? 있다니까, 볼래? 서연은 새까만 눈동자를 깜빡이며 내 앞에 얼굴을 들이밀었다. 그러곤 엄지와 검지로 제 눈꺼풀을 벌려 흰자위를 드러냈다. 푸르스름한 흰자위에 동그랗게 박힌 검은 눈동자는 외눈박이 괴물 같았다. 무서웠다. 내가 무서워하면 서연은 더욱 눈을 까뒤집었다. 잡아먹자 어흥! 하면서 도망가는 나를 따라다녔다. 그렇게 쫓고 쫓기다가 뒤란의 살구나무 밑에서 나는 그만 잡아먹혔다. 살구보다 작은 서연의 입이 한없이 커지는 순간이었다.

그때를 생각하는 것만으로도 나는 간지러웠다. 마주 앉은 서연을 쳐다볼 수가 없었다. 공연히 창밖만 쳐다봤다. 초록의 무화과 열매들은 크기도 다 달랐다. 이제 막 맺힌 열매나 몸만 어른이 된 열매나 하나같이 초록으로 반짝였다. 도도록한 젖가슴을 내민 채 어리광 피우는 아이 같은 저 초록의 열매도 언젠가는 익어서 벌어지고 말 터였다. 아무리 앙다물어도 저절로 벌어져 속살을 드러내고야 마는 연보라색 과육을 떠올리며 나는 어릴 때처럼 또 서연에게 잡아먹히고 싶었다. 그녀의 뽀얗고 말랑한 겨드랑이를 파먹고 싶다며 몸이 먼저 들썩거렸다. 성급해지는 몸을 의식하며 나는 애써 딴청을 피웠다.

저 무화과나무 보니까, 누나 집에 있던 나무들이 다 생각나네. 살구나무, 배나무, 감나무, 탱자나무 울타리…… 그 많은 나무들 아직도 그대로 있을까?

있겠지, 소문이 베어내지 않았다면.

왠지 순순했다. 방금 전의 서연과는 또 다른 모습이었다. 그녀가 나를 거부하지 않는다는 생각이 들자마자 나도 금세 기분이 풀렸다. 거부하지 않는 게 허락이 아니라는 걸 몇 번이나 경험하고도 나는 그 차이를 구분하지 못했다. 조마조마했다. 그녀가 내 책상에 놓인 한 권의 책처럼 느껴지는 순간이기도 했다. 읽다가 군데군데 모서리를 접어둔, 다 읽지 못했으나 다 읽은 것 같은 책. 접어둔 페이지만으로도 충분히 안다고 생각했는데 읽지 못한 다른 페이지에서 끊임없이 소환되는 서연은 낯설었다. 짙은 화장도 그렇고 나를 오냐오냐 받아주지 않는 것도 그랬다. 나는 옆에 놓인 백팩만 자꾸 어루만졌다. 빨리 서연이 웃는 걸 보고 싶었다. 어느 타이밍에 살구를 꺼내야 달콤한 잔소리를 들을 수 있을까 재고 있자니 목덜미가 살살 가려웠다. 간지러움은 오래전에 그녀가 내게 새겨놓은 감각의 지문이었다. 지문마다 돋아난 낱낱의 심지들이 발화를 요구하자 온몸이 시끄러웠다. 달래듯 목덜미를 쓸고 귀를 만지면서 나는 과거로 회귀했다. 그랬다. 내 유년의 몇몇 기억들은 커튼콜을 기다리는 배우들처럼 늘 현재진행형으로 대기 중이었다. 입술을 맞물었다. 건조했다. 틴트는 향도 촉감도 희미했다. 간지러움의 파동에 실려 떠다니면서도 틴트를 덧바르고 싶은 마음이 간절했다. 안절부절못하는 나를 제어하듯 서연이 단호하게 말했다.

그 나무들, 다 베어버리고 없으면 좋겠어. 소문의 뿌리까지 싹 뽑아서 말려버리게. 엄마는 정신이 오락가락하는 중에도 그 소문은 잊어먹지도 않아. 수로야, 너도 알고 있지? 넌 그 소문이 사실일 거라고 생각해?

발효 중인 밀가루 반죽처럼 말랑하게 부풀던 내 몸은 대번에 굳어버렸다. 나는 고개를 저었다. 점점 더 세게 저었다. 아니라고 하기 위해서가 아니라 그렇다고 말하지 않기 위해서였다. 그런 나를 빤히 쳐다보던 서연이 무화과나무로 눈길을 돌렸다. 그러곤 연신 손부채질을 했다. 턱밑까지 알뜰하게 단추를 채워서 입은 검정색 리넨 셔츠가 답답해 보였다. 그녀는 보이지 않는 뭔가에 갇혀 있는 듯했다. 오래된 소문에 갇힌 건지, 오랜 간병에 지친 건지, 갑자기 찐 살 때문에 스트레스를 받는 건지 나로선 그저 짐작만 해볼 뿐이었다. 자꾸 서연의 옛집 나무들만 떠올랐다. 소문을 주렁주렁 매단 살구나무가 뿌리째 뽑히는 상상은 거북했다. 그 뿌리 뽑힌 나무를 끌어안고 짓이겨진 채 버둥거리는 남자, 그 남자가 바로 내 아버지였다.

소문이 끼어들자 우리 사이에 가로놓인 침묵은 더 완강해졌다. 나로선 처음 겪는 상황이었다. 서연을 쳐다보는 내 눈길은 그녀의 목과 턱 사이에 고정된 채 더 이상 위로 올라가지 못했다. 그녀가 내 눈길을 차단하듯 정면으로 나를 응시해서 더 그런지도 몰랐다. 눈을 내리깐 채 나는 테이블에 놓인 갖가지 음식만 쳐다보았다. 양배추를 채 썰어 콩가루를 뿌린 샐러드와 찐 단호박, 해물전과 메로구이, 소라, 해삼, 멍게…… 세팅된 음식을 눈으로만 더듬었다. 침묵으로 삭이는 조바심은 서로가 불편했다. 우리는 마주 앉아서도 유리창 너머 한 쌍의 무화과나무만 쳐다보고 있었다. 나는 왼쪽으로 서연은 오른쪽으로 고개를 돌린 채.

\*

아버지는 네 살짜리 나를 데리고 서연의 동네로 이사를 갔다. 서연의 아버지와 우리 아버지는 먼 친척인지 친구인지 분명하지 않았으나 어쩌면 둘 다였는지도 몰랐다. 우리 집과 서연의 집을 구분하는 키 작은 탱자나무 울타리. 그 위로 더운 김이 오르는 음식이 자주 건너왔다. 그때부터 서연과 나는 같은 음식을 먹고 자랐다. 아버지와 나는 서연의 집 처마에 둥지를 틀고 먹이를 기다리는 두 마리 새끼 제비 같았다. 그럼에도 아버지는 호기로웠다.

혼자 힘으로 걷고

혼자 힘으로 먹고

혼자 힘으로 배설하고

사람이란 모름지기 그래야 한다는 거였다. 사람은 누구나 그러하고 죽을 때까지 그렇게 살아야 한다는 말은 지겨웠다.

새끼를 데리고 남의 집 처마에 둥지를 튼 제비가 할 말은 더더욱 아니었다. 어머니의 얼굴도 모르는 나를 다독이기엔 턱없이 추상적이고 힘없는 말만 해대는 사람이 내 아버지였다면 서연의 아버지는 반대였다. 내가 기억하는 서연의 아버지는 늘 부엌에서 뭔가를 만드는 사람이었다. 완두를 넣어서 술빵을 찌고 진하게 우려낸 엿기름으로 단술을 끓여서 내내 간식으로 주던 사람. 어깨를 구부정하게 수그린 채 더운 음식을 만들어내던 그의 눈빛은 진지하고 다정했다. 물론 그와 나 사이엔 서연이 있었다. 서연은 늘 제 아버지를 따라다녔다. 그리고 아버지가 시키는 건 뭐든 다 했다. 눈물을 흘리면서도 양파를 까고 입술을 쭉 내민 채 풋콩도 깠다. 조리 과정에서 가장 먼저 간을 보는 사람도 서연이었고 다 된 음식을 가장 먼저 맛보는 사람도 서연이었다. 그다음이 나였다. 서연이 내 입에 술빵이나 부침개를 넣어줄 때까지 기다리면 되었다. 서연의 아버지는 서연이 나를 잘 보살핀다고 칭찬했다. 앞으로도 늘 그래야 한다며 우리 둘을 한꺼번에 안아 올려 숨이 막히도록 끌어안았다.

내 아버지는 뻔뻔했다. 박새 둥지에서 자라는 제 새끼를 멀리서 지켜보는 뻐꾸기와 다름없었다. 내가 서연의 팔뚝에 매달린 애착인형처럼 굴어도 모른 척했다. 온 동네 사람들이 나를 서연의 새끼라고 놀려도 그 역시 모른 척했다. 미안해하지도 않았다. 서연의 집에서 먹고 놀다가 잠이 들면 우리 집으

로 업고 가서 재우는 게 아버지의 역할이었다. 그 역할조차
서연의 아버지가 대신할 때도 있었다. 아저씨는 나를 업은 채
술에 취해 비틀거리는 아버지를 조용히 뒤따랐다.

일곱 살의 어느 여름밤, 나는 아저씨의 등에서 잠이 깼다.
대자리 위에 조심조심 나를 뉘는 그에게 맞춰 자는 척할 만큼
의 눈치는 있었다. 얇은 이불을 끌어당겨 덮어주는 아저씨의
손길을 느끼며 나는 귀를 열어두었다. 술 취한 아버지의 알아
듣지도 못할 혼잣말이 계속되었다. 아저씨의 목소리는 들리
지 않았다. 부엌에서 뭔가를 만드는 모양이었다. 달그락거리
는 소리가 들렸다. 아저씨가 들고 온 건 냄비에 담긴 조갯국
이었다.

숟가락 들어.

나지막한 아저씨의 목소리는 좀 무서웠다. 늘 듣던 다정한
목소리가 아니어서 마음이 조마조마했다. 아버지는 여전히
횡설수설이었다. 아저씨가 다시 말했다.

좀 처먹어. 이러지 않기로 했잖아. 이러지 않기로 하고 여
기에 온 거면 제대로 좀……

시발놈아, 넌 좋겠다 제대로 잘 살아서.

아저씨 말이 끝나기도 전에 으르렁거리는 아버지의 목소리
가 또렷했다. 나는 실눈을 뜬 채 둘을 번갈아 봤다. 둘이 싸울
까 봐 무서웠고 둘이 싸우는데도 잠든 척하고 있어야 하는지
알 수 없어서였다. 아저씨는 말없이 숟가락을 아버지의 손에

쥐여줬다. 아버지가 숟가락을 내팽개쳤다. 아저씨의 표정이 어두워졌다. 침묵이 두 사람을 팽팽하게 긴장시키는 걸 느끼며 나는 딸꾹질이 터지기 직전이었다. 얼마나 그러고 있었을까. 아저씨는 싸늘하게 식어서 비린내를 풍기는 조갯국 냄비를 들고 일어났다. 아저씨가 부엌으로 가고 나자 아버지는 주먹으로 방바닥을 내리쳤다. 그러고는 뭐라고 웅얼거렸다. 딸꾹질이 터져 울컥대는 나 따위는 안중에도 없는 모양이었다. 아저씨는 조갯국을 데워서 가져왔다. 김이 오르는 조갯국을 아버지 앞으로 밀어놓으며 아저씨는 숟가락을 다시 아버지 손에 쥐어줬다. 아버지는 우두커니 냄비만 들여다보았다. 푸르스름한 김이 오르는 국물을 하염없이 들여다보던 아버지가 와락 아저씨 손을 부여잡았다.

완아…… 나는…… 빨리 늙고 싶어……

펄럭펄럭 흐느끼는 아버지의 모습은 기묘했다. 아저씨가 떨리는 목소리로 중얼거렸다.

애 안 보이나. 수로 안 보이나 말이다.

고꾸라지듯 흐느끼는 아버지를 외면하며 아저씨는 넋 나간 사람처럼 그 말만 중얼거렸다.

이듬해, 아저씨는 뒤란의 살구나무 아래에서 죽었다. 나무 아래 엎어져 있는 아저씨를 서연이 어머니가 발견했을 땐 이미 숨이 다한 상태였다. 서연의 어머니는 울지 않았다. 서연이도 울지 않았다. 서연의 어머니는 덤덤하게 장례 절차를 밟

앉고 서연은 자신의 전부였던 세계가 눈앞에서 몰락하는 걸 이해하지도 받아들이지도 못하는 듯했다. 소문은 흉흉했다. 추정되는 사인은 심장마비였으나 독살과 자살에 대한 여러 정황들이 사실처럼 떠돌았다.

그 얼마 뒤 아버지는 하단으로 이사를 했다. 서연의 동네로 이사를 간 지 사 년 만이었다. 서연의 세계만 몰락한 게 아니고 내 세계도 끝장이 나버렸다. 돌이킬 수가 없었다. 서연과 헤어지기 싫다고 울면 아버지의 주먹이 날아들었다. 우는 것만이 내 힘이었던 시절은 이미 지나가버렸고 울면 울수록 짓밟히게 된다는 걸 아버지는 주먹으로 가르쳤다. 학교도 친구도 시큰둥했다. 책만 갖고 놀았다. 서연의 새끼로 매달려 다녔던 시골 학교가 그리웠다. 뾰로통한 표정으로 내 얼룩진 얼굴을 뽀독뽀독 닦아주던 서연이 보고 싶으면 교실에 혼자 남아 오래오래 책을 읽었다.

아버지는 인근 공단의 제법 큰 회사에 경비원으로 취직했다. 술도 마시지 않았다. 집과 회사만 오갔다. 우리는 거의 눈을 마주치지도 말을 하지도 않았다. 각자 혼자 힘으로 걷고 혼자 힘으로 먹고 혼자 힘으로 배설했다. 생활에 꼭 필요한 부분만 협조하고 공유했다. 아버지는 반찬을 사다 날랐고 나는 전기밥솥에 쌀을 안쳤다. 밥상은 내가 차리고 설거지는 아버지가 했다. 빨래는 아버지가 하고 청소는 내가 했다. 역할 분담은 잘 지켜졌다. 지키지 않아도 될 만큼 끈끈한 사이가

아니어서 가능했다. 아저씨가 만들어주던 더운 음식이 생각
나면 국을 끓였다. 아버지는 뜨겁게 김이 오르는 조갯국을 외
면했다. 나는 딴청을 피웠다. 데우고 데워서 졸아든 조갯국이
미친 듯 비린내를 풍겨도 밥상에 올리는 걸 멈추지 않았다.
허공을 노려보는 아버지와 아버지를 염탐하는 나 사이엔 알
수 없는 냉기와 열기가 뒤섞인 채 펄럭거렸다. 내 세계는 완
전히 몰락한 게 아니었다. 나를 중심으로 서서히 재편되는 중
일 따름이었다.

*

잠을 설쳐서 통증이 심해진 건지 통증 때문에 잠을 설친 건
지 알 수 없었다. 불편한 어깨를 뒤척이면서도 나는 핸드폰부
터 들여다봤다. 서연은 달리 연락이 없었고 내가 보낸 카톡
메시지도 열어보지 않았다. 벌써 삼 일째였다. 이제 끝이라더
니 정말 끝을 내려고 작정한 건지도 몰랐다. 우리가 끝을 내
고 말고 할 만큼 가까운 사이였는지도 새삼 헷갈렸다. 어쨌거
나 모든 관계는 끝나게 마련이었다. 어느 한쪽이 관계의 끈을
완전히 놓아버릴 때가 언제일지를 모르는 것일 뿐. 문득 그런
생각이 들었다. 서연과 내가 맞잡은 인연의 유효기간도 이미
오래전에 끝난 게 아닐까 하는.

출근하기 전에 한의원에 가서 침을 좀 맞아볼까도 싶었다.

이런 컨디션으로 학원에 출근하면 밤 열시까지 버티기 힘들었다.

나는 입시학원에서 중고등부 논술을 가르쳤다. 논술은 주요 과목이 아니라 수강생이 적었다. 우리 원장은 자신이 운영하는 학원에 논술 과목이 개설되어 있다는 걸 자랑으로 여겼다. 수요와 수익성이 불안정해서 너도나도 폐기 처분하는 과목이지만 그 중요성만큼은 누구보다도 잘 알고 있다는 자기확신이 강했다. 원장은 그런 믿음과 허세를 적절하게 버무려 학부모를 상담했다. 논술을 배우면 곧장 국어 성적이 향상되리라는 환상을 학부모들에게 주입할 만큼의 설득력도 갖추어서 수강생의 숫자는 거의 일정하게 유지되었다.

나로선 신의 직장이었다. 내가 만든 커리큘럼으로 수업을 진행했는데, 수강생도 적고 글쓰기 위주라 딱히 힘들 것도 없었다. 수업 시간의 대부분을 강의실 뒤에 서서, 글 쓰느라 고개 숙인 아이들의 목덜미를 지켜보는 게 다였다. 정작 내가 할 일은 집에 돌아와서 시작되었다. 아이들이 쓴 글을 읽으며 첨삭하는 동안 선명하게 도드라진 어느 아이의 목뼈가 떠오르기도 하고 두꺼운 지방에 감싸여 두두룩한 언덕이 되어버린 아이의 목에 오래 생각이 머물기도 했다. 글의 내용에 겹쳐지는 각각의 뒷모습이 떠오르면 할 일이 더 많아졌다. 대충 넘어가도 괜찮을 동어반복을 일일이 체크하고 의성어나 의태어의 남발, 문장의 순서까지 바로잡았다. 잘 쓰면 잘 쓰는 대로 부족하면 부족한 대로, 조언과 격려 멘트를 다는 것도 빠뜨리지 않았다. 그건 글쓰기에 집중하는 아이들 뒷모습에 대한 내 나름대로의 예의 표시였다.

침을 맞으러 가든 아니든 화장실부터 다녀와야 했다. 볼일을 보고 나오는데 어디선가 달짝지근한 냄새가 풍겼다. 그제야 살구가 생각났다. 주방 구석에 휴대용 깔개를 펴고 널어놓은 살구는 며칠 사이에 다 물러가는 중이었다. 서연과 그리 어색하게 헤어지지 않았다면 지금쯤 서연의 집에서 달콤한 잼이 되었을지도 모를 살구였다. 썩어가는 살구를 몇 개 골라 음식물 쓰레기봉투에 넣고 손을 씻었다. 기다렸단 듯이 통증이 들이닥쳤다. 오른쪽 어깨에서부터 팔을 타고 내려오는 통증이 만져질 정도로 생생해서 저절로 비명이 새어 나왔다.

발병한 지는 일 년쯤 되었다. 목에서 시작된 통증이 어깨와 팔, 손가락까지 오르내릴 동안 줄곧 찜질방만 드나들었다. 그러면서도 나는 서연과 통화할 때마다 아프다고 징징거렸다. 서연은 미련 떨다가 악화된다며 빨리 병원부터 가라고 했다. 건성으로 들었다. 통증이 있긴 해도 병원에 가야 할 만큼 심각한 상태도 아닌 것 같았고 그럭저럭 견딜 만해서였다. 그렇게 몇 달이 지난 어느 날이었다. 찜질방에 가려고 나서는데 서연이 막아섰다. 그녀는 다짜고짜 나를 신경외과로 끌고 갔다. 대기실에 앉은 내 옆구리를 찌르며 그녀가 타박했다.

애새끼처럼 왜 그렇게 말을 안 들어먹어?

나 이제 누나 새끼도 아닌데 뭐.

심드렁하게 대답을 하면서도 나는 슬그머니 서연의 곁으로 다가앉았다.

엑스레이 검사 결과 경추추간판탈출증이라는 긴 이름의 진단을 받았다. 목뼈 5번과 6번 사이의 디스크가 밀려난 거라고 했다. 수술을 할 정도는 아니나 약물 치료와 도수 치료, 견인 치료를 병행해야 한다고 하는 의사의 말에 나 대신 서연이 고개를 끄덕였다. 의사가 덧붙였다. 스테로이드 주사를 맞아야지 빨리 치료된다고. 거절했다. 돌아오는 내내 서연은 투덜거렸다. 그렇게 아무것도 안 할 바엔 병원에 왜 따라갔냐면서. 약이라도 제대로 챙겨 먹는 걸 봐야겠다며 근처 죽집으로 나를 데려간 서연은 전복죽과 새우죽을 시켰다. 내 앞으로 전복죽을 밀어놓고 자신은 탱글탱글한 새우살을 골라 먹었다. 뜨끈하게 김이 오르는 죽 그릇과 나를 번갈아 쳐다보며 서연이 채근했다.

어서 먹어봐, 보양식이야. 그냥 전복죽도 아니고 특전복죽. 다 안 먹기만 해봐라.

죽 먹기 싫어. 나한테 물어보지도 않고 누나 맘대로 시키면 어떡해?

지금 입맛 따질 군번 아니다 너? 혼나기 전에 빨리 먹어둬.

아픈 사람에겐 무조건 전복죽을 먹여야 한다는 사명감이

라도 있는 것처럼 서연은 오지랖을 떨었다. 마지못해 죽을 한 국자 떠서 작은 그릇에 옮겼다. 숟가락을 들기도 전에 슬그머니 비린내가 올라왔다. 데우고 데워서 미친 듯이 비린내를 풍기던 조갯국이 떠올라 숨을 참았다. 서연이 빤히 보고 있었다. 숨을 들이켠 뒤 물김치부터 한 숟가락 떠먹었다. 장조림한 젓가락을 입에 넣고 전복죽을 입으로 가져가는데 기다렸단 듯 속이 뒤집혔다.

화장실까지 따라 들어온 서연이 오래 내 등을 두드리고 쓰다듬었다. 한참 그렇게 나를 쓰다듬던 서연이 갑자기 내 등짝을 내리치며 다그쳤다.

이상하게 속은 기분이네. 너 설마 죽 먹기 싫어서 애기 때처럼 꾀부린 건 아니지?

뭐래. 내가 아직도 애긴가 뭐.

서연에겐 말하지 않았으나 그 무렵의 나는 좀 지쳐 있었다. 아버지 때문이었다. 따로 살면서 왕래도 없던 아버지가 병이 든 채 찾아와 며칠 있다 간 뒤였다.

간암 3기 진단을 받고서도 아버지는 모든 치료를 거부했다. 담당 의사는, 연세도 많지 않으니 수술하고 항암 치료하면 경과가 좋을 겁니다, 라고 했으나 아버지는 귓등으로 흘려들었다. 살려달라고 매달려도 보기 싫었겠지만 태연한 척하는 모습도 보기 싫었다.

나와 같이 있는 동안에도 아버지는 눈에 띄게 약해졌다. 도통 먹지 못하니 더 그랬다. 전복죽을 사다주면 겨우 몇 숟가락 우물거리곤 그만이었다. 누룽지를 삶아줘도 싱겁다고 밀어냈다. 얼큰한 짬뽕 국물이나 맵싸한 김치국밥만 들먹였다. 먹고 죽든지 말든지 될 대로 되라는 마음이 들었다. 짬뽕을 배달시켰다. 짬뽕을 앞에 둔 아버지는 생기가 돌았다. 붉은 기름이 둥둥 뜨는 국물 한 숟가락을 입에 넣고 한참을 가만히 있었다. 다시 국물을 떠먹고 몇 가닥 면을 건져 먹고, 그렇게 몇 숟가락을 넘기고 나서 그릇을 물렸다.

먹고 싶다고 했던 거잖아요, 더 먹어요, 더!

짬뽕을 아버지 턱밑에다 들이밀며 고래고래 소리를 질렀다. 다잡는 내 표정이 얼마나 사납고 험악했던지 아버지는 손을 떨며 나를 쳐다보았다. 아버지의 입에 들어갔던 숟가락을 보란 듯이 개수대에 던져버렸다. 그러곤 아버지 코앞에서 짬뽕 곱빼기와 군만두를 먹었다. 내 젓가락질은 급했고 국물을 들이켤 때마다 딸꾹질이 터져 나왔다. 비좁은 공간에 가득 찬 기름 냄새와 매운 냄새. 아버지는 재채기를 하며 눈물을 흘리고 있었다.

자동차에 시동을 켜놓고 잠시 망설였다. 막상 한의원으로 가자니 내키지 않았다. 핸드폰을 다시 들여다봤다. 서연은 아직도 메시지를 확인하지 않았다. 일부러 안 보는 것이 틀림없었다. 다시 집으로 올라갔다. 시들고 물러가는 살구를 몽땅 비닐봉지에 담아서 백팩에 넣었다.

　서연의 옛집은 단박 알아볼 수 있었다. 멀찌감치 떨어진 곳에 차를 세우고 내렸다. 집 주변을 돌아보았다. 정갈하고 조용했다. 새 주인이 공들여서 관리를 한 티가 역력했다. 기와를 얹은 위채와 사랑채도 그대로였다. 우리 집과 탱자나무 울타리는 터서 널찍한 뒷마당으로 만들어 놓았다. 무엇보다 궁금했던 나무들. 그 중에서도 뒤란의 살구나무가 유독 눈에 띄었다. 무성하게 가지를 벋은 채 또 한 시절을 살아낸 살구나무의 결실은 풍성했다. 가지마다 휘어지게 매달린 노란 살구를 보며 나는 나도 모르게 살구나무 둥치를 주먹으로 쿵쿵 두드렸다. 아저씨가 마지막 숨을 몰아쉬며 그러잡았을 그 무엇이 아직도 살구나무를 휘감고 있을지도 몰랐고 서연과 내가 뿜어냈던 뜨거운 숨결까지 여전히 간직하고 있을지도 몰라서였다.

　봄 한철, 어둑한 뒤란을 환하게 밝히며 꽃이 필 때라야 살구나무는 제 존재를 드러냈다. 살구꽃이 필 무렵부터 서연과 나는 살구나무 밑에 자리를 깔고 놀았다. 바람이 불고 비가 오고, 꽃비가 내리고 풋살구가 떨어지고, 녹색에서 연노랑, 연주황으로 살구가 익어가는 동안 나는 자주 서연에게 잡아먹혔다. 잡아먹히고 싶어서 일부러 살구나무 아래로 도망을 쳤다. 살구나무가 지켜보는 아래에서 우리는 엄마 놀이, 의사 놀이를 수도 없이 반복했다. 서연은 늘 엄마였고 의사였다. 나는 서연과 같이 있을 수만 있다면 뭐가 됐든 상관없었다. 시키면 시키는 대로 다 했다. 연분홍 꽃잎이든 풋살구든 먹으라면 먹었고 누우라면 누웠다. 엄마가 된 서연이 같이 누워 팔베개를 해줬다. 나는 엄마의 가슴에 안겨 희고 보드라운 겨드랑이를 빨았다. 팔을 올려 발갛게 자국이 난 겨드랑이를 보여주며 엄마가 웃었다. 서연이는 의사도 되었다. 의사는 팬티를 벗고 누운 나를 진찰했다. 조그만 손이 청진기였다. 찹쌀떡처럼 뽀얀 의사의 얼굴이 내 얼굴에 겹쳐지기도 했다. 마냥 좋았다. 겹쳐져서 더 좋았고 자꾸만 겹치고 싶어서 안달이 났다. 떨어지기 싫었다. 떨어지기 싫어서 울었으나 소리를 내진 않았다. 그런 울음은 소리 내어 우는 게 아니라는 걸 누가 가르쳐주지 않아도 나는 저절로 알았다.

살구나무 둥치에 어깨를 붙인 채 가만히 서 있었다. 단내를 품은 온기가 목덜미를 따라 올라왔다. 통증은 사라지고 온몸이 멀미를 앓듯 울렁거렸다. 우두커니 서 있는 내 눈앞으로 호랑나비가 날아들었다. 호랑나비가 앉은 곳은 배초향의 꽃잎이었다. 보랏빛 배초향이 짙은 향기로 호랑나비를 불러들이고 초록의 완두가 노르스름하게 익어가는 텃밭에 서서 나는 핸드폰을 꺼내 살구나무를 찍었다. 노란 살구를 가득 품은 늙은 살구나무를 서연에게 보내며 메시지를 덧붙였다. 절연(絶緣)이라고.

이제 정말 끝이긴 했다. 하단포구 횟집에서 헤어지며 서연이 마지막으로 했던 말이 자꾸 생각나서 더 그랬다.

　얼마 전에 아저씨가 찾아오셨더라. 알아보기 힘들 정도로 너무 많이 상하셔서, 그런 몸으로 정말 힘들게 찾아오신 것 같았는데, 엄마가 절대로 안 보겠다고 하셔서……

　그 말을 곱씹다 보니 어쩐지 서연의 마음이 이해되었다. 끊어버리고 싶은 인연에 대한 화풀이를 우리는 제각각의 방식으로 표현하고 있었는지도 몰랐다. 홀가분하기도 하고 막막하기도 했다. 절연이구나. 그렇구나. 나는 절연, 절연 중얼거리며 백팩에서 살구 봉지를 꺼냈다. 그새 달콤하고 은밀한 냄새가 더 짙어졌다. 되돌려줘야 했다. 어떻게 해야 그 농익은 살구를 살구나무에게 되돌려줄 수 있을지 생각을 좀 해봐야겠다고 마음먹는 순간 핸드폰 카톡음이 울렸다. 서연이었다. 되돌아온 사진은 내가 보낸 살구나무가 아니었다. 사진을 오래 들여다보았다. 환한 봄날, 꽃비 흩날리는 살구나무를 배경으로 말줄임표가 붙은 절연이 둥둥 떠다니고 있었다.

# 가족이라는 폐허의 형식

## 이경재(문학평론가 · 숭실대 교수)

## 1. 가족이라는 굴레

가족은 가장 가까운 거리에 있는 사람들의 공동체이다. 그렇기에 개인에게 미칠 수 있는 영향력은 그 어떤 공동체와 비교할 수 없을 정도로 크다. 바로 그러한 이유로 가족은 인간에게 가장 큰 행복의 원인이 될 수도 있지만, 가장 큰 불행의 원인이 될 수도 있다. 노정완의 소설에서 가족은 안타깝게도 후자에 해당한다. 『몽유』에 수록된 작품들은 모두 단정한 문장과 빈틈없는 구성 등의 전통적 소설 규율에 충실한 명편들로서, 가족이라는 이름 아래 벌어지는 온갖 고통과 폭력을 리얼하게 전시해놓고 있다.

이 작품집의 표제작이기도 한 「몽유」에서 경미는 끊임없는 희생만을 강요받는다. 어머니를 포함하는 오빠와의 관계는 일종의 반복강박의 차원에서 그려진다. 경미는 어린 시절부터 오빠만을 편애하는 어머니와 오빠 사이에서 고통을 당하며 성장했다. 어머니가 아들이 초등학교 들어가서야 젖을 떼었다고 자랑하는 것에서도 드러나듯이, 오빠와 어머니의 사이는 병적으로 일체화된 관계이다. 연년생의 남매인 오빠와 경미는 용마에서 고등학교를 함께 다녔다. 그 시절 "어머니의 명령"으로 오빠는 공부만 하고, 경미는 일체의 집안일을 전담하며 오빠를 뒷바라지했다. 오빠는 경미의 절친인 기유를 임신케 한 후에는 무책임하게 입대했고, 낙태의 고통은 온전히 기유 혼자 짊어지기도 했다. 이런 오빠를 경미는 연탄가스 중독 사고로 위장하여 살해하려 시도한 적도 있다.

더욱 비극적인 것은 온전한 성인이 된 지금도 그러한 과거의 관계에서 벗어나지 못한다는 것이다. 몸이 아프다는 오빠의 전화에, 경미는 "내 생의 어느 한 지점으로" 돌아가는 "기시감"을 느끼면서도 오빠를 돌보러 간다. "말뚝에 매인 염소처럼, 아무리 발버둥 쳐도 벗어날 수 없는 그곳에 오빠와 내가 있었"던 것이다. 그리고 "그때나 지금이나 오빠는 똑같"으며, "어쩌면 나 또한 그때나 지금이나 똑같"다. 변한 것은 아무것도 없는 것이다. 또한 경미는 아직 어머니를 떠나지 못한다는 점에서도 이전과 똑같다. 지금 경미는 노인복지센터에서 소개받은 산동네의 노인을 돕고 있는데, 이 노인은 작고 한 어머니에 해당한다. 작품에는 이러한 유사성이 표나게 드러나는데, 이 노인은 어머니가 그러했듯이 호박죽을 좋아하고, 또한 어머니가 그랬던 것처럼 체한 경미의 손을 따주기도 하는 것이다.

주지하다시피 반복강박(repetition compulsion)은 억압이라는 방어기제를 뚫고 나오는 무의식의 지속으로서, 무의식이 처리할 수 없었던 외상에서 비롯되는 현상이다. 이러한 외상은 경미가 "살아 있는 무덤 같다고 생각"하는 섬 몽유와 그곳에서 벌어진 오빠와의 일과 관련되어 있음이 암시된다. 이처럼 노정완의 소설에서 가족은 별다른 긍정적 기능도 없이 한 인간의 삶을 고통 속에 머물게 하는 부정적인 기능만 발휘한다. 더욱 문제적인 것은 반복강박이라고 할 만큼 그 부정성이 지속적으로 지금의 삶에도 영향을 미친다는 점이다.


2. 가족을 향한 폭력으로 전환될 수 있는
   잡초들의 강인함


노정완의 소설집 「몽유」를 읽는 일은 잘라도 잘라도 다시 자라나는 잡초로 가득한 풀밭을 걷는 느낌이다. 세상에서 가장 어리석은 이는 잡초와 싸우는 사람이라는 말이 있을 정도로, 잡초의 생명력은 참으로 강인하다. 「몽유」에 등장하는 장

삼이사들은 종종 잡초보다 더한 생명력을 보인다. 주로 그 생명력은 주체할 수 없는 성욕으로 발현되어, 주위 사람들을 지옥 같은 고통 속에 빠뜨리기도 한다.

「보늬」에서 은조의 남편은 넘치는 성욕을 주체하지 못하는데, 이러한 성욕은 물욕에 이어지는 것이기도 하다. 은조의 남편은 서른두 평 아파트에 입주하는 목표를 이루기 위해, 온갖 악취가 가득한 단칸방으로 이사를 한다. 돈을 모으기 위해서, 살고 있던 이층 독채 전세를 빼고 약간의 대출을 보태서 개인택시를 장만한 후에 남은 돈으로 부엌도 제대로 갖추지 못한 단칸방으로 이사를 간 것이다. 그토록 소원하던 서른두 평 아파트에 입주할 때까지의 5년 동안, 그 단칸방에서 은조에게 주어진 일은 밤의 보늬(밤이나 도토리 따위의 속껍질)를 벗기는 일과 더불어 남편의 무지막지한 성욕을 받아내는 것이다. 남편은 은조가 아무리 거절해도 자신의 성욕을 채워야만 하는 인물로서, 심지어 "낭자하게 흘러내리는 생리혈을 닦아가면서도 은조의 배 위에서 헐떡이던 인간"으로 묘사된다. 은조는 그 단칸방에서 "남편의 섹스 도구에 불과"했던 것이다.

이 작품의 한복판에는 함지 속에서 진액을 흘리며 죽어가는 밤벌레들의 이미지가 놓여 있는데, 남편의 섹스 도구가 된 은조야말로 부엌도 없는 단칸방에서 강요된 섹스로 죽어가는 벌레였던 것이다. "입술을 앙다문 채, 강요에 못 이겨 치르는 섹스야말로 벌레의 시간에 속한 행위"였던 것이다. 그 일방적인 성관계가 끝난 후에 남편은 은조의 귓가에 "사랑해"라고 속삭이고는 했는데, 그때마다 은조는 그의 입에다 수류탄을 물려주고 싶어 했다. 은조와 남편의 이 단칸방은 "떫으면서도 비린 생밤 특유의 냄새, 밤을 저장하는 과정에서 첨가되었을 묘하게 비위 거슬리는 방부제 냄새, 상한 밤이 빠른 속도로 썩어가며 풍기는 곰팡이 으깬 듯한 냄새" 등으로 가득한데, 이러한 냄새야말로 생명력의 가장 적나라한 자취에 해당한다.

「몽유」에서 반복강박이라고 할 만큼 지속적이었던 가족의 힘은 현재에도 영향을 미쳤다. 「보늬」에서는 시간대를 옮겨 현재의 부정적 힘이 미래에까지 이어지는 것으로 그려진다. 은조의 아들인 성수는 이웃에 사는 여학생 윤지를 성추행하고, 은조의 남편은 "그만 일"이라며 태연하게 받아들이는 것이다. 결국 은조는 의사에게 남편을 가리키며 "저 짐승이 제 아들이 보는 앞에서 저를 강간"했다며, 임신중절 수술을 받는다. 이 작품은 굶주린 까마귀 떼로 인해 배가 터져 죽은 두꺼비들의 이미지로 시작되었는데, 이 이미지야말로 작품의 전부를 일관한다고 할 수 있다. 이 작품에서 남편은 까마귀에, 은조는 결국 배가 터진 두꺼비에 대응되며 작품은 끝나는 것이다.

「봄날은 간다」는 그나마 주인공이 노인이기 때문에, 생명으로부터 비롯된 그 과잉의 힘이 상식의 범주 내에서 균형을 획득하는 작품이다. 노인을 주인공으로 내세움으로써, 과잉된 성욕이 지닌 문제성이 한층 약화되는 것이다. 한국 문학사에서 노인은 결코 낯선 형상이 아니다. 세계에서 가장 빠른 속도로 노령화되어가는 사회 현상을 반영해서이든, 한국 문학 나름의 성숙을 반영해서이든 한국 소설에서 노인은 꽤 많이 등장했다. 이때의 노년은 대부분 쇠약해가는 육체와 사라져가는 사회적 지위 등으로 고통을 겪는 경우가 일반적이었다. 그러나 「봄날은 간다」의 노인들은 오히려 감당할 수 없는 생명력으로 인해 버거워하는 청춘의 형상에 가까운 존재들이다.

「봄날은 간다」의 동호 노인은 상처한 예순아홉의 노인으로서 지금 심각한 고민에 빠져 있다. 그것은 "외로우면 외로울수록 여자의 몸이 더 간절해"지며, "여자의 그런 손길이 미치도록 그"리운 욕망에서 비롯된 것이다. 동호 노인은 "여자를 그리워하는 내 몸 나도 어쩔 수 없"기에 힘겨워한다. 본래 동호 노인의 성욕은 이전부터 남다른 것으로 그려진다. 아내가 살아 있을 때도 "선뜻 몸 열어주지 않는 당신"에게 "우격다짐으로 밀어붙이기도 했"던 것이다. "거부하는 여자 뉘어놓고 그 짓 하기만큼 싫은 일이 또 어디 있겠소만, 그렇게라도 해야 직성이 풀리는" 몸뚱이의 요구가 다급했던 것이다. 아내는 평소 "밤마다 엉겨 붙는 그 힘 농사에 쏟았으면 운암들 다 사고도 남았겠다"고 말할 정도였다. 그러나 자식들은 욕망에 몸부림치는 동호 노인의 마음을 전혀 알아주지 않기에, 동호 노인은 자식들이 여간 섭섭한 것이 아니다. 지상에서 자신의 마음을 알아주는 이는 아무도 없기에, 동호 노인은 지금 그 애달픈 마음을 담아 죽은 아내에게 편지를 쓸 수밖에 없다. 노정완의 소설에서 주요 인물은 과잉된 성욕을 가진 존재들이다. 이러한 과잉된 힘은 언제든지 가족을 향한 과잉된 폭력으로 변주될 수 있다는 점에서 독초와도 같은 생명력을 지녔다고 할 수 있다.


## 3. 가족의 가장 약한 고리

가족의 부정적인 힘은, 가족 구성원의 가장 약한 고리에 집중되는 경향이 있다. 노정완의 소설에서 가정 내의 부정성을 고스란히 감내하는 대상은 주로 자식들이다. 이러한 특성을 잘 보여주는 작품이 「나중에」, 「걸어 다니는 섬」, 「등골 브레이커」이다.

「나중에」의 초점화자인 '나'는 제대한 후 복학을 앞둔 우리 시대의 평범한 젊은이다. 그의 가정 상황은 암울하기 그지없다. 생활비는 남아 있지 않고, 연체된 대출금 이자 때문에 가압류 통지서까지 날아오고, 전화와 가스, 수도도 언제 끊길지 모르는 상황인 것이다. 이런 상황에서도 아버지는 자신의

'꿈'을 포기하지 않는다. 아버지는 꿈을 위해 오십을 훌쩍 넘긴 나이에 개인택시를 팔아치우고 자격증 시험을 준비한다. 어머니 역시 생활에 대한 불평만 늘어놓을 뿐이지 별다른 행동을 하지 않는다.

이런 상황에서 '나'는 혼자 힘으로 등록금은 물론이고 생활비까지 벌어야만 한다. 그렇기에 '나'는 젊은이로서 누릴 수 있는 모든 것들을 '나중'이라는 미래로 미룰 수밖에 없다. '나'는 돈이 없어서 친구를 만날 수도, 영화를 볼 수도, 담배를 피울 수도 없는 것이다. 친구들은 이런 '나'에게 "나중에"라는 별명을 붙여준다. "오로지 자신의 꿈만 생각"하는 아버지로 인해, '나'는 현재를 온통 차압당한 삶을 살아야 하는 것이다. 이 작품에서 '나'가 부모의 부부 싸움으로 경찰서까지 갔다가 돌아왔을 때, 난장판의 집에서 발견한 '파키라'는 '나'를 나타내는 일종의 객관적 상관물이라고 할 수 있다. 그것은 어떠한 생명력도 없는 처참한 모습인데, 이 파키라를 보며 '나'는 자신의 "치부가 드러난 듯 민망하고 불편"하다고 여긴다.

「걸어 다니는 섬」의 미호도 「나중에」의 '나'와 유사한 상황에 처해 있는 이 시대의 젊은이이다. 미호는 나날이 늘어가는 체중으로 고민하며 알바나 하면서 간신히 삶을 버티는 청춘이다. 그녀를 둘러싼 기성세대로는 어머니, 아버지, 알바식당 사장을 들 수 있는데, 그들은 미호에게 커다란 부담이자 고통일 뿐이다. "우두커니 서 있네, 어쩌네 지금 저렇게 간섭이 늘어진 사장, 텔레비전 볼 때 멍청하게 앉아 있지 말고 제자리걸음이라도 하라며 소리 지르는 하 여사, 얼마 되지도 않는 용돈을 내밀며 아껴 써라, 그 말밖에 할 줄 모르는 노준태씨"가 바로 알바식당의 사장, 어머니, 아버지의 모습인 것이다. 이런 상황에서 미호는 "자신이 습기 밴 천장 구석에 피어난 곰팡이 같다"고 생각한다.

어머니인 하 여사는 외출도 모르고 오직 미호만 잡아먹으려는 듯 괴롭힌다. 아버지인 노준태와 어머니인 하 여사는 매일 육탄전을 벌이고, 미호가 "밤새도록 싸우고도 무슨 기운이 남아서 저렇게 생생한지"라고 할 정도로 기운이 뻗친다. 하 여사는 거구의 딸을 "걸어 다니는 섬"이라고 놀린다. 하 여사는 "자기 손으로 십 원 한 장 벌어본 적 없는 사람"이지만, "입에 달고 사는 소리가 자주독립"이다. 하 여사는 "자주독립과 소신"을 강조하지만, 바로 하 여사의 "자주독립과 소신에 일방적으로 당하고 골병드는 동거인"은 딸인 '나'일 뿐이다.

결국 미호와 하 여사가 심한 육탄전을 벌이는 것으로 작품은 끝난다. 「나중에」에서 파키라가 불우한 젊은 세대의 감정과 처지를 나타내기 위해 활용되었다면, 「걸어 다니는 섬」에서는 미호가 애지중지 아끼는 햄스터가 등장한다. 이 햄스터는 하 여사가 냉동실에 넣는 바람에 돌멩이처럼 되어 그 목숨을 잃고 만다.

이처럼 가족 내의 문제는 그 자식 세대인 젊은이들을 가장 고통스럽게 한다. 그들의 부모는 오히려 강인한 생명력으로 자신들의 꿈이나 신념을 펼쳐나가기까지 하는 것이다. 그런데「등골 브레이커」는 철들지 않는 어른의 부정성이 젊은 세대에까지 이어질 수 있는 가능성이 드러난다는 점에서 문제적이다. 이 작품은 "꿈이 없어야 살 수 있다"는 문장으로 시작된다. 에어컨은커녕 창문도 없는 1.5평짜리 고시원에서 생존하기 위해서는 오히려 꿈이 장애물이 될 수밖에 없는 것이다. 진홍은 공무원 시험을 포기하고 대형마트의 시식 코너에서 알바를 하고 있다. 진홍은 "삶이란 늘 이렇게 애만 쓰다가 끝나버리도록 프로그래밍된 건 아닐까 하는 불안감"을 느끼며 살아가는 불우한 청년이다. 이러한 진홍의 모습은 이 작품에서 낡은 선풍기의 모습에 비유된다. 그것은「나중에」의 파키라,「걸어 다니는 섬」의 얼어붙은 햄스터에 이어지는 것이다.

이 작품 역시 가정은 온통 불화와 고통의 집합체이다. "엄마는 아버지를 미워했고 아버지는 할머니를 미워했으며 할머니는 엄마를 미워하는 구도" 속에서 진홍은 성장했으며, 끝내 엄마는 가출하고, 아버지는 떠돌다가 가끔 집에 돌아오는 사람이었다. 엄마를 대신해서 진홍은 "욕받이"가 되어 성장했다. 이 작품의 아버지 역시 자신의 의무나 책임과는 거리가 먼 삶을 사는 인물이다. 아버지는 "해가 뜨면 깻잎과 고추를 따고, 비 오면 쉬고 일 없어도 쉬고, 누군가 불러주기만을 기

다리는 생활"을 해오고 있다. 진홍이 에어컨이라도 있는 고
시원으로 옮기기 위해 아버지를 찾아갔을 때도, 아버지는 진
홍에게 꿈을 가지고 공부만 하라며 호기를 부린다.

　평생 할머니의 등에 빨대를 꽂고 살았던 "등골 브레이커의
원조"인 아버지는, 마지막으로 진홍을 위해 '사랑'을 베푼다.
그런데 그 방식은 자신의 어머니에게 패륜을 저지르는 방식
을 통해서 이루어진다. 아버지는 자신의 어머니 앞에서 망치
를 휘두르며 돈을 내놓으라고까지 하는 것이다. 아버지는 끝
내 어머니에게 돈을 받아내서는, 그것을 유산처럼 진홍에게
남긴다. 얼마 후에 고모로부터 아버지가 목을 매달아 자진을
시도했고, 의식불명으로 병원에 누워 있다는 연락을 받는다.
그러나 이 작품이 더욱 끔찍하게 다가오는 대목은 진홍이 결
국 자신의 삶이 "아버지의 삶이나 별반 다를 게 없다는 자각"
에 이른다는 사실이다.

　결국 진홍은 아버지가 패륜을 저지르면서까지 할머니로부
터 돈을 받아내는 데 결정적인 역할을 하고야 말았다. 「등골
브레이커」에서 등골 브레이커의 원조는 진홍의 아버지이다.
그리고 아버지의 무책임으로 진홍의 삶이 고시원의 낡은 선
풍기처럼 궁지에 몰린 것도 사실이다. 그러나 진홍은 아버지
의 패륜과 목숨을 대가로 할머니의 돈을 받아내고야 만 것이
다. "할머니의 등에 빨대를 꽂은 아버지와 아버지의 등에 빨
대를 꽂은 나, 등골 브레이커 듀엣"이 탄생한 배경은 대략 이

러한 것이었으며, 이 대목에 이르러 가족은 차라리 지옥이라 불러도 무방할 것이다.


## 4. 불온한 수동성

「4864」는 자동차를 주인공으로 내세우고 있지만, 이때의 자동차가 차주(車主)를 가족으로 여긴다는 점에서 이 작품 역시 일종의 가족 서사라고 할 수 있다. 「4864」의 '나'는 2007년 4월생 승용차로 241,907km를 달린 후에 폐차를 앞두고 있다. 자동차 4864의 노화는 차주인 정묘 모친의 노화와 연결되어 나타난다. 4864는 모든 것이 낡아버린 자신을 보며 "늙으면 서럽다는 말을 입에 달고 살던 너의 모친 맞잡이", "너의 모친이, 안 아픈 데가 없어서 사는 게 고역이라고 하던 것처럼, 나 역시 온몸이 신통찮았다", "나는 짜증 나고 너의 모친은 귀찮은 거겠지. 그 반대일까"라고 생각한다. 4864는 궁지에 몰려 폐기를 앞둔 존재의 또 다른 형상에 해당하는 것이다.

폐기 직전의 사물이나 생명을 통해서 인물들이 처한 궁박한 처지를 은은하지만 강렬하게 드러내는 것은 노정완 소설의 서사 시학에 해당한다. 배가 터져 죽은 천여 마리의 두꺼비들과 함지 속에서 진액을 흘리며 죽어가는 밤벌레들(「보

늬」), 이미 성장을 멈춘 채 누렇게 변해버린 파키라(「나중에」),
냉동실에서 꽁꽁 얼려진 햄스터(「걸어 다니는 섬」), 목이 꺾여
옷걸이 대용으로 사용되는 선풍기(「등골 브레이커」) 등이 바로
그러한 예라고 할 수 있다. 「4864」는 아예 폐차 직전의 "늙어
빠진" 자동차를 초점화자로 등장시켜 한 편의 작품이 완성된
사례이다. 그리고 이처럼 존재가 막장까지 내몰리는 것은 다
름 아닌 가족이라는 그 숭고한 공동체에 의해서이다.

노정완 소설에서 가족이란 끝없는 고통을 낳는 기원이며,
그것은 사라지지 않는 힘으로 현재는 물론이고 미래까지 장
악한다. 이 끝나지 않는 무한지옥에서 벗어나는 방법은 존재
하지 않는 걸까? 이와 관련해 「알로마더」는 그 가능성이 암
시되는 유일한 작품이다.

이 작품에서 서연과 수로는 남남이지만 어린 시절 가족(母
子)처럼 친밀하게 지낸 사이이다. 서연은 지금 화장실도 혼
자 못 가는 노모를 혼자 힘들게 돌보고 있다. 그런데 서연은
문득 "이 모든 상황이 참 익숙하다"고 느끼며, 자신이 "이미
오래전에 살아봤"다고 생각한다. 유년의 한 시절 서연은 수
로의 엄마 역할을 하며 지낸 적이 있었던 것이다. 눈만 뜨면
서연을 쫓아다니던 수로는 서연의 학교까지 따라갔으며, 이
로 인해 수로의 별명은 "서연이 새끼"였다. 다른 소설에서처
럼 이 관계는 지금까지 이어지며, 서연과 수로의 삶에 그림자
를 드리운다. 또한 서연의 부모와 수로의 아버지에 관한 소문

은 지금까지도 질기게 남아 서연의 삶을 힘들게 하고 있다. 여기까지는 지금까지 살펴본 작품들과 유사한 양상이라고 할 수 있다.

그런데 「알로마더」는 여기서 한 단계 더 나아가는데, 그것은 바로 굴레와도 같이 되어버린 가족에서 벗어나려는 모습이 드러난다는 점이다. 그것은 서연과 수로가 "절연(絶緣)"이라는 메시지를 서로 주고받는 것에서 드러난다. 물론 절연이 결코 쉬운 것은 아니다. 그것은 수로가 서연을 엄마로 삼아 지내던 시절을 너무나 달콤하게 반복적으로 떠올리는 것에서도 확인된다. 그럼에도 불구하고, 굴레가 되어버린 가족이라는 테두리에서 벗어나기 위해 그 인연과의 단절을 시도한다는 것은 새로운 시도임에는 분명하다. 비록 그것은 미약한 대응일 수도 있겠지만, 어쩌면 그 불온한 수동성에서부터 새로운 관계가 시작될 수 있을지도 모른다.


## 5. 새로운 문학적 가능성의 증거

노정완의 소설집 『몽유』는 매우 진지한 자세로 가족이라는 굴레 속에서 일어나는 여러 가지 비극적 사건과 정념을 한 땀 한 땀 정성스럽게 그려낸 작품들로 이루어져 있다. 특히나 가족의 가장 약한 고리를 향해 가해지는 가족의 폭력성을 섬세하게 그려낸 것은 섬세한 고찰을 요구한다고 할 수 있다.

흔히 가족 서사는 사사화(私事化)된 미시 담론 정도로 치부되기도 한다. 그러나 가족이라는 것은 지극히 사적인 영역이지만, 동시에 가장 사회적인 영역이기도 하다. 들뢰즈는 자본주의 사회에서의 가족관계를 오이디푸스 구조라는 거시적인 틀로 설명한다. 자본주의에서 오이디푸스적 가족 구조는 사회적 규정이 반향하는 장소가 되며, 반대로 사회는 가족 구조가 공명하는 공간이 된다는 것이다.[*] 따라서 자본주의적 오이디푸스 구조(혹은 탈구조)에서는, 가족이나 가족 해체에 연관된 무의식이 사회질서나 변혁을 위한 근거로 작용할 수도 있다. 린 헌트는 프랑스 혁명의 무의식을 가족 로망스의 개념으로 풀어내면서, "정치는 상상력에, 따라서 어느 정도는 환상에 의존하며, 가족 경험은 이러한 환상의 많은 부분의 원천을 이루고 있다"[**]고 말한다. 이처럼 가족은 권력 관계의 상상적인 구조라고 할 수 있으며, 결코 가족 구성원들의 사사화된 관계로만 한정될 수 없다. 가족 서사는 가족의 문제를 넘어서서 사회 현실과 가장 깊은 차원에서 연결될 수도 있는

---

[*] "가족은 모든 사회적 규정이 메아리치고 반향하는 장소가 된다. 어디를 둘러보아도 어디서나 이제는 아버지-어머니밖에 볼 수 없게 하기 위하여, 모든 사회적 심상들을 제한된 가족의 환영들에 일치시키는 것이 자본주의의 사회 터전의 반동적 공급에 속한다."(질 들뢰즈·펠릭스 가타리, 『천 개의 고원』, 김재인 옮김, 새물결, 2001, 399쪽)

[**] 린 헌트, 『프랑스 혁명의 가족 로망스』, 조한욱 옮김, 새물결, 2000, 11~12쪽.

것이다. 그렇기에 가족관계를 어떠한 방식으로 형상화하느냐
는 기존 사회에 대한 비판과 더불어 새로운 사회를 사유하고
상상하는 정치적 비전과 선명하게 연동될 수도 있다.

　이러한 논의를 참조한다면, 노정완의 소설이 가족 내의 약
자를 전면에 내세워 그들이 다른 가족 구성원들에 의해 궁박
한 처지에 내몰리는 것을 일관되게 서사화한다는 것은 매우
정치적인 의미를 지닐 수도 있다. 노정완의 원숙한 문학적 기
량과 가족 서사가 지닌 정치성의 만남이야말로 한국 문학이
오랫동안 기다려온 새로운 문학적 가능성의 한 증거가 되리
라고 믿는다.

**김원우** _ 소설가

'소설 쓰시네'는 잔밉기 짝이 없는 망발로써 소설가를 능멸
할뿐더러 소설 쓰기라는 타인의 생업 자체를 욕보임으로써
당사자 스스로의 불학무식까지 토로하고 있다. 그럴 수밖에
없는 것이 그 소위 '소설' 안에는 엉터리 이야기, 실없는 허튼
소리, 말 같지도 않은 시시껄렁한 신소리, 헛소리, 흰소리 등
을 만판으로 늘어놓는 글쓰기 양식이라는 무잡한 '인식'이 드
리워져 있어서이다. 제멋대로, 함부로, 나오는 대로 시부렁거
린 주책없는 막말인 것이다. 대체로 그런 주책바가지 같은 이
바구들은 통속 소설의 전유물인데, 그 속에는 실제로 '현실'
과 동떨어진 '환경/개성'들이 흘러넘치고 있다. 주인공들은
'개성'과 '능력'이라는 쌍칼을 마구 휘두르면서 자기 주변의
모든 '환경'을 무찌르고, 거느리며, 휘어잡는다. 그의 기고만

장은 읽어갈수록 가관의 경지로 줄달음친다. 연애를 하든지, 여행을 가더라도 그는 늘 패배자인 체하는 위선자로서 자기 자랑을 능사로 삼는다. 만만한 '환경'을 가지고 놀면서 압도적인 힘으로 그 위에서 군림하려 드는 그런 대중 소설만을 즐겨 읽는 부류는 유행 작가/인기 작가들이 구사하는 그 방만한 상상력의 쉴 새 없는 배설 행위에 동행, 동조하는 셈인데, 그 무비판적 독서 역량조차 '말이 안 되는 너저분한 이바구'의 저질스러운 수준을 알아본다는 함의가 '소설 쓰시네'의 배면에 깔려 있는 것이다.

좋은 소설은 우선 불편, 불안, 불평등, 불만이 만연한 현실로서의 '환경'부터 조작한다. 그 막강한 지배악이자 타성태이고 훼방꾼인 '환경'과의 숙명적인 싸움에서 보잘것없는 주인공들은 곱다시 패배하게 되어 있다. 그의 한 많은 생존을, 나아가서 그 귀한 목숨까지 기꺼이 바치는 경과가 좋은 소설의 모티브이다. '환경'과 맞붙어 싸우는 인간의 투쟁이 얼마나 덧없는지는 오늘의 지구촌이 당면한 숙제거리들에서 여실히 드러나 있기도 하다. 소설은 '환경'을 개선한 문명/문화의 부산물, 곧 시대정신과의 전쟁/전투에서 비록 패배자로 아로새겨질 박복한 팔자이지만, 신명을 바쳐 싸울 수밖에 없는 언어 제도이기도 한 것이다.

노정완의 소설을 찬찬히 읽어보면 어느 것이라도 '환경'이 주인공의 개성, 동선, 생각 등을 압도한다. 그들은 하나같이 열성의 유전 인자를 타고난 자신의 불운과 씨름하며, 아주 조악한 '환경'과 힘겨운 싸움을 벌인다. 그들의 외로움, 버림받음, 우격다짐 등은 도저히 용서할 수 없는 '환경' 속에 무참하게 파묻힘으로써 진정한 인간으로서의 자격을 획득한다. 그의 소설에는 우리 주변의 몹쓸 현실이 비근한, 그러나 가장 친숙한 '환경'으로서 바싹 육박해 있고, 이 실적만으로도 그는 풍요와 빈곤이 겹겹으로 뒤엉킨 우리의 현실을 짓밟고 서성이는 작가에 값한다. '소설 쓰시네'와 옴살같이 잘 어울리는 통속 소설과의 '사회적 거리 두기'에 임하는 그의 주제어들은 세태어 '관종'에 주력하는 작가들의 으스대는 경망과 건방을 새삼 되돌아보게 하는 미덕도 누리고 있다. 적어도 과장스러운 표현이 한 움큼도 보이지 않는 것만으로도 노정완의 소설은 단연 현실주의의 기상을 떨치고 있는데, 결코 과찬이 아니다.

소설을 쓰기 시작한 지 이십 년이 넘었다. 일 년에 단편소설 한 편 쓸 때도 있고 두 편 쓸 때도 있고 이삼 년에 한 편 쓸 때도 있었다.

그러니까 소설가일 때도 있었고 아닐 때는 더 많았다.

당신 뭐 하는 사람이요?

누가 물으면 대체로 난감했다. 쓰고 있을 때는 저, 소설 씁니다, 라고 우물쭈물 대답이라도 할 수 있는데, 쓰지 않을 때는 부끄럽고 창피해서 할 말이 없었다.

그뿐만이 아니었다. 소설 씁니다, 라고 대답하고 나면 더 곤란한 질문이 기다리고 있었다.

아이고, 대단하십니다. 등단한 지 오래되었으니 책이 여러 권 되겠습니다?

　아직 책이……

　없다고 당당하게 말은 했지만, 없으면 안 되는 것처럼 홀로 머쓱해져서, 구구절절 변명을 늘어놓던 순간이 떠오른다.

　이렇게 부족한 이야기를 묶어 세상에 내놓아도 될까, 나한테만 의미 있는 이런 이야기를 누가 읽어주기라도 할까 걱정이 앞선다. 바라 마지않는 멋진 이야기가 짠, 하고 찾아오면, 그 잘난 이야기 앞세워 따라가고 싶었는데, 그럴 일 없을 것 같으니(그럴 일이 왜 없어, 아닌 척 뒤로 숨지 말고, 왜 말을 못해, 될 때까지 한다, 쌔빠지게 해볼 거라고!), 비굴하게 발뺌하려다 제대로 들켜버렸다. 어쨌거나 그럴 일 없다기보다 그럴 일 만들고 싶은, 그 싶어지는 마음만이 진심이다.

　발문을 써주신 김원우 선생님과 해설을 써주신 이경재 선생님께 감사드린다. 출간 기회를 준 한국출판문화산업진흥원, 흔쾌히 묶어준 강출판사에도 고마움을 전한다.

2021년 11월
노정완

# 몽유

© 노정완

| 1판 1쇄 발행 | 2021년 11월 29일 |
| --- | --- |

| 지은이 | 노정완 |
| --- | --- |
| 펴낸이 | 정홍수 |
| 편집 | 김현숙 이명주 |
| 펴낸곳 | (주)도서출판 강 |
| 출판등록 | 2000년 8월 9일(제2000-185호) |

| 주소 | 서울시 마포구 동교로17안길 21(우 04002) |
| --- | --- |
| 전화 | 02-325-9566 |
| 팩시밀리 | 02-325-8486 |
| 전자우편 | gangpub@hanmail.net |

값 14,000원
ISBN 978-89-8218-290-7    03810